V.I.X.I.

CÓDIGOS *de* PRAGA

Catalogação na Fonte
Elaborado por: Dayanne Leal Souza
Bibliotecária CRB 9/2162

R721v 2024

Rogalski, Cássio Felipe
V.I.X.I: códigos de Praga / Cássio Felipe Rogalski. - 1. ed. - Curitiba: Appris, 2024.
301 p. : il. ; 23 cm.

ISBN 978-65-250-6518-2

1. Praga. 2. Mistério em Praga. 3. Sociedade secreta. 4. Solidão. 5. Filosofia. 6. Suspense. I. Rogalski, Cássio Felipe. II. Título.

CDD - 863

Editora e Livraria Appris Ltda.
Av. Manoel Ribas, 2265 - Mercês
Curitiba/PR - CEP: 80810-002
Tel. (41) 3156 - 4731
www.editoraappris.com.br

Printed in Brazil
Impresso no Brasil

CÁSSIO FELIPE ROGALSKI

V.I.X.I.

CÓDIGOS *de* PRAGA

artêra
editorial
CURITIBA, PR
2024

FICHA TÉCNICA

EDITORIAL	Augusto V. de A. Coelho Sara C. de Andrade Coelho
COMITÊ EDITORIAL	Marli Caetano Andréa Barbosa Gouveia (UFPR) Edmeire C. Pereira (UFPR) Iraneide da Silva (UFC) Jacques de Lima Ferreira (UP)
SUPERVISORA EDITORIAL	Renata C. Lopes
PRODUÇÃO EDITORIAL	Sabrina Costa
REVISÃO	Stephanie Ferreira Lima
DIAGRAMAÇÃO	Bruno Ferreira Nascimento
CAPA	Eneo Lage
REVISÃO DE PROVA	William Rodrigues

Da abissal profundeza da minha alma, dedico esta obra à imperturbável sombra que me acompanha desde o dia em que nasci e assim o fará até o dia da minha morte.

AGRADECIMENTO

À melancolia do meu ser. Não fosse ela, provavelmente estes escritos não existiriam.

SUMÁRIO

CAPÍTULO 1

Um som sibilante prende a atenção de Ean enquanto corre às margens do Rio Moldava. Ele olha o relógio, calcula que já está se exercitando há pelo menos uma hora. Já é noite, o som penetra os seus ouvidos reiteradamente, fazendo-o com que seja difícil desviar sua atenção dele. Parece como se alguém o estivesse chamando... Então, busca chegar mais perto procurando averiguar o que está acontecendo.

Isso é muito estranho. Parece-me que só eu estou ouvindo esse ruído.

Outras poucas pessoas passam por ali, porém caminham normalmente seguindo seus caminhos. Do outro lado da margem, percebe algo se movendo rapidamente coberto por longas vestes negras esvoaçantes. Não consegue definir uma forma para o que vê. Parece-lhe algo similar a uma pessoa de estatura mediana que, ao virar-se para Ean, para, estaticamente, encarando-o.

— Mas que diabos é isso?! — pergunta-se duvidoso.

Por estar doutro lado do rio, a criatura não se faz visível plenamente e, para tornar ainda mais misteriosa a cena, Ean havia deixado seus óculos em casa, então, já não sabe mais se está tendo algum tipo de alucinação ou se aquela criatura horripilante emitindo sons diabólicos realmente é fruto de sua imaginação ou a crua realidade.

Ele esfrega os olhos, porém, ao abri-los, no mesmo instante, percebe que a forma demoníaca que a criatura havia incorporado, com cabeça de cachorro, sorria-lhe de orelha a orelha. Com muito medo, em meio à escuridão, começa a se afastar, mas tem a impressão de que os passos que o afastariam dali, na verdade, o mantém estático. Beliscando-se, percebe que está paralisado e apavorado. Ao olhar os arredores buscando por alguém, nota outra criatura igualmente aterradora sobre a ponte, gira sua cabeça e o corpo para trás, e outra criatura sobre um telhado de um prédio antigo se faz presente. Volta-se à primeira que ainda o observa... Uma conversa chama sua atenção, olha e nota duas silhuetas, parecendo duas pessoas.

Ean pensa em pedir socorro. Contudo, ao fitá-los, espremendo os olhos, ele os percebe parados encarando-o de volta com as mesmas feições aterrorizantes das outras criaturas. Ean, sempre muito contido sem querer chamar a atenção, não consegue gritar por socorro. Começa a sentir sua coluna tilintar de nervosismo.

— Mas que droga é essa!? Eu que nunca acreditei em qualquer criatura sobrenatural, nem em qualquer entidade divina, agora estou vendo essas criaturas apavorantes. Isso não pode ser real.

Sem ter ideia de como sair dali, sob olhares e sorrisos mortais, dispara pela deserta Bouleavard Rašínovo Nábřeží que serpenteia o rio passando pela Casa Dançante.

As cinco criaturas horripilantes uivam em uníssono e começam a persegui-lo. Desesperado, dá o máximo de si correndo a passadas largas, quando, de repente, vê uma sexta criatura vindo em sua direção; distraído por ela, tropeça e beija agressivamente o chão, desacordado.

Abre os olhos no chão de sua sala, de cara no assoalho, caído do sofá. Apavorado, recolhe-se do chão quentinho, devido à calefação, põe-se de pé, esfrega seus olhos e passa as mãos pelos cabelos. Ali, fica imóvel por alguns minutos tentando decifrar o que aquele pesadelo significa. Por sorte, lembra-se de tudo em detalhes, algo que não é comum, visto que, normalmente, quando acorda, a lembrança do sonho desaparece tão rapidamente quanto o abrir dos olhos.

Claramente, lembra-se de todas aquelas criaturas sobrenaturais se locomovendo em dois pés, olhos grandes, focinho, cabeça de cachorro, vestidas em esvoaçantes vestes negras, sorrindo-lhe e uivando. Novamente, espasmos correm-lhe dos pés à cabeça e, tremelicando, vai à cozinha beber um pouco d'água e preparar um cappuccino sem açúcar objetivando permanecer acordado por algumas horas. Não consegue chegar à conclusão alguma sobre o que sonhou, tampouco tem lembrança alguma de já ter visto criaturas semelhantes, excetuando-se em histórias de terror.

Bebendo seu café, dirige-se à vidraça e, pretensiosamente, observa a praça e as ruas nos arredores esforçando-se para tentar encontrar algum vestígio de seu pesadelo na sua realidade. Nada vê, além de transeuntes, e nada ouve, além de sons urbanos de uma capital. Intrigado, vai ao seu escritório e faz algumas anotações em um bloco, pois pensa que, no dia seguinte, poderá refletir mais acertadamente e possivelmente decifrar algo.

Decide enviar uma mensagem à sua amiga Leah, contando-lhe sobre o ocorrido. Sem tardar, ela o responde preocupada, perguntando-lhe se gostaria que ela fosse ao seu apartamento. Ele responde que não seria necessário, uma vez que já era tarde e logo deveria deitar-se para despertar cedo na segunda-feira. Ean sugere-lhe que bebam um café no dia seguinte e, prontamente, ela aceita o seu convite. Despedem-se! Verifica o alarme e se deita do lado esquerdo da cama, como de costume, apesar de dormir em uma cama de casal. Contudo, não sabe se conseguirá voltar a dormir.

Para Ean, ser solteiro e dormir em cama de casal não faz muito sentido. Ele jamais sentiu vontade de espalhar-se por toda ela. Inclusive, já pensou em se desfazer dela, contudo, o simples fato de ter que procurar um comprador o fez desistir. Prefere a inconveniência de uma cama grande ao desconforto de trocá-la.

Mais um dia, Ean Blažej acorda ao som irritante de um despertador de celular, às 6h. Ele luta quase que diariamente contra o botão de soneca e, uma vez mais, perde a batalha. Com pelo menos mais dez minutos até o próximo alarme, tenta se reconfortar na cama, mas os pensamentos que invadem sua mente já não o permitem fechar os olhos. Então, antes de aquele som aterrorizante ressoar novamente pelo seu quarto ainda envolto em breu, levanta-se, abre a persiana e observa o jardim tentado imaginar o clima lá fora. Com isso, já tenta prever qual roupa usará e como o seu dia será. Nota que o céu está em um tom de cinza escuro prenunciando mais um dia cinzento e gélido na cidade de Praga.

Inevitavelmente, para à frente do espelho. Olha-se. Seus pés, tamanho quarenta e dois, suplantam seus setenta e oito quilos estrategicamente distribuídos ao longo de seu 1,80 de altura. Seu nariz mediano, lábios carnudos, sobrancelhas grossas e olhos verde-claros compõem seu rosto comprido, dando-lhe um aspecto atraente banhado em uma cor caucasiana. Seus cabelos completamente negros e curtos preenchem toda sua cabeça, de orelha a orelha, da testa à nuca. Toda essa feição se conecta ao seu corpo esbelto por meio de um pescoço elegante. Frequentemente, atribuem-lhe menos idade do que realmente tem, mas não costuma gabar-se disso, pois acredita que é um presente que lhe fora dado pela natureza.

De sorriso raro, Ean é uma pessoa calculista, por vezes, e procura antecipar os movimentos, por isso o fato de observar o exterior após sair da cama é recorrente, mormente, toda a vez que necessita sair de casa. Minuciosamente, planeja todas as atividades de seu dia e, vez por outra, quando algo não lhe sai como programado, fica irritado e se julgando tolo por ainda ter uma ponta de esperança em poder controlar tudo.

Hoje não estou disposto a trabalhar aquela matéria desinteressante... Mas acho melhor fazê-la, pois, afinal, meu entrevistado já está esperando há semanas para amaciar o seu ego vendo sua entrevista impressa no The Times of Praha.

Tendo certa dificuldade em resolver assuntos pelos quais não nutre muito interesse, acaba procrastinando algumas atividades; às vezes, culpa-se por isso e tenta lutar contra esse vício que considera perturbador. Ean aprendeu que a resistência em executar as tarefas do dia a dia é como se fosse a Hidra de Lerna, você corta uma cabeça, mas há mais seis pela frente e, ao cortar todas, ela ressurge como uma fênix.

Na cozinha, começa a preparar o café da manhã que, invariavelmente, é exatamente o mesmo há anos, um dos resultados de sua reeducação alimentar tão necessária para evitar um futuro nada auspicioso, já que estava com sobrepeso há algum tempo, sentindo-se infeliz toda a vez que se olhava no espelho ou, quando se sentava, sua barriga se ondulava audaciosamente. Assim, faz todos os dias as mesmas refeições, nos mesmos horários e, quando, por uma razão ou outra, empanturra-se com algo, acaba se sentindo mal do estômago e culpado, pois seus tempos de cometer pecados capitais, entre eles, a gula, já não lhe pertencem mais.

Seu telefone apita. Sente-se estranho, pois sempre o deixa no modo silencioso, então verifica a mensagem, seu colega de trabalho já, às 6h30, perguntando-lhe sobre aquela entrevista que assombra seus pensamentos.

— Preciso editá-la hoje, sem falta. — murmura.

Após tomar seu café, desfruta de uma breve ducha, veste-se e, sorrateiramente, vai para a academia. Ean é uma pessoa que odeia chamar a atenção, portanto veste-se sempre em tons escuros, normalmente preto, coloca seu capuz, fones de ouvido e nunca esquece os óculos de sol, mesmo em dias trevosos e chuvosos. No seu caminho, costuma ouvir música, basicamente as mesmas que já ouve há mais de vinte anos, pois sempre lhe trazem paz e são gostosas de se ouvir; causam-lhe uma sensação de sossego e conforto.

Seus gostos musicais pararam no tempo... Ele havia lido uma vez que o gosto musical se define por volta dos vinte e sete anos de idade. Então, o que uma pessoa está ouvindo nessa altura da vida provavelmente ouvirá até os seus últimos dias. Para ele, a definição aconteceu mais cedo, por volta dos vinte. Hoje, com trinta e três, ainda ouve os mesmos artistas. Sua cantora favorita é a britânica Dido, por quem nutre grande estima pela bela voz e canções melancólicas que o representam como nenhuma outra.

Discretamente, chega à academia, cumprimenta as pessoas necessárias, com um bom-dia simpático, pois, apesar de preferir a companhia dos livros, procura mostrar aos outros que é uma pessoa *normal*, mas odeia esse adjetivo. Raramente fala com alguém por lá, pois está sempre preso aos seus fones de ouvidos, olhos no cronômetro e mente conectada ao treino diário que executa com determinação. Sem perder tempo, exercita-se copiosamente; imediatamente põe-se rumo à sua casa para novamente se banhar e ir ao trabalho, isso quando não labora em casa.

— Que raiva dessa gente, por que ficam me olhando quando estou caminhando? — questiona-se.

Com muita frequência, havia sido alvo de julgamentos na escola pela sua maneira de agir e se comportar. Isso o deixou muito tímido e retraído ao longo de sua adolescência, modelando sua vida adulta. Por essa razão, sente-se muito infeliz quando alguém o observa ou faz algum comentário a seu respeito, apontando-lhe, sejam os dedos ou um olhar. Ele luta para se livrar do medo que tem dos olhares alheios que o aprisionam. Considera-se contente, pois sente que já tem feito muito progresso.

Ao se aproximar de seu apartamento, abre a porta do saguão sem olhar para os lados e se esgueira porta adentro. Ao chegar ao segundo andar, antes de pisar no assoalho amadeirado, retira os calçados. Rapidamente desnuda-se da roupa imunda povoada por bactérias e germes da academia. Toma um banho, veste-se, prepara um café e se senta em frente ao computador para trabalhar naquela matéria irritante.

Bom, agora vou organizar o texto do entrevistado, mas acho que não colocarei em forma de perguntas, pois isso parece trabalho de um jornalista desleixado que simplesmente copia e cola. Vou adicionando suas respostas, intercalando-as com o texto escrito por mim. Assim, vai ficar mais interessante. — deduz silenciosamente.

Por ser muito metódico e perfeccionista, muitas vezes, demora-se para fazer suas publicações, pois seu nível de exigência consigo mesmo é alto, deixando-o decepcionado quando não consegue executar alguma tarefa da maneira que deseja. Em sua concepção, acredita que a própria pessoa é responsável pelo seu sucesso, assim como pelo fracasso. Então, se a sua vida não lhe agrada, o único responsável por mudar isso é a própria pessoa. Por outro lado, gosta de sua personalidade, pois ela o autoriza a ser um bom jornalista, uma correta pessoa para si mesmo e para o mundo. Pelo fato de calcular todos os movimentos antes de agir, pode antever possíveis erros e evitá-los, sendo mais assertivo.

— Vou tomar mais um café. — considera.

Após trabalhar algumas horas, finalmente conclui a entrevista desinteressante que o perseguia há tempos. Destarte, organiza os detalhes do texto, sobe as fotos e faz a postagem no site.

O diagramador ficará responsável pela publicação no jornal impresso, atividade da qual ele pouco entende. Apenas consegue palpitar sobre as imagens e posição do texto.

Com a entrevista no site e no jornal impresso, serão dois tapinhas com luva de veludo no ombro do entrevistado. Seu ego vai inflar... Se é possível que se infle mais.

Pelo fato de ser muito observador e calculista, costuma analisar as pessoas o tempo todo. Muitos diriam *julgar* e não *analisar*. Apesar disso, não sente que o fato de estar sempre atento às pessoas ao seu redor tentando antecipar seus passos, seja algo de uma mente doentia. Para ele, isso é simplesmente seu jeito de ser. Fazendo-o, identicamente, crê que pode selecionar as pessoas com quem quer se relacionar. Habitualmente, entende que é melhor ter poucos por perto, mas verdadeiros. Não se importa em dizer que confia em apenas uma pessoa neste mundo, sua amiga Leah Samková.

À amizade, Ean dispensa muito tempo, apenas àqueles poucos amigos, que não enchem uma mão. Contudo, ele não é do tipo de amigo que está por perto o tempo todo, porém sempre que o outro necessitar sabe que pode contar com ele. A maioria esmagadora de seus amigos, que já eram poucos, nunca entendeu isso e acabou se afastando. Ele não se ressente, muito menos culpa-se por isso. Simplesmente credita o ocorrido à vida. Todos começaram a se afastar, à medida que ele foi se tornando autossuficiente, aprendendo a colher dentro de si aquilo de que precisa para sobreviver neste mundo caótico e perturbador, que está sempre pronto para amassar qualquer um feito uma barata asquerosa.

Ainda assim, ele sabe que as relações humanas são importantes e nenhum ser humano é uma ilha. Ao mesmo tempo, tem a plena convicção de que deve manter contato com o número de pessoas suficiente para não enlouquecer e atender aos seus desejos, que são poucos, quando se trata de terceiros. Consoante suas ideias, não há santo em uma história. Se alguém lhe traiu, afastou-se ou lhe fez mal, certamente você também é responsável direta ou indiretamente, só pode não estar sabendo interpretar os fatos. É preciso sair da ilha para ver a ilha, diz o dito popular.

Assim como no seu café da manhã, senta-se à mesa para almoçar todos os dias a mesma refeição. Acostumou sua mente e seu corpo a serem regrados, contudo, ocasionalmente, acaba tomando uma xícara de café com leite nesse momento, o que foge à sua rotina. Sem exceção, bebe café preto sem açúcar todos os dias, porém não se deixa levar pelas falácias de que pessoas que bebem café dessa forma, possuem traços de psicopatia, conforme algumas publicações científicas apontam. Ocasionalmente, pergunta a si mesmo se seria um bom psicopata, já que preenche alguns requisitos.

Vive sozinho, então, geralmente, seu apartamento está sempre organizado e limpo, com a ajuda de uma diarista que lhe presta trabalhos semanalmente. Considera-a muito competente, porém não perfeita.

Ean vive em Malá Strana ou Cidade Baixa. O bairro é um dos mais famosos da cidade e se situa entre os sopés das colinas do Castelo de Praga, Jardins Petrin e o Rio Moldava. Seu lugar preferido ali é Malostranské Náměstí, ou seja, a Praça da Cidade Baixa. Nela, frequenta restaurantes e cafés. Adora caminhar pelas ruas pitorescamente estreitas, povoadas com paralelepípedos. Frequentemente, senta-se em frente à Igreja de São Nicolau para ouvir a melodia dos sinos, sendo a única coisa que o atrai para perto dela, não mencionando a arquitetura. Ao ouvir os badalos, paralisa e concentra toda sua atenção aos sons fúnebres que adentram seus ouvidos.

Todos os dias, sistematicamente, cruza a dita assombrada Ponte Charles. Ao longo de sua caminhada, desfila em sua avenida rodeada por mais de trinta estátuas predominantemente em estilo barroco que retratam vários santos e padroeiros venerados na época de sua construção, há mais de 600 anos. Elas parecem estar intrinsecamente conectadas às nuances góticas da ponte que se estende por mais de meio quilômetro, normalmente envolta em uma névoa aterrorizante em dias sombrios e invernos gélidos.

Doutro lado da ponte, fica a redação do *The Times Of Praha*, decerto o periódico mais proeminente da República Tcheca. Já na Cidade Velha, Ean acessa o trabalho rapidamente para evitar que alguém chame seu nome querendo sua atenção para dispensar-lhe futilidades.

Quem gosta de livros, não tem tempo para futilidades!

Em meio a outros repórteres, seus subordinados, Ean, chefe da redação do jornal, reclama internamente da incompetência de muitos de seus pares, concomitantemente, conforta-se, pois sabe que se demitir alguém, grandes possibilidades de encontrar um substituto mais astuto quase inexistem. Meticuloso, gosta de que tudo saia nos conformes e não tolera qualquer erro de grafia ou ambiguidade em um texto, seja seu ou de outro jornalista. Sempre tem dúvidas se deve confiar cegamente em alguém, portanto faz questão, mesmo que às escondidas, de ler todas as publicações, corrigindo possíveis erros discretamente, porém, noutros casos, chama a atenção de quem os comete, de forma elegante, claro.

O que leva uma pessoa a cometer um erro crasso assim? Sem uma conjunção, os dois períodos não têm conexão aparente e abrem margem à ambiguidade! — pensa ao ler o texto do jornalista responsável pela editoria de meio-ambiente e sustentabilidade.

Com maestria e, por vezes, incompreensão dos colegas, desenvolve seu trabalho atenciosamente. Quando há alguma entrevista importante, ele mesmo procede com tudo desde o começo, agendando-a, executando-a e escrevendo o texto. Contudo, detesta fazer transcrição de áudios, pois geralmente tomam muito tempo, então acaba delegando essa função a algum estagiário... Seu lugar preferido para entrevistar as pessoas é o Café Starbucks na rua Karlova, que leva à famosa Ponte Carlos e fica bem próximo à Biblioteca Klementinum.

Ali, costumeiramente, os entrevistados são sabatinados, sempre de forma elegante por meio de seu vocabulário bem construído. Ean adora café com leite, mas não o bebe em casa, apenas em ambientes alheios... Em meio a goles, o entrevistado vai lhe contando o que interessa ao jornalista e toda vez que tenta furtar-se de algum assunto espinhoso, Ean, elegantemente, convence-o a contar tudinho.

Entre seus assuntos favoritos, tanto para conversas com pessoas aleatórias, o que pouco acontece, ou com entrevistados, encanta-se ao falar sobre viagens, geopolítica, filosofia, sociedade e vida. No meio das questões mais espinhosas para si, está o amor, sentimento com o qual ele nunca soube lidar muito bem e parece nunca haver compreendido o seu real sentido. Contudo, esforça-se ao máximo para isso; normalmente, incomoda-se quando alguém lhe diz que a vida só é completa quando se ama de verdade.

Secretamente, compartilha do pensamento de Friedrich Nietzsche, filósofo, o qual diz que, em última análise, amam-se os nossos desejos, e não o objeto desses desejos, ou seja, as pessoas amam a sensação que o amor provoca e não a outra pessoa em si. Porventura, ele nunca tenha se sentido amado de verdade, sob outra perspectiva, também acredita que a vida é assim mesmo. Uns têm sorte no amor e relacionamentos, outros tantos no jogo. Isso, por vezes, assombra os seus pensamentos, pois se precisar de alguém por razão de alguma doença que o incapacite ou, até mesmo, a velhice, não sabe com quem contar, rosto nenhum lhe vem à mente, apenas uma névoa dissipada e temerosa; aí volta a questão da conveniência; eu provejo algo a você e você me dá algo de volta.

Após um longo dia de trabalho no jornal, encerra seu expediente e desvanece rumo à sua casa ansioso para ficar só, em meio aos seus livros e sua própria companhia. O caminho percorre tão rapidamente quanto pode, receoso de que alguém o reconheça e o pare para jogar conversa fora, o que o entedia. Mas nesse dia, assim como em muitos outros, ele não vai para sua casa, mas se desvia para o seu lugar preferido em Praga, que se espalha pelas ruas Karlova e Křížovnická, de frente à Praça Mariánské. Ali fica a famosa e exuberante Biblioteca Barroca Nacional da República Tcheca do complexo cultural e educacional Klementinum, considerada uma das mais belas do mundo sendo o segundo maior complexo de prédios históricos de Praga, ficando apenas atrás do Castelo da cidade. Ali, ainda existem igrejas, capelas e uma torre astronômica.

Atualmente é um centro cultural e educacional tcheco que foi fundado em 1556 pelos jesuítas alojando mais de vinte mil livros possibilitando acesso a mais de seis milhões de documentos históricos. Entre as preciosidades da biblioteca, encontram-se uma coleção de globos feita pelos jesuítas e o Vyšehrad Codex e um livro do Evangelho de coroação latina, considerado o manuscrito mais importante e valioso mantido na Boêmia, o qual, provavelmente, foi feito para homenagear a coroação do rei tcheco Vratislav II, em 1085. O livro também é conhecido como Evangelhos da Coroação, com valor estimado em quarenta milhões de euros. O Meridian Hall também faz parte do complexo e foi um espaço usado para medição, cálculos e determinação do meio-dia. Há uma corda por toda a sala que é basicamente um meridiano de Praga e, quando a luz do sol toca a corda, sinaliza a chegada do meio-dia. A última determinação do meio-dia foi regravada, em 1928.

Em meio a toda essa beleza, história e imponência, sempre que pode, costuma passar minutos preciosos no fim de seu dia, já que o tempo entre a saída do trabalho e fechamento do local é de aproximadamente trinta minutos. Ele adora observar os detalhes da construção barroca, analisar os belíssimos globos e, mais que tudo isso, abrir alguns livros disponíveis para descobrir algo novo. Muitos dos itens armazenados apenas estão disponíveis para visualização e não podem, de forma alguma, serem tocados. Destarte, Ean enche seus olhos e aguça sua imaginação matutando sobre o que pode estar escrito naquelas páginas inacessíveis.

Ah, se eu pudesse, nem que fosse apenas uma vez, abrir algum destes livros, lê-lo e escrever meus próprios textos contando ao mundo as preciosidades que ali se escondem. — divaga.

Anestesiado, aproveita seu tempo na biblioteca até o último minuto... Logo mais, não havendo uma alternativa, desfila sorrateiramente pela avenida de estátuas com destino ao seu apartamento, passando por ruas estreitas e fantasmagóricas envoltas em uma neblina espessa que, em muitos momentos, apresenta-lhe vultos sagazes deslocando-se rapidamente em busca de seu descanso noturno.

Ao acessar o antigo edifício de três andares sustentado por arcos em uma esquina, sobe as escadas até o seu apartamento, abrindo a porta, removendo os sapatos, segurando-os à mão e fechando-a ao mesmo instante. Ean jamais esquece de trancar a porta, pois sabe que não pode confiar em ninguém, *a priori*. Despe-se, banha-se e finalmente volta a ser quem ele é.

Até que enfim, Ean pode estar sozinho, pode ser quem realmente é no mais íntimo de sua alma, sem julgamentos ou pessoas ao seu redor querendo inundar sua cabeça com lorotas mundanas, falando descontroladamente de suas vidas patéticas, que julgam interessantes e dignas de bajulação por outras pessoas.

Sem delongas, prepara seu jantar e senta-se à mesa para, sistematicamente, fazer a mesma refeição de anos. Acompanhado de um café sem açúcar, fica trancado em meio a luzes bruxuleantes que entram pelas janelas da sala. Minutos depois, joga-se ao sofá, verifica se está tudo certo com o site do jornal, publica alguma notícia que julga importante, mesmo sabendo que poucos irão lê-la àquela hora da noite. A essa altura, já tem todos os passos do dia seguinte calculados, aparentemente, sem margem para erros. À vista disso, folheia algumas páginas de algum dos diversos livros que possui.

Ean abomina televisão, pois pressupõe que a maioria dos programas são fúteis e sobre aqueles poucos que são interessantes, encontra informações nos livros ou em sites de busca, não necessitando assisti-los. Sentar-se em frente à tela e assistir a programas, passivamente, permitindo que sua imaginação seja assassinada, é uma afronta sem tamanho à coisa mais preciosa que se tem na vida, o tempo. Para você realmente ser mais inteligente, usar sua imaginação e desenvolver sua criatividade, é preciso ler livros, pois neles você tem *apenas* o escrito, portanto precisa criar a história na sua imaginação, organizar os cenários, imaginar o rosto dos personagens, amá-los ou odiá-los, criar um filme na sua cabeça.

Ean se lembra de uma conversa com Leah quando falavam sobre aproveitar o tempo com atividades úteis e agradáveis. Ela lhe disse que se alguém precisa descansar, que se deite na cama, feche os olhos e durma, mas que sejam as horas necessárias para manter-se saudável e que nunca entendeu aquelas pessoas que dormem horas intermináveis, hibernando nos fins de semana.

Recorda-se de que ela o olhou em seus olhos indignada, questionando-lhe sobre como muitas pessoas têm a coragem de passar tantas horas dormindo, ao invés de aproveitarem a vida, visto que um dia morrerão, tendo toda a eternidade para dormir. *Pior ainda* — continua se lembrando —, *são aqueles que dizem que é gostoso dormir… "Pergunto-me como isso pode ser gostoso se quando você está dormindo, você não sabe que está dormindo. Isso não tem lógica".*

Já cansado, vai ao toalete, escova seus dentes pacientemente, usa o sanitário, lava suas mãos. Logo, ativa o modo TOC ao verificar se todas as janelas e portas estão trancadas, fazendo-o, mais de uma vez, pois só assim se sente completamente seguro. Dirige-se ao quarto, senta-se na cama, lê mais algumas páginas. Então, as pálpebras começam a pesar anunciado a hora do sono. Fecha o livro, apaga as luzes e o quarto se completa de escuridão, de ponta a ponta, não sendo possível ver sequer um palmo. Com o telefone ao lado da cabeceira, confirma se o despertador está agendado para às seis horas da manhã.

23h — hora de dormir!

Vira-se de um lado para o outro, mas muitos pensamentos invadem a sua mente, mantendo-o alerta. As pálpebras já não pesam tanto, pois tem a impressão de que o sono se esvaiu. Passam-se mais alguns minutos e o sono, completamente ausente, irrita-o, pois sabe que precisa dormir pelo menos sete horas todas as noites. Então, acende a luz da cabeceira, pega o livro que está por perto, continua a leitura de onde havia parado. Parece-lhe impossível desligar-se, às vezes. Para tanto, procura manter-se calmo, pois sabe que logo dominará seus pensamentos e o sono lhe abaterá.

Novamente, apaga as luzes da cabeceira, vira-se para o lado. Dessa vez, ouve um barulho estranho vindo de algum lugar nos arredores do apartamento, ruídos inquietantes e incompreensíveis. Abre os olhos no meio da completa escuridão, como se isso o ajudasse a ver algo, mas tudo se silencia rapidamente. Conclui, então, que nada mais era que um som horripilante que provavelmente fora emitido por alguma entidade fantasmagórica que habita o bairro. Vencido pelo cansaço, fecha os olhos e finalmente consegue dormir.

CAPÍTULO 2

Sem tempo suficiente para ir à biblioteca todos os dias, costuma passar boa parte de seu fim de semana por lá, sentando-se a uma mesa abscôndita que tem lugar para apenas duas pessoas. Contudo, no caso de Ean, só há espaço para si, seus livros e sua mochila, que acomoda na cadeira à sua frente. Costuma sentar-se de costas para a multidão que desfila pelos corredores, entre as prateleiras e os globos.

Por ser um jornalista bastante conhecido, com certa frequência, pessoas costumam abordá-lo, então, escondendo-se dentro de suas vestes e de seu ser interior sedento por solitude, consegue encontrar certa paz em meio a aglomerações que lhe causam certo desconforto.

— Por que diabos tantas pessoas vêm até este templo sagrado do conhecimento para perambular, tirar fotos e falar de forma ensurdecedora? Não existem outros lugares em que possam passear e compartilhar suas futilidades e vidas monótonas tomadas por medos, vícios e falta de modos?! — resmunga.

O tempo passa, desde as dez horas, Ean está sentado com a cara enfurnada em meio às páginas repletas de letras que ou transmitem conhecimento e perturbam ainda mais a sua mente... Finalmente, levanta-se, devolve os livros que estava usando e solicita um deles para levar para casa. O seu relógio acaba de marcar 16h em ponto. Coloca o livro intitulado *O lado negro do Cristianismo: 2 mil anos de crimes em nome de Deus*, em sua mochila, que também é preta, assim como toda a sua vestimenta.

Ean acredita que a religião desvia o ser humano de si mesmo e somente afastando-se dela é que se torna possível ver a vida sem amarras, ameaças ou subornos prometendo a vida eterna.

— O que é o céu se não um suborno, e o que é o inferno se não uma ameaça? — diz a atendente, de supetão.

— Interessante! De quem é a frase? — pergunta-lhe curioso.

— Ela é de um escritor, poeta e ensaísta argentino que se chama Jorge Luis Borges. — afirma a atendente, de forma categórica, transmitindo segurança ao falar.

Com um sorriso tímido, Ean se retira. Começa a andar pelas ruas estreitas e sombrias da Cidade Velha em direção à Praça do Mercado Havel, a oito minutos de caminhada seguindo pela rua Karlova, passando próximo ao Orloj, o mundialmente famoso Relógio Astronômico de Praga. Na sequência, adentra à rua Melantrichova, passa pelo Museu dedicado à sexualidade humana, dá uma olhada rápida ao que ele considera um culto ao descontrole humano sobre os desejos reprimidos. Por fim, chega à rua Havelská, onde está o mercado.

Ele adora passear por ali, pois encontra de tudo... Restaurantes, artesanato, doces, alimentos em geral, frutas e verduras. E foi para essas duas últimas que ele se dirige ao local desta vez. Compra cenouras, tomates, pimentões, cebolas, alface, bananas, uvas, laranjas, um pequeno melão e maçãs. Carregado, faz o caminho inverso, passa pela biblioteca, dá uma olhada assanhada para o Starbucks, mas lhe faltam mãos para carregar tantas sacolas; deixa o café para a próxima. Segue seu caminho, desfila em meio às estátuas de santos na Ponte Charles, segue reto, até chegar à Praça da Cidade Baixa, sobe as escadarias do edifício assombroso em que vive, no terceiro andar. Abre a porta, remove os sapatos, rapidamente entra, tranca a porta. Só a partir desse momento que se sente seguro e livre... Eis o verdadeiro sinônimo de liberdade.

Leva as compras à cozinha. Toma banho rapidamente, pois considera importante poupar energia e água, já que milhões de pessoas, ao redor do mundo, prescindem desses bens preciosos. Lava todas as frutas e verduras, uma a uma e as acomoda em seus devidos lugares. Enquanto isso, deixa rolar alguns vídeos na tela do celular, assim, espanta o silêncio aflitivo — que, às vezes, ama; em outras, odeia — o qual paira pelo ambiente, um pouco paradoxal.

— Será que hoje assisto a um filme, alguma série ou simplesmente me deito no sofá e desperdiço meu tempo precioso em meio às redes sociais?... Não, isso jamais, acho que vou começar a ler aquele livro que peguei na biblioteca, pois parece-me muito interessante a julgar pelo seu título. Afinal, vou me sentir mais confortável em minha alma ateia, lendo-o. — conclui.

Ao abri-lo, depara-se com o primeiro subtítulo: "Os cristãos comem criancinhas?". Já imagina as histórias horripilantes praticadas pela igreja católica. Nesse exato momento, lembra-se de uma velha amiga que não vê há um bom tempo, a qual dizia-lhe que era sempre necessário separar a Igreja Católica de Deus, pois os crimes eram cometidos pelos humanos e não pelo senhor todo-poderoso.

— Mas por que então, sendo Deus o criador do homem, como a Bíblia prega, não fez nada para intervir? Afinal, ele é o senhor onipotente e onipresente... Onde andava quando a igreja praticava tais atrocidades? Onde está hoje, em tempos de tanto caos mundial com pessoas morrendo de fome, outras tantas sendo aniquiladas por guerras ou doenças? Cadê Deus? — questiona-se.

Volta sua atenção ao livro e assim passa a sua noite de sábado em meio às letras que tanto ama. Ean é uma pessoa inteligente, por assim dizer. Fala quatro línguas e sempre procura conhecer outros idiomas, mesmo que apenas palavras aleatórias, pois pensa que elas agregam seu repertório linguístico e ajudam-lhe em suas viagens mundo afora. Além disso, está costumeiramente lendo e escrevendo certos tipos de texto.

Domingo, sete horas da manhã, desperta. Hoje, dá-se ao luxo de acordar mais tarde, afinal, não precisa trabalhar e, apesar de não haver ninguém lhe dizendo o que deve fazer, sua mente assume o papel de chefe em sua vida. Com seu domingo livre para si, tem várias atividades programadas como ler, estudar, tomar café, passear pela cidade, observando-a e criando cenários em sua mente onde também analisa as pessoas, suas formas de se vestir, caminhar, conversar, comportar-se em público... Não que tenha interesse na vida delas, mas, na verdade, busca aprender com o comportamento alheio, por vezes faz julgamentos, mas os mantém para si mesmo. De certa forma, cultiva uma certa misantropia dentro de si.

É tão gostoso sentar-se à mesa com um copo de café em mãos e observar o mundo à minha volta. Parece-me uma terapia, pois consigo absorver tanto do mundo externo, isso me faz sentir-me completo... "A deliciosa sensação de estar sozinho e sentir-se verdadeiramente feliz". — lembra-se da frase que lera em algum lugar.

Por volta do meio-dia, decide sair para uma caminhada, ir à Colina Petřín, próximo de seu apartamento. Ali, há um grande parque urbano com jardins e árvores frutíferas. Ao caminhar, observa a belíssima cidade de

Praga de cima com seus telhados avermelhados cor de argila, praticamente alinhados. Isso o faz lembrar-se das vezes que esteve em Lisboa, cidade em que os telhados possuem a mesma coloração... Ean é apaixonado pelo estilo gótico de Praga, isso o faz sentir um frisson instantâneo, pois, para ele, esse estilo de construção está diretamente ligado a mistérios e histórias fantasmagóricas que habitam o seu *eu* mais profundo.

No horizonte, observa os pináculos que se erguem em meio a uma cidade bicolor, de telhados avermelhados e paredes cor de creme, na sua maioria. Senta e vê as pontes que cortam o Rio Moldava, o qual serpenteia por entre os prédios antigos. Com poucas construções em estilo moderno, Praga mantém-se ao natural exibindo uma beleza extravagante que, para muitos, assim como para ele, supera a de Paris. Segue seu caminho em meio às árvores secas, aparentemente mortas, o que para ele, na verdade, representa a verdadeira vida.

— Árvores secas, sem vida, formam as mais belas paisagens. Não entendo como é que muitas pessoas passam alheias a elas e, quando as notam, fazem-no com certo desprezo, como se a natureza fosse obrigada a ser verde e florida o tempo todo. — pensa. — Não é só o vívido que é belo, a morte, da mesma forma, tem sua beleza.

Algumas pessoas por ali circulam, conversam, tiram fotos; crianças correm e brincam com seus cães... A vida passa. Ean segue pelas Hunger Walls ou Muralhas Famintas, antigas construções medievais erigidas há mais de 600 anos. Ninguém mais por ali... vê, de repente, um cão grande, completamente coberto por uma pelagem negra e densa, observando-o. Sente um calafrio imediato percorrendo o seu corpo, fica assustado em meio ao silêncio em que se encontra. O cão, praticamente imóvel, parece estar prestes a atacá-lo. Então, procurando uma saída, gira seu rosto e encontra um caminho; ao retornar ao cão, não mais o vê. Ele desapareceu em questão de segundos, sem provocar ruído ou rastro algum. Todavia, Ean não se sente seguro e, titubeando, decide-se por voltar para casa no mesmo instante.

Já são quase 16h e Praga já está sendo tomada pelo manto da escuridão em meio ao inverno gélido que envolve a Cidade das Cem Cúpulas. Com o passo acelerado, cruza, rapidamente, pela estátua do poeta e publicitário tcheco Jan Neruda, toma a rua Hellichova; depois, à direita, acessa a Úzejd, segue pela Karmelitská e chega à Praça da Cidade Baixa, onde mora. Adentra seu apartamento, remove os calçados, tranca a porta e troca de roupa.

CAPÍTULO 3

Ean tem um costume um tanto peculiar que é realizar viagens literárias. Já esteve em algumas das mais lindas bibliotecas do mundo sempre buscando conhecê-las para enriquecer o seu repertório cultural. Dessa vez, perambula em Milão, uma das capitais mundiais da moda em busca de livros para que possa apreciar e comprar. Em sua curta viagem, a Biblioteca Nazionale Braidense, Biblioteca del Capitolo Metropolitano di Milano, Ca' Granda Historical Archive e a Pinacoteca Ambrosiana estão na lista, além de algumas livrarias e sebos que já visitara antes.

Tendo chegado tarde da noite, ido direto ao hotel, na manhã seguinte, Ean desperta aos badalos de sinos, abre seus olhos sofregamente com a claridade exterior invadindo o quarto. Espreguiça-se, passa seus olhos pelo seu celular e decide se levantar para aproveitar o aventuroso dia que lhe aguarda. Ao abrir a persiana, a Catedral de Milão preenche o horizonte à sua frente. Ele simplesmente é apaixonado pelo estilo gótico, sempre repetindo isso a si mesmo, e dispenderia, facilmente, horas de seu dia, observando-a em sua majestosidade e imponência, uma das mais célebres catedrais da Europa.

Descendo pelo elevador barulhoso, dirige-se ao café da manhã, uma das partes favoritas de suas viagens. Ali, senta-se a uma mesa ao lado da janela e consegue uma bela vista lateral da praça envolta em construções antigas. Ela marca o centro de Milão, tanto em sentido geográfico quanto cultural e social.

Quisera eu sentar-me todas as manhãs desfrutando de um delicioso café italiano admirando tão belos edifícios históricos. — deseja secretamente.

Com um saboroso café à mesa, degusta lentamente aquele momento. A quentura do sol que se infiltra pela vidraça aquece a sua face refletindo um brilho verde a quem o olha diretamente dentro de seus olhos. Sem pressa, beberica de sua xícara de café e, discretamente, sem almejar atrair olhares, morde seu sanduíche famintamente.

— O senhor deseja algo mais? — pergunta-lhe o garçom, com sotaque siciliano.

— Não. — responde vagamente.

Com as louças e restos recolhidos, continua sentado observando a praça. Ao longe, de relance, percebe alguém coberto em vestes pretas esvoaçantes de costas. Imediatamente, concentra toda a sua atenção à figura peculiar que se lhe apresenta. Calafrios andarilham suas costas e o ser heteróclito permanece estático. Subitamente, ele se vira penetrando seu olhar nos olhos reflexivos de Ean. Por um instante, Ean deseja desviar o olhar, mas não resiste... Era apenas um garoto magrelo, alto, com orelhas de cão presas à nuca.

— Poxa. — sussurra em meio a alívio e desapontamento.

Algumas pessoas próximas o observam curiosas, ele se levanta, toma o elevador e sobe ao quarto para escovar os dentes e pegar sua bolsa, água, documentos e outras amenidades que lhe ajudarão, no seu dia de turista em Milão, a perambular mais confortavelmente. Sempre quando viaja, carrega sua bolsa pequena de alça transversal, pois sente que lhe é parte de si.

Milão é uma cidade que lhe agrada muitíssimo, principalmente no inverno, onde as pessoas desfilam elegantemente pelas ruas. Vez por outra, turistas cafonas destoam da alta costura que aquece os corpos milaneses. Ean se enamora das ruas estreitas, muitas vezes sombrias que se alongam pela região central. Adora tirar fotos da arquitetura, mas posta somente aquelas bem-produzidas de si e por si.

Ao sair do hotel, inicia o itinerário. Para sua sorte, os lugares que escondem os tesouros que busca são próximos, todos ao alcance de curtas caminhadas, enquanto aproveita para observar a linda arquitetura da cidade. Seu local favorito é a Biblioteca Nazionale Braidense, que é pública. Sua sala mais importante é dedicada à arquiduquesa Maria Teresa da Áustria, que quis abri-la ao público, em 1786. As estantes de nogueira com passadiço contínuo, desenhadas pelo arquiteto Giuseppe Piermarini, e os lustres de cristal da Boêmia do século XVIII são impressionantes. Esse último foi originalmente pendurado no Palazzo Reale, onde foi danificado durante a Segunda Guerra Mundial.

Particularmente, Ean gosta de ver as capas dos livros, ler as sinopses e anotar os nomes daqueles de que gosta para depois comprá-los. Mas, gosta muito de observar as pessoas que frequentam esses ambientes, seus comportamentos e tentar descobrir de que livros gostam... Depois de algumas horas ali, segue seu caminho. Na rua, para em uma livraria bastante antiga, na qual já comprara livros em outras oportunidades. Observa os livros em promoção, seus preferidos. Pesquisa alguns títulos e faz as contas. Uma capa amarronzada com detalhes avermelhados, parecendo um chão batido, chama a sua atenção, pois parece lhe trazer alguma memória. Ao se aproximar, reconhece-o e lê, em pensamento, *A Rosa de Sarajevo*, da autora Margaret Mazzantini. Ele já havia lido a obra que narra um lindo romance durante os terríveis conflitos da Guerra da Bósnia.

Continua zanzando entre bibliotecas, livrarias e sebos. Em suas mãos, sacolas de livros se sacodem ao caminhar preguiçosamente pelas ruas de Milão. Senta-se em uma cafeteria, toma um café preto e observa a cidade, as pessoas, os pombos, os carros, a arquitetura... nada escapa de seus olhos. Olha seu relógio e nota que as horas se passaram rapidamente. O sol começa a despencar do alto do meio-dia.

Acho que agora vou seguir para o Castelo Sforzesco. Sinto saudades daquele lugar lindo. — pensa silenciosamente.

Toma a via Orefici que logo mais se transforma em Dante, transpassa o Largo Cairoli. Observa ligeiramente os arredores para relembrar das outras vezes em que ali esteve. Diante da belíssima fonte da praça do castelo, detém-se, avista feliz a exuberante Torre Filarete, tira uma foto bem-produzida e segue castelo adentro relembrando a visita que havia feito há alguns anos. Passa pelos jardins, visita o Museu de Arte Antiga, o Museu Egípcio e a Pinacoteca.

Ean é apaixonado por caminhar pelas ruas das cidades que visita, recorridos que ele faz sem pressa. Em Milão, uma de suas cidades preferidas, não é diferente. Logo após perambular pelas entranhas das construções medievais do castelo, segue para o ofuscante Parque Sempione, que fica imediatamente na saída. Em um parapeito, observa as árvores que se insinuam sobre os gramados verde-musgo que se espalham pelo local. Ao fundo, um dos mais belos arcos já construídos, o Arco da Paz, que se ergue no outro extremo marcando o limite entre o reinício da cidade e os confins do parque.

Quem me dera poder me exercitar aqui todos os dias, observando o sol brotar por de trás das muralhas medievais que cercam este parque.

Caminhos abaixo, desce em direção ao lago, infiltrando-se dentre as árvores que abundam as terras férteis e macias que dão vida à natureza inesquecível dos jardins pelos quais as pessoas ziguezagueiam e que os turistas admirados fotografam incansavelmente. Despretensiosamente, cruza a Ponte das Pequenas Sereias, adornada com quatro delas, duas de cada lado, recepcionando aqueles que fazem o trajeto. Sem pressa, chega ao Arco da Paz e se fotografa elegantemente.

Por amar tanto o parque, mais tarde, retorna ao hotel cruzando-o novamente, assim pode aproveitá-lo por mais alguns momentos antes de se despedir da cidade. Na frente do castelo, compra uma lembrança de Milão e um cachecol, pois não admite ir embora da cidade mais elegante que conhece sem ter consigo um item da moda milanesa, por mais simples que seja.

— Que dia excelente! Acho que preciso trabalhar menos e me dedicar mais a conhecer outros lugares como Milão, se é que eles existem. — comenta para si mesmo.

Ao subir pelo elevador, flashes da figura sinistra vista no café da manhã junto ao pesadelo recente o deixam irrequieto. Ele tenta estabelecer alguma conexão, mas não lhe parece razoável, visto que apenas uma das situações foi real, pelo menos de costas. Os pensamentos se esvaem e logo suas pálpebras começam a pesar-lhe, porém, faminto, precisa ir ao restaurante comer algo, mas lhe parece tarde…

Ean já considerou mudar-se para a cidade, mais de uma vez. Mas acredita que lhe faltara coragem, visto que teria que deixar a zona de conforto em que vive… Procurar um novo trabalho, conhecer novas pessoas… Tudo isso lhe parecia bastante difícil. Com o tempo, sentia que conseguiria mudar de país, não porque viver em Praga é ruim, mas pelo fato de ter novas experiências. Na verdade, ainda precisa superar certos medos que o impedem de proceder grandes mudanças em sua vida.

CAPÍTULO 4

The Times of Praha é um veículo de comunicação reputado na República Tcheca e exerce influência em todo o Leste Europeu, possuindo sucursais em Berlim e Londres, além de um pequeno escritório em Bruxelas. Com um grande grupo de jornalistas, Ean é o chefe da redação em Praga e tem poder, do mesmo modo, sobre as sucursais no exterior. Ele é o segundo na hierarquia na empresa, respondendo somente ao diretor-geral e proprietário, o senhor Cipris Liška.

O jornal possui um foco político, cultural e ambiental, mormente. Ademais, publica tudo aquilo que se é de interesse público, mas nada daquilo que exibe a desgraça da vida humana, como assuntos relacionados à morte e à violência. Isso se deve ao fato de que o mundo já está cheio de desgraças e deslisuras. As publicações sempre procuram contribuir com o bem da sociedade e transmitir conhecimento, coisas de que Ean sente muito orgulho e não abre mão.

Na aurora de Praga, Ean sobe as escadas que dão acesso à Ponte Charles, em seu desfile diário pela avenida de estátuas. A névoa ainda encobre a ponte, assim como toda a parte baixa que acompanha o Rio Moldava. Algo se move logo à frente — ninguém por perto. Luzes de velas bruxuleiam sob uma estátua; de canto, ele espia se existe algo mais junto às velas, mas nada vê. De supetão, um gato preto, de orelhas pontudas, coberto por uma grossa camada de pelos pula sobre o parapeito envolto em uma bruma que dificulta uma visão clara da criatura. Ean o observa, tremelicoso, hesita em continuar, tem aversão a gatos, pois são animais que o arrepiam de ponta a ponta e fazem seu coração disparar. Aparentemente, esse medo não faz muito sentido devido ao fato de que ele tinha gatos de estimação quando criança e os adorava... Quando os olhares de ambos se topam, seus pelos se eriçam.

Buscando uma maneira de cruzar com o felino arrepiante, Ean olha para o parapeito do outro lado e dele se aproxima. Seus olhos voltam a procurar o felino que já não estava mais ali. Em questão de milésimos de segundos, esvaiu-se em meio à escuridão que se definhava dando vez a mais um dia que se abate sobre a vida dos praguenses e milhares de turistas que inundam a cidade diariamente. Já próximo à redação do jornal, segue seu caminho tão rapidamente quanto suas pernas o podem guiar.

Intrigado com os recentes acontecimentos, chega à redação, dirige-se à sua sala, sem balbuciar nada além de *Bom dia* aos colegas que já se debatem atrás de matérias para preencher as folhas da próxima edição do *The Times of Praha*. Ao ligar seu computador, digita "*man with dog/wolf head*" — homem com cabeça de cachorro/lobo — no buscador e imediatamente resultados pipocam na tela. Um artigo intitulado "*Cynocephaly*" prende a sua atenção, fazendo-o acessar à página. Por dominar muito bem a língua, sempre busca realizar pesquisas em inglês, pois considera os resultados muito mais abrangentes e precisos. Curiosamente, lê algumas linhas do texto, mas precisa trabalhar, pois há alguns entrevistados aguardando suas matérias prontas. Assim, minimiza a busca e volta-se à rotina jornalística mais uma vez.

Ao final do expediente, segue para o Starbucks de sempre, na Karlova. O dia está frio e corvos crocitam. Em suas plumagens negras, sobrevoam a cabeça de Ean e de outros transeuntes que por ali circulam. Nesse momento, memórias de um ocorrido em Varsóvia vêm-lhe à mente, onde num dia brumoso, caminhava em meio às árvores moribundas do Parque Marshal Rydz e, ao se aproximar de um bando de corvos que circulavam pelo seu caminho, foi recebido energicamente; crocitavam incansável e agressivamente. Ele olhou para cima e, na copa das árvores, eles, belicosos, saltitavam de galho em galho, mostrando-se muito incomodadas com a sua presença. Com um arrepio na espinha, sentindo-se uma *persona non grata*, tratou de zarpar dali rapidamente em virtude de ter se percebido como o único humano nos arredores.

Sentada à mesa, sua amiga Leah aguarda-lhe para terem aquela conversa pós-pesadelo.

— Olá, querido! Como você está? — recebe-o, Leah.

— Estou bem e você como está? — pergunta, feliz em vê-la.

— Estou bem, felizmente! Que bom então que você está bem, mas confesso que fiquei um pouco preocupada com a história do seu pesadelo. Lembro-me de que você já me havia dito que tinha tido sonhos desagradáveis em outros momentos de sua vida. — comenta ela.

— Sim, mas fazia tempo que isso não me acontecia. Aquilo me pareceu tão real que eu acordei com a cara no chão da sala e a boca cheia de pelos do tapete. Por um momento, parecia-me que eu não conseguia me mover. Fiquei lá estirado, silenciosamente com medo de fazer algum movimento ou até mesmo de olhar para os lados, receoso de que alguém estivesse ali, com aquelas vestes negras esvoaçantes com cabeça de cachorro em um corpo ereto fitando-me e sorrindo em meio a uivos horripilantes. — replica.

— Ean, meu querido. Você acredita em significados de sonhos? — pergunta Leah sem dar-lhe tempo para resposta. — Uma vez eu li que sonhar com lobos te atacando pode significar que você perdeu o controle sobre algo muito importante de sua vida. Pesadelos desse tipo podem estar conectados a vícios, atitudes autodestrutivas ou até mesmo alguém que objetiva influenciar você de forma negativa buscando prejudicá-lo de alguma forma.

— Leah, você sabe que sou muito cético em relação a basicamente tudo. Sempre estou com o pé atrás independentemente a que se refere. Não sei se consigo acreditar que isso significa algo, pois lobos não são animais domesticados e ter um sonho com eles que não envolva medo e ataques, parece-me impossível, ou seja, ter um sonho agradável com lobos é inconcebível. Cães, apesar de domesticados, podem, ao mesmo tempo, ser ferozes assassinos, então, ter sonhos agradáveis com cachorros é muito mais plausível, mas do contrário, também é verdadeiro. Você me entende? Acho que estou sendo confuso.

— Te entendo amigo, provavelmente você tem razão, até porque você já teve esse tipo de pesadelo antes e nunca passou disso. Às vezes, eu também tenho pesadelos. Porém, creio que sejam parte da natureza humana, afinal, penso que é uma forma de expressar algo que estejamos sentindo. — segue Leah.

— Deveras, preocupar-me-ei menos com isso da próxima vez, pois foi apenas um sonho e eles não vão além disso. Cabe a mim, como um ser racional descartar esses pensamentos e seguir normalmente a minha rotina. Pesadelos acontecem com todos. — conclui.

— Você está coberto de razão! E no mais, como estão as coisas no trabalho? Para mim está tudo bem. Sem novidades ou um grande amor para mexer comigo. — Leah caçoa de si mesma.

— Veja, o trabalho está bom, mas você sabe que quando algo não me apresenta desafios intelectuais, acaba me cansando. Por vezes, sinto vontade de largá-lo e tirar um ano sabático para ler uma pilha de livros que tenho em casa e viajar a alguns lugares pelos quais almejo há tempos. — lamenta.

— Que bacana, meu caro! Eu também gostaria de mudar de ares; sinto frequentemente que estou cansada da vida de cientista. Imagina — diz Leah —, são mais de vinte anos trabalhando todos os dias com a mesma coisa trancada em um laboratório.

— Eu te entendo, amiga querida. Vamos tomar um café? — pergunta-lhe.

— Amigo, você sabe que não sou uma grande fã de café, mas você também sabe que na sua companhia eu sempre topo tomar um.

— Eu sei! Outra hora podemos tomar um espumante para celebrarmos a vida, mesmo que ela não esteja se apresentando a nós na sua melhor forma. — debocha Ean.

Ean pede um de seus favoritos, café macchiatto. Leah toma um cappuccino. Ambos sem açúcar... Os dois seguem ali conversando por, basicamente, mais de uma hora. Logo depois, Leah segue para a sua casa, dirigindo frugalmente pelo Aterro de Smetana, com destino ao distrito de Praga 2, New Town, onde mora.

Com o sentimento reconfortante de ter visto sua melhor amiga, Ean segue à biblioteca. Lá, vai em busca da Crônica de Nuremberg, uma enciclopédia ilustrada que possui relatos históricos mundiais também contados por meio de paráfrases bíblicas. Os assuntos incluem a história humana em relação à Bíblia, criaturas mitológicas ilustradas e as histórias de importantes cidades cristãs e seculares da antiguidade. Terminado em 1493, é um dos primeiros livros impressos mais bem documentados. A referência à crônica apareceu a Ean mais cedo quando chegou à redação e fez uma busca na internet. Porém, ele não a encontra ali, mas somente na internet, em latim, com imagens belíssimas, muito bem desenhadas e coloridas em 648 páginas xerocadas. Frustrado, por não entender quase uma palavra na língua, não vê saída, pois não conhece ninguém que possa lhe ajudar no momento.

Segue suas buscas online e se depara com *The Origin of the Werewolf Superstition,* de Caroline Taylor Stewart, escritora sobre a qual ele não encontra informações suficientes. O escrito é uma cópia de cinquenta páginas em uma cor amarelada envelhecida, uma publicação da Biblioteca de Alexandria. Faz o download e começa a leitura.

O homem primitivo estava cara a cara com animais mortais. A superstição do lobisomem provavelmente surgiu na Europa enquanto os povos gregos, romanos, celtas e alemães já estavam em contato uns com os outros. Com o objetivo de ser proteger desses animais e obter alimentos, os caçadores passaram a se vestir com a pele de lobos para conseguirem chegar perto o suficiente deles e matá-los com um bastão, pedra ou outra arma. Assim, o disfarce animal, total ou parcial, foi usado pelo homem primitivo atuando na qualidade de isca, primeiramente, para garantir comida e roupas, depois, segurança. — conclui após ler algumas páginas do livro.

Cansado, fecha seu laptop preto, coloca-o em sua mochila preta e sai perambulando pelos corredores da biblioteca em vestes pretas dos pés à cabeça. Na rua, desfila pela avenida de estátuas seculares, segue reto, no canto da praça, chega a seu apartamento, remove os calçados, entra, tranca a porta, troca-se e vai à cozinha jantar à luz rara que aclara o cômodo.

Sem mais paciência para histórias de criaturas sobrenaturais se locomovendo em dois pés, olhos grandes, focinho, cabeça de cachorro, vestidas em esvoaçantes capas negras, sorrindo-lhe e uivando, decide ouvir música clássica para desconectar-se da realidade, nem que por alguns instantes. *La Stravaganza*, um conjunto de concertos escritos por Antonio Vivaldi entre 1712 e 1713, traz-lhe o sossego de que necessita.

Logo mais, ao estirar-se em seu sofá, nota as persianas das janelas abertas, uma horripilação o abunda imediatamente. Fixa os olhos na escuridão da cidade, percebe dois vigorosos pontos de luz vindo do alto dos Jardins Petrin — onde caminhava há poucos dias — como se fossem dois olhos assombrosamente lhe vigiando. Sem assimilar o que as luzes significam, encara-as. De repente, elas se rarefazem. Lentamente começam a se mover, sem os óculos, Ean demora para perceber que era apenas um carro.

CAPÍTULO 5

Os dias se passam e Ean acaba deixando as histórias a respeito dos homens com cabeça de cachorro para trás. Afinal, sem conseguir fazer alguma conexão dos eventos com a realidade, pensou se tratar de apenas mais uma situação corriqueira de pesadelos que atingem qualquer mortal.

Com a cabeça mais leve, nesta noite, vai ao teatro assistir ao musical *O barbeiro de Sevilha, ou a precaução inútil.* Leah, sua melhor amiga, acompanha-o e a expectativa é de que tenham uma noite memorável.

Durante o espetáculo, eles se veem completamente inebriados pela belíssima arte que se apresenta diante de seus olhos e aplaudem os talentosos artistas calorosamente ao final. Ean se recorda de quando assistiu ao *Fantasma da Ópera*, em Londres, um dos mais belos musicais que atrai multidões.

— Ooh! Fazia tempo que eu não me divertia dessa forma. A noite foi realmente incrível. — comenta Leah.

— De absoluto acordo! Quem dera as pessoas dedicassem mais tempo de suas vidas à arte. Tenho plena certeza de que a existência seria mais leve. — diz Ean.

— Bom, amanhã teremos um longo dia pela frente. Espero conseguir dar conta de todos aqueles tubos de ensaio impiedosos que me aguardam no laboratório. — fala Leah, como se fosse uma queixa a Ean, buscando, de alguma forma, certo consolo no desabafo.

— Não se preocupe! Caso precise de alguma ajuda, basta pedir. Pelo menos posso te ajudar com as minhas motivações filosóficas. — Ean zomba de si mesmo. — Lembre-se de...

— Sei sim. — Leah o interrompe amistosamente. — Bom, vou nessa, pois ainda tenho que andar duas quadras para tomar o meu carro. Boa noite, Ean.

— Boa noite, Leah...

Refletindo sobre o desalento de Leah com o seu trabalho em uma noite agradável ao ar livre, decide ir a pé ao seu apartamento, o que levaria algo em torno de vinte minutos. Praga, sendo uma cidade segura, não o faz pensar em tomar um táxi. Optando por seguir pela Ponte da Legião, que se estende já à frente do teatro; marcha pelo seu caminho, lentamente. Observa a cidade ao cruzá-la, toma a esquerda e logo, ao chegar à ponta do Kampa Park, segue novamente pela esquerda, na Říční por uma quadra, dobra à direita, continua pela Všehrdova por algumas quadras, entra na Újezd que o liga diretamente à praça.

Tranquilamente, segue pela rua observando alguns casarões antigos que se alongam pelo caminho, afinal, Praga é uma cidade que também tem muito a mostrar durante a noite. Por um momento, pensa no quanto fica trancado em seu apartamento se sentindo um pouco culpado por passar tão raros momentos com sua amiga, a única pessoa que o entende e o acolhe, que não sai falando dele para terceiros e que sempre o ouve, com o coração aberto, sem julgamentos. Ean sente que Leah é a única pessoa a quem pode mostrar o pior de si, sem ser julgado.

Silenciosamente peregrinando, ao se aproximar de uma porta aberta, ouve um ruído, algo semelhante a um uivo. Gira sua cabeça à esquerda, para donde supõe que o som venha e se paralisa por um momento, com olhos arregalados, na esperança de que assim possa descobrir algo. Fita a porta aberta, ansioso por ver algo dentro daquele retângulo inundado pelas trevas.

— Santa Maria Maggiori, não pode ser!

De olhos esbugalhados e ouvidos vigilantes, chega mais perto, olha para os lados e vê duas sombras desaparecendo ao longe, na rua. Neste momento, é puxado violentamente pelo braço porta adentro. Desorientado, cai sem saber o que está acontecendo. Olha ao redor e não consegue crer no que vê: duas criaturas dípodes horripilantes. Percebe que elas têm olhos grandes, focinho, cabeça de cachorro e estão vestidas em estáticas capas negras, não esvoaçantes dessa vez, nem uivam, muito menos sorriem. Estão com um focinho que esconde a suposta arcada dentária mortífera que ele acreditava ter visto de longe em outra ocasião.

Incrédulo, tremendo e esforçando-se para tentar falar algo às criaturas que nada mais fazem que observá-lo ameaçadoramente; não consegue. Imprevistamente, a dípode criatura, de aproximadamente 1,90 de altura, cumprimenta-o zombeteiramente:

— Salvē! Quid agis?

— O quê? — pergunta Ean, confuso tendo a vaga ideia de já haver ouvido essa língua em algum lugar do seu passado longínquo.

Rapidamente, recorda-se de uma cadeira que havia estudado em sua primeira faculdade de línguas. Latim fazia parte da grade. Mas isso já era mais de quinze anos e nunca mais falou uma palavra ou sequer teve contato com aquela língua novamente, exceto por palavras aleatórias que encontrava em suas leituras.

— Eu disse: "Olá! Como você está?". — repetiu impaciente o ser amedrontador. — Um homem tão inteligente, conhecedor de diferentes línguas, não compreende essa simples frase. Que patético. — galhofa.

— Quem são vocês? O que querem comigo? — balbucia Ean quase urinando nas suas calças, tamanho medo está sentindo.

— Ean Blažej, meu caro, todo mundo tem algum segredo que não toleraria revelar aos outros. Nós sabemos quem você é! Não adianta querer se esconder, mostrar-se o inteligente, trabalhador, honesto, amigo, o certinho... Você não pode fugir daquilo que você é, simples assim. Nós estamos aqui para lhe fazer um convite que vai de encontro ao ser que habita sua alma. É a sua chance de ser quem realmente você é. Vai deixar passar? — discursa o dípode.

— "O homem que só bebe água tem algum segredo que pretende ocultar dos seus semelhantes", conhece essa frase, Ean? — pergunta-lhe a outra criatura dípode, de estatura um pouco menor, algo em torno de 1,80. — Foi proferida por Charles-Pierre Baudelaire, poeta francês, considerado um dos precursores do Simbolismo. — continuou.

Ean, chocado, sem saber como agir, pensa consigo mesmo: *de que diabos estão falando? Como eles sabem que não bebo nada alcoólico? Apenas água... e café, claro!* — horrorizou-se.

Repassou mentalmente todos os pesadelos e acontecimentos recentes em um flash, mas não consegue estabelecer conexão alguma entre as criaturas, os eventos e aquela frase intrigante.

— Nōn intellegō! — responde Ean em latim.

As criaturas riem copiosamente contidas para não chamar atenção de alguém que possa estar passando.

— Ah, de repente ele está falando a língua morta. — debocham.

Ainda no chão, Ean os vê cochichando algo incompreensível... Para seu delírio, um dos seres, com voz gutural cita outro pensamento do poeta francês.

— "O maior truque já realizado pelo diabo foi convencer o mundo de que ele não existe", de Charles-Pierre Baudelaire.

Eles simplesmente saem porta afora. Ean permanece ao chão ainda sem uma vaga ideia do que aquilo tudo significa. Ao tentar levantar-se, parecia ter estado naquela posição a uma eternidade. Percebe que seu cotovelo esquerdo sangra levemente e que sua calça está toda molhada; constrangido, nem tenta imaginar o que isso quer dizer.

Ergue-se com certa dor, devido à violência com que fora tratado. A passos lentos, volta à rua, observa ambos os lados, mas não vê absolutamente ninguém. Com muito medo, à primeira vista, não sabe o que fazer. Logo tenta se acalmar, pois aprendera que de cabeça quente nada se resolve, mas tudo se piora. Confiante de que um raio não cai duas vezes no mesmo lugar, põe-se a marchar rumo ao seu apartamento que o aguarda alheio à sua dor e pavor.

Sem saber o que fazer ou a que conclusão chegar, pensa em sua amiga Leah imediatamente, mas, como já passa das 22h, opta por não a perturbar pelo fato de ele detestar ser inconveniente... Ir à polícia parece-lhe a opção mais viável e lógica, mas um pensamento assalta a sua mente: *eu já vi essa história em filmes; eles jamais irão me dar algum crédito. Irão caçoar da minha cara dizendo que sou um solitário louco que quer atenção e depois, vão contar à cidade toda.*

Postar algo nas redes sociais para descobrir se alguém sofrera o mesmo também passa pela sua cabeça, mas imediatamente descarta a possibilidade, pois certamente passaria por louco e preferia evitar julgamentos, já que sabe o quanto cruéis eles podem ser.

Por ora, sua melhor opção é seguir para seu apartamento como se nada houvesse lhe acontecido, mesmo irritado com tal ideia.

CAPÍTULO 6

Um silêncio caótico se abate sobre Malá Strana. Gatos choramingam vez por outra e um cão aleatório late ao longe ecoando no infinito. Por vezes, algum carro de um morador ou passageiros fratura a calada da noite. Outros ruídos indelicados sobem pelo ar vindos do apartamento inferior, onde, para o infortúnio de Ean, vive Elvira Navrátilová, uma viúva heteróclita que costuma, uma vez por semana, tentar visitá-lo, contudo, ao ouvi-la se aproximar, entra em estado de mudez, esperando que ela bata à porta, não recebendo resposta, vá perturbar outro residente.

Deitado no sofá, prestes a ir para a cama, ouve passos apressados no corredor, algo raro. Os passos se tonificam, Ean se desconecta do universo e se concentra somente em descobrir o que está acontecendo. Um silêncio gritante se pronuncia, exceto pelos passos agressivos. Alguém esbofeteia a porta; assusta-se, seu coração acelera. Não sabe o que fazer, fica com muito medo e pensa em não a abrir. Neste momento, alguém grita:

— Ean, é o delegado de Praga, Jakub Svoboda. Abra a porta, por favor. Sei que você está em casa.

— O que foi que eu fiz? — pergunta-se silenciosamente, hesitante em atendê-lo.

— Queremos conversar sobre a agressão que lhe ocorreu ontem pela noite quando você voltava do teatro. — insiste.

— Mas como diabos eles sabem disso se eu não contei a ninguém? — indaga-se. — Leah Jamais diria algo a alguém. — pensa, continuando em silêncio.

— Ean, abra a porta. Só estou aqui para tentarmos entender o que aconteceu, visto que outra pessoa na cidade sofreu ataque semelhante ao seu. — persiste.

Ele decide por abrir a porta, não sem antes espiar pelo olho mágico, pois sabe que não pode confiar em ninguém, ainda mais após os acontecimentos estranhos.

— Boa noite, senhor delegado. Entre, por favor. Em que posso ajudá-lo? — pergunta, sempre polido e formal.

— Como o senhor está?

— Estou bem, felizmente foi apenas um susto.

— Por favor, me diga o que aconteceu.

— Bom, eu havia ido ao Teatro Nacional com uma amiga e decidi retornar para casa caminhando. Quando eu estava passando na rua Újezd, ouvi um ruído semelhante a um uivo, olhei para os lados, mas vi apenas duas pessoas indo ao longe se deslocando na mesma direção. Nesse momento, puxaram-me violentamente para dentro de uma porta que estava aberta, eu caí, e duas criaturas horripilantes me fitavam fixamente.

— Me explique como elas eram, por favor.

— Bom, elas possuíam vestes pretas longas que cobriam todo o corpo e tinham cabeça de cachorro. Começaram a falar comigo em latim e...

Ean segue contando-lhe o ocorrido, mas o delegado, sem se expressar verbalmente, mostra-se descrente em relação à história, visto que a outra pessoa que disse que o mesmo lhe havia passado, tinha pretérito duvidoso, já que ficara internada em uma clínica psiquiátrica por alguns anos.

— Como vocês descobriram sobre mim? Eu não contei a ninguém.

— O dono do local onde aconteceu o seu ataque me chamou no dia seguinte dizendo que sua propriedade tinha sido invadida na noite anterior. Então, verificamos as câmeras de segurança da rua e vimos você sendo violentamente puxado àquela porta. Como o senhor é uma figura pública proeminente no país, conseguimos identificá-lo no mesmo instante. — conta-lhe.

— Bom, e o que vocês descobriram até agora?

— Absolutamente nada, além das imagens da câmera, as quais sequer têm algum registro dessas supostas criaturas. — disse o delegado desapontado. — Se as câmeras não as captaram...

— Como assim supostas criaturas? — indagou-lhe desafiadoramente. — O senhor acha que estou inventando a história?

— Não foi isso que eu disse, mas convenhamos que não costumamos ver esse tipo de ser caminhando pelas ruas de Praga. — afirmou

Jakub, cauteloso... — Bom, mantenhamos contato e, em caso de qualquer novidade, avise-me imediatamente. — termina o delegado.

— Sim, pode deixar. Obrigado, de qualquer modo. — encerra Ean, decepcionado.

Ean se senta no sofá, ainda confuso, passa as mãos nos cabelos. Ao olhar para o lado, vê seu laptop, toma-o nas mãos e o abre. No buscador, digita *homens com cabeça de cachorro e vestes esvoaçantes*, mas nada além de histórias de pessoas que se acreditam ser cães aparece. Ele fica um pouco desapontado, pois costuma encontrar inúmeros arquivos toda vez que faz buscas na internet.

Despretensiosamente, decide acessar seu e-mail e, ao fazê-lo, entre as dezenas não lidas de mensagens não lidas, nota um em especial com um simples título que chama sua atenção: *Ean*. Ao abri-lo, uma citação intrigante aparece no corpo do texto:

"Se não conto meu segredo, ele é meu prisioneiro. Se o deixo escapar, sou prisioneiro dele. A árvore do silêncio dá os frutos da paz." — Arthur Schopenhauer.

Cismado, verifica o remetente: *arthur.schopenhauer@gmail.com*. Pensa que pode ser alguma piada já que Arthur Schopenhauer era um filósofo pessimista alemão que havia falecido em 1860. O mais curioso de tudo era que esse é o seu filósofo favorito, do qual já havia lido várias obras, porém não costuma conversar abertamente com as pessoas sobre suas leituras, salvo casos específicos nos quais encontra leitores que, assim como ele, também leem assiduamente. Diante desse cenário, não lhe é claro como alguém pode enviar-lhe um e-mail tão especificamente contextualizado. Por um momento, um pensamento de que está sendo espionando assalta a sua mente, mas ele não entende o suficiente de tecnologia para saber como procurar por tais provas, tampouco consegue imaginar de que forma está sendo vigiado.

— Como diabos alguém me envia um e-mail como esse nome de remetente? O que significa esta mensagem, além do óbvio? Como têm acesso ao meu contato? — Ean está totalmente sem respostas, envolto em enigmas.

Vai ao seu escritório, onde se encontram seus livros. Procura, especificamente, pelas obras de Schopenhauer tentando estabelecer alguma conexão com o e-mail e, com sorte, com os acontecimentos recentes, sobre os quais ainda não possui nada, além de uma confusão mental que tem até perturbado seu sono. Seu livro favorito do filósofo alemão se chama *Aforismos para a sabedoria da vida*, o qual ele costumeiramente abre e lê trechos que havia sublinhado durante suas leituras, com o objetivo de internalizar as ideias e pensamentos filosóficos que julga importantes para sua vida.

— Não consigo conectar nenhum acontecimento a nada do que tenho por aqui, nem ao e-mail, muito menos aos livros. Quem dera eu ser inteligente o suficiente para fazer conexões rápidas, juntar pistas e resolver mistérios. Sentir-me-ia, inclusive, melhor comigo mesmo, pois neste momento parece-me que me falta qualquer senso de inteligência e perspicácia. Sinto-me incapaz de decifrar coisas que, pelos menos nos filmes ou livros, decifrar-se-ia com muita sagacidade, considerando a esperteza dos protagonistas. Quem me dera ser como eles agora. — lamenta.

Sem nada conseguir, senta-se à sua mesa, abre seu laptop e acessa o buscador digitando: *filosofia de Arthur Schopenhauer e conexões misteriosas* —, mas nada além de sugestões de livros, análises e sua biografia surgem na tela. Sem saber o que fazer, impacientemente fecha o buscador e vai se deitar. Mesmo na cama, os pensamentos de impotência diante de tudo inundam sua cabeça. Pensa em alguém com quem possa compartilhar a situação e sua amiga Leah surge, mas ela não costuma ler filosofia, portanto volta-se ao desespero momentâneo de imaginar que algo ruim lhe possa suceder, contudo, está de mãos atadas, não sabe quem e nem como podem ajudá-lo.

CAPÍTULO 7

De volta à Klementinum, senta-se à mesa de sempre, já que por ela ser tão recôndita, costuma estar disponível, salvo se algum solitário como ele decide ir à biblioteca. Desta vez, com o objetivo específico de procurar algo em meio aos livros de filosofia, os quais abundam as prateleiras gigantes abarrotadas de obras de toda ordem, certamente inacessíveis no tempo de uma vida humana. Vai à caça de alguma obra de Schopenhauer que ainda não tenha lido. Para ele, a filosofia deve ser lida aos poucos, sendo, ao mesmo tempo, degustada, assim por dizer, já que não pode ser comparada a qualquer outra espécie de livro, as quais podem ser devoradas em um dia ou dois, segundo suas convicções mais ermas à luz externa.

Ali, com tenacidade, em meios às páginas schopenhauerianas, depara-se com uma das mais belas frases do autor: "*A tarde é a velhice do dia. Cada dia é uma pequena vida, e cada pôr do sol uma pequena morte.*" — *Esse é um dos aforismos que melhor explicam a importância de aproveitar cada dia de nossas vidas.* — pensa. "*Em verdade, a manhã é a juventude do dia. Nela, tudo é jovial, fresco e leve, sentimo-nos fortes e temos todas as nossas capacidades à inteira disposição. [...] por outro lado, a noite é a velhice do dia: à noite ficamos abatidos, faladores e levianos. Todo dia é uma pequena vida: o acordar é o nascimento, concluído pelo sono como morte*". *As horas se passam muito mais rapidamente quando se está cercado por livros que me separam da realidade.* — pensa.

Sem chegar à conclusão alguma, vagando em meio aos aforismos, retorna os livros às estantes, agradece à bibliotecária, sempre cordial, e marcha porta afora, sem saber o que pensar e muito menos aonde está indo. Para Ean, a paciência o levará às descobertas que deseja, porém, enquanto esse momento não chega, sabe que precisa continuar na busca pelo que há por trás dos últimos acontecimentos, se é que realmente há algo nessa história.

Muitas vezes, quando parece não encontrar solução para algo, o melhor é deixar os pensamentos de lado e fazer algo diferente. Normalmente, nessas situações, ajuda-o bastante, ir a algum lugar ao ar livre para sentar-se ou simplesmente caminhar em meio à natureza, já que o ar fresco permite pensar mais claramente. Certa feita, havia lido que pesquisadores holandeses confirmaram os benefícios de se estar junto à natureza, tais como aumento da imunidade, melhora do sistema cardíaco, controle da pressão arterial, oxigenação corporal, mais vitamina D, tudo isso deixa o cérebro mais saudável, já que ele entra em um estado chamado rede neural em modo padrão propiciando um processo de autoconhecimento, garantindo mais bem-estar e qualidade de vida.

Resoluto, toma o caminho ao Parque Letna, cruzando o Rio Moldava pela arqueada Ponte Svatopluk Čech, nomeada em homenagem ao escritor, poeta e jornalista tcheco. Ela liga os distritos de Praga Holešovice e a Cidade Velha. Logo após cruzá-la, toma o caminho de pedestres que o leva ao alto das colinas que proporcionam uma vista incrível de Praga. "Leten" significa, originalmente, campo de verão ou lugar para tomar sol. Lá no alto, Ean se senta e admira o Rio Moldava que se curva logo à frente, com a Ponte Charles, entre outras, entendendo-se de um lado ao outro, ligando o seu bairro, Malá Strana, à Cidade Velha, onde trabalha. Esplendorosamente, a Cidade das Cem Cúpulas se faz presente diante de seus olhos envolta em uma névoa branca debaixo de um dia de sol sob um céu pálido.

Demoradamente, observa a cidade, pois aprendeu que na vida, quando se para com o objetivo de fazer algo, é preciso desconectar-se e concentrar-se somente no momento, isso é viver no presente. Com o vento criando trilhas entre seus fios de cabelo e chacoalhando as copas das árvores nos arredores, ouve os sons da cidade, destacando-se o ruído emitido pelos veículos que se deslocam pelas avenidas que serpenteiam o fluxo do rio. O sol se espelha nas águas gélidas que fluem entre as margens, proporcionando um cenário dourado evidenciando a provação que lhe é sair à rua sem óculos de sol.

Dali, observa o bairro onde vive aos pés dos Jardins Petrin, que o relembram do recente episódio com o cão amedrontador. Desviando o pensamento, por um momento, observa a arquitetura da cidade que irradia uma beleza incrível em tons beges, marrons e cinzas, os quais colorem palidamente a urbe de mais de 1,7 milhão de habitantes, com um cenário imponente, rico em cultura e história. Ele se orgulha muito de viver nessa cidade que lhe desperta várias sensações de regozijo e calafrios.

Distraído, pensa na vida. Uma máxima em Latim brota em seus pensamentos: *Carpe Diem*, que significa *Aproveite o dia*, o que lhe parece fazer todo o sentido em meio aos sons, imagens e vento que se mesclam impartíveis... Barcos sobem e descem pelas águas transportando residentes e turistas que buscam ver a cidade de um ângulo distinto. As colinas ao fundo desenham terras habitadas pelos praguenses que se confundem em meio às construções que abundam Praga, transformando-a no mais belo e desejoso cenário para se viver.

Algumas horas depois, de mente leve, serenamente, decide seguir para casa pelo parque com destino ao Castelo de Praga. Ao som da cidade, com os olhos voltados ao belo verde que se lhe estende à frente... Depois de aproximadamente meia hora de caminhada, chega ao castelo, dali, pode novamente contemplar a majestosidade das construções que inundam o vale cortado pelo Rio Moldava. Desce as escadarias ao lado do castelo, sempre frequentadas por muitos turistas, toma a rua Thunovská, dobra à direita na Zámecká e chega à praça da Cidade Baixa, onde vive. Ao cruzá-la, os sinos da Igreja de São Nicolas põem-se a badalar ecoando de forma retumbante pelos seus ouvidos quase ensurdecendo-o.

Ean decide comer algo no Bistro Caffeteria Nicholas, local delicioso do bairro. Ali, senta-se a uma mesa que possui uma vista agradável da praça. O garçom o atende rapidamente, Ean não hesita e, sem mais, faz seu pedido prontamente; um hambúrguer de frango, já que a carne vermelha não lhe apetece muito. Pacientemente esperando-o, observa os arredores; atitude de uma pessoa contemplativa... Incrivelmente adornado em dourado flamejante, ele abocanha o hambúrguer, mordiscando cada migalha do pão macio que lhe sacia. Seus pensamentos se voltam ao seu dia na biblioteca e passeio pelo parque. Conclui que, apesar de não haver conseguido descobrir nada de que gostaria, o passeio fez muito bem à sua mente e corpo, deixou-o mais confiante de que irá, mesmo que demore, entender o que está se passando em sua vida... Sem mais delongas, com certa voracidade, paga sua conta e segue seu rumo ao seu apartamento que, vazio, espera-o.

Ao subir as escadas, encontra Elvira. De imediato, ela o cumprimenta, curiosa e sem rodeios, vai direto ao assunto.

— Olá, Ean. Está tudo bem com você? Esta semana eu tava subindo as escadas do prédio e encontrei um policial. Intrigada, visto que policiais não costumam circular por nossos corredores, perguntei o que fazia por aqui e me respondeu que estava fazendo uma rápida visita a você. — fala ansiosamente.

— Bom, dona Elvira. Está tudo bem comigo. Ele apenas veio para me perguntar sobre uma possível reportagem policial que estamos escrevendo para o jornal. Nada de mais, apenas isso. — tenta desconversar.

— Hum! Não seria mais fácil ir ao jornal ou ligar para você? — pergunta-lhe a bisbilhoteira.

— Não sei, senhora. Talvez sim, mas ele preferiu vir até meu apartamento. Provavelmente porque estava passando por perto, então decidiu entrar. — disse Ean pensando em despistar a mocreia, convicto de que ela se satisfaria com sua resposta objetiva.

— Eu estava na minha janela algumas noites pretéritas... Desculpe-me se estou sendo invasiva, mas você chegou preocupado, todo apressado, pareceu-me impaciente, olhando para todos os lados buliçoso... Pensei, como boa vizinha que sou — sorri de canto. —, em ir ao seu apartamento, pois talvez você estivesse precisando de algo.

— Eu havia ido ao Teatro Nacional e resolvi voltar para casa caminhando, já que não me parecia uma longa distância. Assim, como a noite estava agradável, pensei que poderia aproveitar a brisa. Eu apenas estava apressado, pois já me parecia tarde e a senhora sabe muito bem que muitos gatos notívagos circulam pelas ruas de nosso bairro. Eles me dão calafrios. — explica certificando-se de não cometer nenhum erro gramatical.

— Entendo. Hum... Eu, por vezes, também gosto de caminhar à noite. Contudo, eu o faço aqui no bairro mesmo, pois já não tenho pernas fortes, como tinha há alguns anos. O senhor me compreende? Quanto aos gatos, eu os adoro. Perdoe-me, mas não consigo entender que mal eles poderiam fazer a você. — justifica desconfiada. — Eu penso que...

— Sim, senhora Elvira. — corta-a, impaciente. — É sempre bom sentir o ar fresco assenhorando-se de nossos pulmões. Parece-me que eu deveria fazer mais disso. Sair à noite, nem que seja por alguns minutos. Às vezes, eu me penduro na janela, porém, como vivo no terceiro andar, o vento pode ser um pouco frígido. Já os gatos, Senhora Elvira... — hesitou por um momento. — Não sei a razão de eles me parecem tão soturnos, talvez seja coisa da minha cabeça. Sei lá, é que talvez...

— De fato, Ean. — interrompe-o, com sua boca parecendo uma metralhadora de palavras. — Você tem toda razão. Um vento gélido pode me deixar dias de cama. Então quando necessito sair à rua, sempre me encho de roupas, da cabeça à ponta dos pés, assim é mais fácil evitar qualquer infortúnio. — persiste. — Acho que você deveria ter um gato. — perturba-o. — Eles são animais... Como posso dizer...?

— Sim, a senhora tem toda razão. — profundamente irritado, Ean tenta disfarçar o seu desgosto com tanto papo furado. — Mesmo eu que sou mais jovem, devo me cuidar, afinal, não somos de ferro, dona Elvira. — graceja, sem citar algo sobre felinos.

— Deveras! Vou te deixar ir, pois você aparenta estar cansado.

— Estou sim. — replica pacientemente aliviado. — Hoje fiz uma bela caminhada saindo da Klementinum, subindo as colinas do Parque Letna, passando pelo castelo, desci para casa. Comi algo no café da praça e cá estou. Pronto para descansar. — conclui satisfeito.

— Quanta energia, meu jovem. Que você tenha um bom descanso. Até logo. — despede-se a mocreia.

— A senhora também. Até breve. — finaliza, desejando não a ver nunca mais.

Então, sobe ao seu apartamento... Conturbado, abre a porta, tira seus calçados, entra e a tranca... Depois de um longo dia, decide encher a banheira para tomar um banho demorado, já que pensa que isso pode relaxá-lo. Sem pressa, despe-se e mergulha seu corpo em uma água quentinha. Ali, sozinho sendo ele mesmo, sem máscaras, encosta a cabeça na borda da banheira e fecha os olhos. Pretende, com isso, desfadigar seu eu interior identicamente.

À sua memória, vem uma conversa que tivera, há muitos anos, com um professor de filosofia, da Universidade de Charles, sobre uma questão fundamental da filosofia na qual se discute o fato de que quanto mais conhecimento se tem, mais rara é a felicidade e mais solitário se é.

Professor, dizem que quem lê muito, passa a pensar demais sobre a vida, podendo ficar depressivo, solitário e ter lapsos de memória. Eu aprendi a analisar a vida e seus acontecimentos cotidianos com um olhar diferente, transportando-me para fora de mim, a uma espécie de mundo paralelo, alheio àquele vivido cotidianamente pela quase totalidade das pessoas.

Olha, meu caro Ean, eu sinto que minha obsessão por conhecimento, ao longo da minha já longa vida, destruiu a maior parte de minha vida afetiva, impossibilitando-me de estabelecer vínculos afetivos críveis, levando à conclu-

são de que todo relacionamento é superficial, em última análise, efêmero. Para mim, mesmo eu não gostando de dizer isto, a vida me é pesada e desarmônica.

É bem verdade, professor! Tornei-me cético em relação a, basicamente, tudo. Tenho dificuldades de ter certeza sobre algo, sempre, sinto-me indeciso. Sou melancólico, quieto e contemplativo. Percebo que sei mais do que os outros, filosoficamente falando, e isso torna a minha felicidade mais escassa, visto que tenho uma profunda visão da miséria humana interior. Meu ceticismo amplamente favoreceu minha preferência pela solidão.

E digo mais, sou uma pessoa de emoções intensas, mas já deixei as extravagâncias sentimentais para trás. Aprendi a ser prudente e contido em todos os sentidos. Sem risos, alegrias, exaltações em excesso, mas tudo na medida certa ou, talvez, um pouco abaixo do necessário.

Uma pausa lúgubre paira no ar. Ean volta à realidade do momento que reforça a vida solitária em que se soterrou. Abre os olhos, mira o seu redor e nada mais vê e sente, além do silêncio de uma noite típica do inverno de sua alma... Volta a relaxar.

Para a filosofia, Ean, tudo em excesso é ruim, ou como diz a Máxima Délfica, "nada em excesso", enfatizada pela filosofia aristotélica da doutrina do meio-termo. Por exemplo, segundo Aristóteles, a coragem é uma virtude, mas se exercida em demasia, leva à imprudência, contudo, se está em carência, leva à covardia.

A representação mais antiga dessa ideia na cultura está provavelmente no conto mitológico cretense de Dédalo e Ícaro, no qual Dédalo, um famoso artista de sua época, construiu asas emplumadas para ele e seu filho, para que eles pudessem escapar das garras do rei Minos. Dédalo adverte seu filho, a quem ele tanto amava, para "voar no caminho do meio", entre a maresia e o calor do sol. Ícaro não deu ouvidos ao pai e voou para cima e ao alto até o sol derreter a cera de suas asas. Por não seguir o caminho do meio, caiu no mar e se afogou.

E a Cleóbulo de Lindos, professor, é atribuída a máxima "Moderação é melhor". Já Sócrates dizia que um homem deve saber "como escolher a média e evitar os extremos de ambos os lados, na medida do possível"... "O que se quer é um equilíbrio entre extravagância e avareza através da moderação, com o objetivo de distância entre os dois extremos." – dizia Al-Ghazali.

Eu amo essas divagações, meu querido professor, quanto mais leio filosofia, mas sinto que tenho a habilidade de compreender a vida e seus caminhos, assim como as pessoas e suas atitudes, por outro lado, tanto mais confuso fico em relação à vida e ao comportamento humano. Por mais que a vida seja cruel, aprender a pensar filosoficamente faz todo o sentido, pois, ao ser mais contido, a maioria de minhas indisposições corporais e mentais desvaneceram, permitindo-me lidar com o peso da existência, de certa forma.

Ean, não obstante, creio que uma vida irrefletida, sem a busca pelo conhecimento, não me faria sentido, visto que passar a existência afundado em superficialidades, vícios e futilidades soa-me um crime, o verdadeiro suicídio. Ocasionalmente, confesso a você, meu amigo Ean, sei que já passei do ponto de retorno e que, talvez, se soubesse eu do peso que tamanha consciência me traria, teria sido mais cauteloso em relação à busca pelo conhecimento.

Professor, a dificuldade em estabelecer conversas longas com as pessoas comuns incomoda-me, por vezes. De costume, preciso simplificar o que quero dizer-lhes; é a única maneira de fazê-las entender-me e, com sorte, manter alguma conversa mais duradoura, porém rasa. Isso se agrava pelo fato de eu ter-me transmudado ao longo de minha vida a um ponto no qual passei a seguir todos os preceitos morais de uma vida corporal e mentalmente saudável, na minha visão; porém, de um perturbado, na opinião alheia. Ninguém que é politicamente correto demais é tolerável. Minha balança pende para isolamento, silêncio e ceticismo...

Ao abrir os olhos, tomado pela preguiça, sente a água um pouco fria. Decide-se secar-se e ir à cozinha para preparar seu jantar. Enquanto o faz, repassa em sua cabeça os deveres que lhe esperam no dia vindouro. Sem estar muito disposto a sair, pensa na possibilidade de trabalhar em casa, algo que pode se dar ao luxo, devido à tecnologia e ao cargo que ocupa. Quando o faz, costuma deixar a redação organizada e seus subordinados cientes de que podem contatá-lo a qualquer momento, caso seja necessário; mesmo assim, no fundo, deseja que ninguém o perturbe durante seu dia de *home office*, mesmo sabendo que seria muita sorte se o deixassem em paz.

Perdido em seus desejos laborais, é tomado por calafrios momentâneos ao ouvir um gato choramingando insistentemente em algum lugar nos arredores de seu apartamento. Pensamentos sombrios lhe vêm à mente, visto que o felino lhe traz histórias de terror à tona. Para ele, gatos são como algumas espécies de flores, lindos, porém perigosos. Ean não sabe de onde vem esse pavor... Caso encontre um gato de dia, normalmente, o vê como um simples animal, inclusive o acaricia. Contudo, se topar com um deles pela noite, ele é capaz de afastá-lo com pedregulhos ou gravetos e sair correndo.

Ao abrir as cortinas discretamente, vê um bichano preto paquidérmico no telhado da construção ao lado, observando-lhe com olhos esbugalhados. Ean se sente intimidado e, sem pensar, fecha-se em seu apartamento, verifica se a porta está trancada e se todas as outras possíveis entradas ou saídas estão bloqueadas. Assim, sente-se mais seguro. Caso o gato volte a miar, sabe que colocar uma música para tocar é a solução para espantar o medo.

Ean vive em um apartamento bastante antigo, com cinco cômodos, que herdou de seus pais. O imóvel conta com uma sala e cozinha amplas conjugadas, dois quartos, banheiro, lavanderia e uma vidraça, a qual se volta para a Praça da Cidade Baixa, com vistas à Igreja de São Nicolau. Ele adora passar seu tempo sentado junto dela, principalmente no inverno, assim pode se aquecer em dias frios com o sol penetrando os vidros, aquecendo seu corpo gélido e sua alma cética. Ali, costuma ler, escrever e muitas vezes, meramente, esticar-se ao sol, fechar os olhos, apenas ouvir o que se passa nos arredores.

Por ser um lugar de bastante movimento, a praça, por vezes, é um pouco barulhosa. Contudo, Ean tem a capacidade de desligar-se do mundo e conectar-se com seus pensamentos com certa facilidade e severa fidelidade. Destarte, costuma ficar ao sol refletindo sobre a sua existência, que muitas vezes, aos olhos alheios, é julgado como patético, frugal e insensato. Não obstante, há tempos, não mais dispende atenção às lorotas alheias, porque concluiu habilmente que o que os outros dele falam não lhe pertence. Assim, ciente de que não tem a obrigação de carregar o julgamento de terceiros, consegue levar uma vida mais leve, à sua maneira, por assim dizer.

Curioso como sempre, decide investigar mais sobre gatos. Abre a página de busca em seu computador e digita: *por que os gatos são tão misteriosos?* Alguns resultados pipocam na tela e começa a ler em voz alta.

O gato é um animal que expressa sabedoria e mistério e desde a antiguidade é tido como símbolo místico personificando deuses e símbolos de magia. Dizem que eles têm a capacidade de transmutar energias negativas em um ambiente e que também conseguem enxergar outras dimensões.

Algo que Ean tem em comum com os gatos é o fato do desapego, pois eles são seres que vivem muito bem sozinhos e não, necessariamente, necessitam de afeto. Também, são associados às sombras e à escuridão, pelo fato de serem noturnos.

No Xamanismo, ele é considerado fonte de força e cura. Para Oglala, povo nativo americano, o gato é associado à maldição, por ser noturno e misterioso. Na Igreja Católica, ele já representou o Diabo. No Antigo Egito, o gato era o animal mais venerado. Para os Celtas, eles eram associados à arte e à poesia, assim como proteção, cura e fertilidade. Na astrologia chinesa, pessoas que nascem sob a influência do signo do gato possuem as características do animal. Os Vikings viam os gatos como seres dotados de poderes especiais. No Japão, ele simboliza boa sorte e proteção. No Islã, existe a história de que o profeta Muhammad amava gatos, então, alguns dizem que a letra M, que aparece na cabeça de alguns felinos, está associada ao nome Muhammad, sendo assim, um animal abençoado.

Ao se calar, lembra-se que lera sobre um estudo publicado pela revista *Journal of Symbols & Sandplay Therapy*, o qual aponta que, na psicologia, o gato, como outros símbolos, tem aspectos positivos e negativos. Quando se olha para ele como um símbolo do feminino, ele contém aspectos positivos como o instinto espiritual, fertilidade, riqueza e cura. Por outro lado, também representa aspectos destrutivos e negativos como escuridão e feitiçaria.

CAPÍTULO 8

A Praça da Cidade Baixa é o centro de gravidade do bairro, estabelecida ainda em 1257, em formato generosamente retangular com construções góticas. No centro, encontra-se a Igreja de São Nicolau e algumas casas. Nas partes superior e inferior da praça, há estacionamentos para veículos. Rodeada por edifícios importantes como os Palácios Šternberk e Smiřický, ali também existem a Charles University e uma academia de artes cênicas.

Por vezes, quando está em casa, Ean ouve o badalar dos sinos da igreja. Para ele, sinos são como gatos, ambos lhe causam um frisson. No caso dos sinos, costuma fechar os olhos aos badalares e apenas sentir a energia penetrando seu corpo como se fosse uma agulha sendo cuidadosamente introduzida no seu tecido muscular. Lembra-se perfeitamente de uma vez em que estava caminhando nos arredores da espetacular Catedral de Santo Estevão, em Viena e, ao passar pela frente dela, seus sinos começaram a vibrar estrondosamente anunciando a missa de Natal. Por mais de um minuto, os sons se fizeram onipresentes por vários quarteirões da capital austríaca invadindo os ouvidos de qualquer alma existente a quilômetros de distância. Ele se deteve observando a catedral como se fosse conseguir ver os sinos que executavam a estupenda e arrepiante sinfonia.

Numa sexta, fim de tarde, ao chegar em casa jornadeando pela avenida de estátuas, a ideia de verificar a caixa de correios assalta a sua mente. Entre os poucos envelopes, um chama sua atenção instantaneamente, pois dentro há um papel rijo — nada escrito por fora, aparentemente. Lembra-se do recente e-mail que havia recebido; movimentando o envelope contra a luz, um escrito gelifica sua alma: *São Cristóvão*. Com o coração acelerado, tentando ser cuidadoso, rompe-o e retira uma foto. Incrédulo, sobe as escadas apressadamente, abre a porta, tira os calçados, entra, enclausura-se em seu apartamento. Ansiosamente, corre para a janela frontal, abre-a e ergue a foto à altura dos olhos esticando o braço. Por um momento, desvia os olhos e o conteúdo da foto se revela à sua frente: a Igreja de São Nicolau.

— Por que diabos alguém me enviaria uma foto da Igreja de São Nicolau? — questiona-se.

Sem perder tempo, um processo de conexões instaura-se em sua mente. As semelhanças saltam aos olhos. Agora, ele já tem em seu domínio que o remetente é a mesma pessoa ou, pelo menos, supõe que é uma pessoa, já que não sabe se realmente é um humano quem lhe enviara os envelopes — o inscrito e a forma que foi feito eram equivalentes. Imobilizado, conseguindo movimentar apenas os olhos, fita a foto e a igreja várias vezes objetivando encontrar semelhanças com os dizeres "*São Cristóvão*" e alguma possível palavra ou frase nas paredes barrocas da igreja. Não obstante, nada o fez compreender o que se passa neste momento. Ean não consegue associar a foto a nada além do óbvio.

Frustrado, decide fechar as cortinas e voltar-se ao apartamento para tomar um banho, pois já aprendera que um banho tem o poder de renovar uma pessoa, quem sabe assim, ele seja capaz de descobrir algo. Dessa vez, prefere banhar-se com o chuveiro, já que a preguiça de esperar a banheira encher é pesada... A água escorre pela sua pele ressecada, devido ao frio invernoso que se abate sobre a cidade paulatinamente. De repente, Ean arregala os olhos ao estabelecer uma possível conexão entre os acontecimentos recentes, começando, imediatamente, a ordená-los em sua mente procurando comprovar sua tese.

Primeiro eu tive um pesadelo horrendo em que homens com cabeça de cachorro me atacavam, depois aquele encontro arrepiante com um gato preto na Ponte Charles, na sequência, o ataque real na noite em que eu voltava do teatro. Por último, o e-mail com a misteriosa frase de Schopenhauer. Tudo isso está relacionado pelo simples fato de que são acontecimentos sinistros, que despertam medo, terror e, possivelmente, morte.

Considerando que a Igreja de São Nicolau tem mais de 700 anos, sendo tão antiga como a maioria das construções de Praga, Ean pondera o fato de que lá possa haver alguma história que também evoque medo, como fantasmas ou criaturas das trevas. Sem muito crer nisso, por ser uma pessoa totalmente cética, decide ir à igreja para verificar se algo lhe ocorre, possibilitando uma pista a mais ou quem sabe a resolução do mistério. Assim, veste-se apropriadamente e desce as escadas rapidamente, pois já é noite e logo a igreja será fechada. Ao se aproximar da entrada principal, retrai-se, uma vez que um gato cinza, aparentemente colossal, posta-se assombroso nos degraus da igreja observando algo invisível aos olhos de Ean.

Quando Ean era criança, tinha um gato que amava muito. Por coincidência, ele era preto com algumas linhas brancas aleatórias na sua pelagem... Ele lembra que toda vez que se sentia triste bastava se aproximar do bichano e tocá-lo, imediatamente, como uma mágica, a tristeza se desvanecia.

Ean sempre julgou isso como algo incrível e sem explicação que lhe era muito real. Depois dele, não teve mais nenhum animal de estimação e, com o tempo, a simbologia sombria do gato passou-lhe a fazer mais sentido que qualquer outra e, talvez, por isso, tenha pavor de ver gatos à noite ou de ouvi-los choramingar em meio à escuridão. Parece-lhe um trauma incompreensível.

A passos curtos, aproxima-se e, lateralmente, adentra a igreja sem tirar os olhos daquele felino gordo que passara a fitá-lo, como se quisesse impedir a sua entrada. Logo depois, na igreja vazia, Ean passa a caminhar lentamente atentando-se a qualquer detalhe que possa fazer conexão com o inscrito "*São Cristóvão*" ou aos eventos recentes. Sem muito sucesso, observa a beleza barroca que compunha a parte interna da igreja. Com uma volta completa sem encontrar evidências, um padre se aproxima e, um pouco hesitante, cumprimenta-o despretensioso, inicialmente.

— Boa noite, santo padre. Como o senhor está?

— Estou bem, meu filho. Seja bem-vindo à nossa igreja. Que Deus te abençoe.

Todos os padres são iguais e todas as igrejas do mundo.

— Bom, sou jornalista e estou à procura de histórias de assombração. Disseram-me que aqui há uma. — diz ele improvisando e tentando se mostrar profissional, sem ter ideia de que ali realmente se passava algo.

— Olha, meu filho. A cidade de Praga é repleta dessas histórias que, na sua maioria, não passam disso. Nesta igreja também temos uma. — diz.

Ean horripila-se feliz, mas se contém, pois tem que ser fiel à sua introdução.

— Dizem que um fantasma violento, chamado Judia Estrangulada, assombra as ruas ao redor da Igreja em busca de seu amante. Ela era, antigamente, quando ainda mulher, amante de um monge chamado Anselmo. A história diz que, depois que o abade descobriu sobre a traição dele perante a igreja, o monge foi forçado a sair da cidade e abandonar sua amante. De coração partido, a mulher enlouqueceu de dor e matou o abade com as próprias mãos. Alguns dizem que ela ainda ataca os líderes da igreja à noite. Então, este lugar é mais bem visitado à noite, pois há mais probabilidade de sentir essas vibrações assustadoras. — finaliza o santo padre, ironicamente.

— Acho que estou aqui no momento certo então. — graceja Ean.

— Às vezes, ouço algo que me parece alguém soluçando chorosamente à noite aqui — tenta improvisar o padre. —, mas talvez seja apenas algo de minha cabeça.

— Bom, santo padre, penso que devo ir-me, pois já está tarde e não quero ser atacado pela Judia Estrangulada. — troça. — Espero que o senhor tenha uma boa noite de descanso. — finaliza, pensando em dar o fora dali o mais rápido possível com o pensamento naquele gato asqueroso que, para sua infelicidade, ainda deve estar na escadaria.

— Igualmente, meu filho. Vá com Deus e volte sempre. — encerra o santo padre.

Ean se retira silenciosamente tentando passar invisível aos olhos da Judia Estrangulada. Ao sair pela porta, o felino o fita assustadoramente, calafrios percorrem o seu corpo. Quase que subindo pelas paredes, afasta-se do cenário assustador olhando para trás tentando confirmar para si mesmo que ninguém o segue, pelos menos, alguém visível.

Um gato que vê aquilo que eu não consigo ver, sempre me dá um calafrio.

Logo mais, já em meio a outras pessoas que, apressadamente, deslocam-se para suas casas ou se acercam aos restaurantes e carros que disputam as ruas com os bondes elétricos que flutuam sobre os trilhos emitindo ruídos por meio de suas sinetas buscando alertar pedestres desprevenidos que caminham desatentamente, evitando um futuro fantasma na praça, Ean se detém, vira-se e passa a observar a igreja e seus arredores desejando encontrar algo que, na verdade, não quer encontrar. Nada de a Judia Estrangulada aparecer ou sequer choramingar à perda de seu amante em meio aos sons estridentes das ruas e becos da cidade.

Girando sua cabeça e corpo, de longe, aparentemente, sendo exorcizado, Ean mira seu olhar a tudo e todos procurando ser discreto, já que alguém, em meio a uma praça, estaticamente olhando os arredores, poderia despertar a atenção. Cortinas entreabertas, restaurantes lotados, transeuntes indo e vindo, veículos... Tudo é alvo do seu olhar penetrante. Ainda assim, bulhufas chama a sua atenção e, de certa forma, decepcionado por suas habilidades detetivescas, pensa que é melhor retornar ao apartamento e, secretamente, ir à janela frontal, aconchegar-se em uma cadeira de descanso por algumas horas esperando que a Judia Estrangulada ou algum outro fantasma surja em meio à escuridão.

De volta ao apartamento, plantado, luzes apagadas, sem pretensões de chamar a atenção de algum curioso, observa a praça abaixo esforçando-se para enxergar aquilo que os olhos não costumam ver, principalmente em meio ao breu que, neste momento, abate-se sobre a cidade. Seu kit de detetive consta de um bom par de óculos de grau, basicamente, sem o qual, muitos fantasmas e sombras brotariam diante de si. Ean não deixa passar nada, desde o vento que sacode as raras plantas da praça aos humanos e máquinas de toda ordem que trafegam incessantemente. Contudo, o tempo bandeia-se sem apresentar-lhe algo que o satisfaça, fazendo-o bocejar abrindo sua boca a ponto de, provavelmente, assustar alguém que o estivesse observando de outra sacada ou ponto clandestino aos seus olhos.

Sem muitas esperanças, pensa em abortar a missão, fechar as cortinas, enclausurar-se em seu apartamento e aproveitar a noite de sexta, à sua maneira: sozinho, vendo algum filme ou série que lhe possa ensinar algo ou fazê-lo refletir, bebericando um café cappuccino, já que, a essas horas, café preto o deixaria de vigília boa parte da noite.

Horas depois, ao dar uma última espiada através das cortinas, no canto do prédio do outro lado da rua, tomado pela penumbra, sob os arcos do Palácio Kaiserstein, nota algo que, estaticamente, observa-o. Tomado por um estremecimento repentino, esconde-se atrás da parede ao lado da janela e decide mudar-se para a outra janela, o que lhe proporciona uma melhor visão. Discretamente, espia novamente e percebe que está sendo observado, agora, nesta outra janela. Sem saber o que fazer, abaixa-se novamente e pensa em filmar com seu celular. Assim, coloca apenas a câmera contra o vidro, mas, devido ao breu em meio à névoa, nada consegue captar, visto que, para piorar as coisas, sua câmera de zoom está com a lente trincada, devido a uma queda.

Sucumbindo ao medo, ele permanece abaixado. Outra vez, ergue-se ao vidro e fita a entidade novamente. Repentinamente, a criatura surge à luz que emana das lâmpadas da praça e se mostra pavorosamente igual àquelas que o atacaram tempos atrás quando voltava do teatro. Tremendo e, ao mesmo tempo, tomado por uma coragem insana, engatinha até a porta do apartamento, abre-a e desce as escadas cautelosamente, já que é tarde da noite. Ao chegar à porta de saída do prédio, nota que a criatura demoníaca ainda está lá e, por um momento, seus olhos se encontram no meio do caminho. Ean constata aquilo que mais temia... É um homem com cabeça de cachorro em vestes negras esvoaçantes.

Então, olha para os lados e não vê absolutamente ninguém na rua, além do excêntrico bípede que se posta poucos metros à sua frente, do outro lado da rua, debaixo dos arcos palacianos. Subitamente, a criatura dispara pela ruazinha que dá acesso direto à Ponte Charles. Ean contem-se para não urrar em meio ao silêncio noturno que impera. Alguns minutos se passam e ele decide, receosamente, abrir a porta do prédio e sair à rua, por conta e risco, visto que, aparentemente, se algo acontecer, ele pode ser o próximo fantasma da praça. Assim, dá um passo sabendo que preferiria estar fazendo qualquer outra coisa neste momento. Invadido por uma adrenalina propulsora, aproxima-se do arco e percebe uma caixa branca, ao chão junto à pilastra, lindamente envolta por um laço lilás perfeitamente atado.

Ele se abaixa, observa ao seu redor girando seu pescoço quase que 360 graus, identicamente a uma coruja, pensando que poderia estar sendo observado ou, até mesmo, atacado a qualquer momento. Sem nada a temer, além de tudo que se passa ali, toma a caixa em suas mãos ansiosamente com medo de abri-la. Porém, sem poder contar com a ajuda de ninguém, volta rapidamente ao seu apartamento certificando-se de quem ninguém o segue. Abre a porta, tira os sapatos e a tranca imediatamente. Respira aliviado.

Considerando risco de morte, abre a caixa rapidamente com os olhos fechados, apenas tateando o laço. Ao fazê-lo, estaticamente, detém-se por um instante e abre os olhos, respirando vivamente. Dentro da caixa, está um papel em que se encontra uma frase digitada:

"Quem luta contra monstros deve velar-se para que, ao fazê-lo, não se transforme também em monstro. E se tu olhares, durante muito tempo, para um abismo, o abismo também olha para dentro de ti." — Friedrich Nietzsche

Ean já havia lido a frase muitas vezes e a compreendia parcamente, além de seu sentido superficial.

Primeiramente, não podemos nos associar àquilo contra o que lutamos. Assim, se lutarmos contra um monstro, não nos tornaremos um. Quanto ao abismo, devemos nos assegurar de que não caiamos nele, ou seja, no vazio da existência. — conclui em sussurros.

Ean lembra-se dos vários livros de Nietzsche que tem guardados no seu escritório, mas que ainda não teve coragem de ler... Sem saber muito o que depreender do mais recente obscuro evento em sua vida, deita-se no sofá frustrado com a caixa sobre a mesa de centro de sua sala, matuta sobre os vários acontecimentos e, no fundo, pensa que isso tudo é preocupante, pois os fatos estão se aglomerando à sua volta e logo poderão pisoteá-lo, afundando-o em um poço de preocupações, visto que não consegue confiar em ninguém para dividir o momento assombroso pelo qual passa. Lembra-se de Leah, mas pela empatia que possui dentro de si, decide que, pelo menos por enquanto, vai mantê-la alheia aos fatos.

Deitado, sob as luzes bruxuleantes da vela posta sobre a mesa, uma ideia interessante lhe surge à mente... Levar a caixa ao delegado Jakub, pois vê a possibilidade de encontrar digitais nela. Por um momento, reflete sobre isso, mas também pensa que a criatura certamente tomou todas as precauções para não deixar rastros de sua identidade.

Sem mais, decide-se por ir dormir ou, pelo menos, tentar. Sem desligar-se da noite digna de sexta-feira 13 que teve, deita-se e apaga as luzes. Ao fechar os olhos, pensamentos sorrateiros de terror invadem sua mente, então, bruscamente, acende a luz do abajur pensando na longa noite que terá pela frente. Imaginando a possibilidade de não conseguir dormir no escuro, cerra seus olhos sob a luz do abajur. Neste momento, o pensamento de que alguém o observa brota em sua mente. Novamente abre os olhos e, esmorecido, senta-se na cama buscando uma solução. A única à vista, seria abrir as páginas de algum livro, ler um pouco e, aos poucos, de forma monótona apagar-se da realidade entrando em sono profundo, mesmo estando ciente de que criaturas bípedes com cabeça de cachorro e vestes negras esvoaçantes poderiam brotar das profundezas de sua mente tumultuando o seu sono... após algumas páginas, suas pálpebras descem lentamente. Ean adormece.

CAPÍTULO 9

Dias depois, ao abrir a porta para ir ao trabalho, após uma noite inquietante de algo que se podia chamar de tudo, menos sono, encontra um envelope na aldrava da porta de seu apartamento. De cor preta, não continha nenhum dizer nas suas partes exteriores, à primeira vista. Ao abri-lo, notou um inscrito refletido na luz que emanava do teto do corredor. *São Cristóvão*, lia-se na parte frontal. Ao rasgá-lo, lateral e cuidadosamente, com receio de danificar algo que estava dentro, retira um papel com uma pergunta que não lhe fazia muito sentido, assim como o inscrito externo. *Nova Déli é a capital de qual país?* Sendo um amante da Geografia, a resposta já estava na ponta da língua, antes mesmo de terminar de ler a pergunta.

Cismado, senta-se no sofá, pensa, lê os inscritos novamente, tenta descobrir se são algum tipo de anagrama ou qualquer jogo de palavras, mas nada lhe fica claro. Ean nunca havia ido à Índia. Toma seu celular nas mãos e digita no buscador *Saint Christopher India*, em inglês. Muitos resultados pipocam na tela. Um deles chama sua atenção de imediato — *Saint Christopher, Christophe Cynocéphalie* —, uma figura de um homem com cabeça de cachorro o deixa arrepiado e muito nervoso; os acontecimentos recentes invadiram sua mente no mesmo momento.

Noutra busca mais detalhada, encontra "Cinocéfalo, palavra que vem do grego e significa *Monstro Híbrido com corpo de Homem e cabeça de Cachorro*. Segundo os gregos, os Cinocéfalos habitavam a Índia e o mais conhecido era São Cristóvão. Seu cérebro borbulha de pensamentos que, finalmente, de algum modo ainda muito vago, parecem conectar-se ao sonho e, principalmente, ao ataque que lhe havia acontecido quando voltava do teatro. Ainda sentado, abismado, continua lendo sobre o que encontrou na *Wikipedia*.

A forma de Cinocéfalo — um homem com a cabeça de cachorro ou de um chacal — é bastante comum nas inscrições do Antigo Egito. A palavra Cynocephalus é uma palavra grega para o babuíno sagrado do Egito, por ter sua face semelhante à do cão.

Diversos mitos, cristãos e pagãos relatam casos de Cinocéfalos. Na Igreja Ortodoxa, existem certos ícones que retratam a figura degenerada de São Cristóvão com a cabeça de um cão. Segundo relatos, o santo, antes de conhecer o Cristo e converter-se, tinha devorado um homem e latido. Arrependeu-se ao converter-se pelo batismo e foi recompensado com a forma humana.

As raízes para vários destes relatos fantásticos estão num mito que remonta ao reinado do Imperador Deocleciano, quando um homem chamado Reprebus Rebrebus ou Reprobus (o "Salafrário") foi capturado após combates contra tribos da Cirenaica (oeste do Egito) — e que teria dimensões enormes e uma cabeça de cachorro, em vez de humana.

Não consegue estabelecer outras conexões que o levem adiante, pois não há muitas informações que se conectem com a realidade, visto que nunca foi fã de histórias de animais ou humanos híbridos, nem mitologia. Persistente, encontra resultados mais recentes reportados no Reino Unido, onde há relatos de criaturas com cabeça de cão, chamadas *Leatherheads.* Nos Estados Unidos, existem histórias parecidas, em que pessoas afirmam ter visto uma criatura semelhante que ficou conhecida como *Dogman* ou a *Besta de Bray Road.* A Crônica de Nuremberg que ele havia visto na Biblioteca Klementinum lhe vem à mente, também. Contudo, as peças não se encaixam.

Atrasado, pega sua bolsa, desce as escadas e ruma ao *The Times of Praha* cruzando a avenida de estátuas. Todo agitado, entra na redação e se senta à sua mesa o mais rápido possível, a fim de não ser parado por algum subordinado. Abre seu computador e olha rapidamente os vários e-mails que lhe aguardam para um longo dia de trabalho. Não consegue se concentrar no trabalho, mesmo forçando sua mente a mudar o rumo, tem a sensação de que os pensamentos irão ferver seu cérebro durante o dia todo.

— Bom dia, Ean. Como você tá? — entra seu chefe sem sequer bater à porta.

— Tudo bem e o senhor?

— Sim, tudo bem comigo, felizmente. Estou aqui para te fazer um pedido. — diz ele.

— E o que seria?

— Bom, notei que você chegou todo apressado, sem olhar para os lados. Parecia estar fugindo de algo. Notei que isso aconteceu outro dia também. Além disso, o delegado Jakub ligou hoje aqui perguntando se você tava trabalhando, pois queria passar aqui para te ver. Está tudo bem mesmo? Você está precisando de alguma coisa?

— Olha, chefe, eu apenas acho que tenho estado um pouco sobrecarregado. Tenho tentado passar algumas tarefas aos meus colegas e aos estagiários, porém sinto que, algumas vezes, eu tenho que revisar tudo o que eles fazem, além de ter que dar conta do meu trabalho. Isso tem me deixado estressado, inclusive quando estou em casa. Desculpas pela sinceridade, mas o senhor sabe que é assim que sou.

Descaradamente, oculta a verdade de Cipris, pois sente que ele não está preparado para saber o que realmente se passa.

— Ok. Então, vou verificar como eles estão trabalhando e em breve falo contigo. Tome um café antes de começar o seu dia, isso pode te ajudar. Mas sinta o gosto dele, não apenas engula com a cabeça na lua. Se desligue dos acontecimentos ao redor quando estiver aqui e faça o mesmo quando estiver em outros locais. Você sabe muito bem como fazer isso. Caso isso não resolva, talvez seria interessante você tirar alguns dias de folga. Mas, por enquanto, vou fazer as minhas investigações. Qualquer coisa, tô disponível.

— Muito obrigado pela sua preocupação. Eu vou ficar bem.

Seu chefe se levanta da cadeira, fita-o brevemente e marcha rumo à redação objetivando cumprir o prometido. Ean, languidamente, volta-se ao computador e novamente acessa os e-mails, dessa vez, abrindo um por um e tentado lê-los concentradamente. Com um pouco de esforço, termina todos, responde alguns, faz anotações na agenda, começa a enviar algumas mensagens e faz ligações marcando algumas entrevistas e confirmando outras que já estavam agendadas. Muito precavido, não gosta de perder tempo, por isso, antes de sair para um papo com os entrevistados, sempre confirma entrando em contato com eles. Jamais admitiria chegar a algum lugar e seu entrevistado não aparecer. Contudo, sendo um leitor ávido, sempre tem alguma carta na manga. Ao esperar por alguém, sempre carrega um livro na bolsa.

Ao fim do longo e turbulento dia de trabalho, em meio ao crepúsculo, segue para um café no Starbucks de sempre, na rua Karlova, próximo ao trabalho e à Klementinum. Senta-se na mesa alta de frente para a vidraça observando as pessoas que passam na rua. Costumeiramente, ao fazê-lo, sempre fica divagando e se questionando sobre o que as pessoas estão pensando e aonde estão indo. A cada pessoa, julgando-a pela sua estatura, sexo e vestimentas, atribui-lhe um pensamento e um destino.

A um jovem rapaz, cabelos longos e ondulados, barba por fazer, roupas coloridas, além de cafona, provavelmente seja algum hippie ou artista que trabalha com pintura, música, artesanato ou até mesmo professor de alguma dessas áreas. Uma senhora, com roupas em tons semelhantes como preto ou azul escuro, sociais, julga-a como alguém que provavelmente tem algum cargo importante em algum escritório nas proximidades... Ean tem ciência de que estereótipos podem ser uma maneira presunçosa de categorizar alguém e se esforça para evitar essas atitudes que lhe assaltam a mente, vez por outra. Contudo, em certos momentos, não consegue escapar, depois fica se sentindo um torpe pelo que fez.

Sorvendo seu café, observando as pessoas apressadas e os carros velozes seguindo seus destinos, sente o peso da vida nos ombros, mais uma vez. Um pouco cabisbaixo, termina seu café e fita, ao longe, algumas construções antigas que se mostram no horizonte, sente-se cansado de tudo. Pensa que deveria trocar de profissão, pois é uma pessoa que se fatiga facilmente diante de atividades repetitivas, como ir todos os dias ao trabalho pelo mesmo caminho, sentar-se à mesma mesa e fazer as mesmas entrevistas. Ele havia lido uma vez que isso é característica de pessoas inteligentes, pois elas se cansam rapidamente de executar a mesma tarefa repetidamente, já que seus cérebros exigem que aprendam novas habilidades com certa frequência. Os trabalhos repetitivos seriam para pessoas de inteligência mediana ou baixa que, simplesmente, aceitam fazer sempre o mesmo, justamente por preguiça de aprender a executar novas tarefas ou, até mesmo, de pensar ou talvez não. Outros diriam que uma mente que necessita aprender coisas novas com frequência é ansiosa.

Na mesma reportagem, havia lido que um grande intelecto pode não fazer diferença com relação à satisfação com a vida da pessoa e que pode inclusive significar uma sensação de vazio. Lembra-se de uma parte específica que dizia que uma constatação comum das pessoas mais inteligentes é que elas têm uma visão mais clara sobre as mazelas do mundo e a precariedade da condição humana, por isso, com mais frequência são esmagadas pelo peso da existência, enquanto as outras pessoas, por terem a mente mais rasa, sofrem menos, passando a vida alienadas, afundadas em vícios, saltando de um breve momento de felicidade ao outro, sistematicamente. Ean pensa muitas vezes na frase proferida por John Lennon a qual diz que *a ignorância é uma espécie de bênção. Se você não sabe, não existe dor*, frase que ele vira no Lennon Wall, um muro em Praga, que desde a década de 1980, tem sido preenchido com grafites inspirados em John Lennon, letras de músicas dos Beatles e designs relacionados a causas locais e globais.

Por outro lado, pessoas inteligentes não necessariamente tomam decisões mais sábias e muitas delas têm dificuldade na hora de decidir, mostrando-se ansiosas. Ean sempre duvidou de sua inteligência e capacidade, porém, com o passar do tempo, entre muitas leituras e um pouco de terapia, descobriu-se uma pessoa inteligente e melancólica, sem grandes alegrias, mas com profundas indiferenças. Percebeu que é possível desenvolver o intelecto por meio dos livros e é isso que faz. Às vezes, questiona-se se a sua vida não seria melhor se tivesse ficado longe da filosofia.

Isso tudo o fez entender que, no fim das contas, prefere uma vida mais melancólica, sincera, contida — com virtudes — em meio a seus livros e às poucas pessoas que realmente lhe são importantes na vida. Acredita que uma vida sem livros é sinônimo de uma vida regada a vícios que somente trazem felicidades instantâneas explosivas, mas que logo depois afundam as mentes no tédio. Pessoas que não leem não sabem lidar com as frustrações da vida e muito menos sair de si mesmas para se enxergar de fora, buscando assim soluções, sem julgamentos ou repreensões. Por outro lado, pessoas que leem muito podem ser entristecidas, contendo suas emoções mais facilmente, pensando de forma mais sensata diante das adversidades.

CAPÍTULO 10

Às 7h do sábado, seu alarme desperta. Preguiçoso, decide permanecer em sua cama sem aquela pressa operária dos dias de trabalho. Sem surpresa, os acontecimentos da noite anterior borbulham em sua mente, fazendo-o desistir da soneca. Levanta-se, abre as persianas e lá fora, em meio a um céu azul-esbranquiçado, o sol se esforça para se fazer visto, brotando languidamente por detrás das construções. Seus olhos percorrem toda a praça desde os arcos palacianos até a torre da igreja, desenhando uma planta do local em sua mente. Algumas pessoas já cortam as ruas apressadamente evitando serem atropeladas pelos bondes que serpenteiam as estreitas ruas do bairro passando em frente à janela de seu apartamento.

Nada novo, nada diferente, nada interessante, nada, nada. É curioso como o nada é tão cheio de significado!

Concentra-se no sábado que se estende diante de si. Manhã, tarde e noite, uma atividade para cada parte de seu dia, o qual, por ser longo, permite que possa se dedicar aos seus livros, ir a um café, caminhar pela cidade ou simplesmente ficar em casa tentando juntar pistas para desvendar os mistérios que o tem assombrado. Com uma xícara de café nas mãos, bolo de limão e uma fruta, senta-se no sofá da sala e os coloca sobre a mesa de centro. Ali, a vela completamente derretida o faz lembrar dos longos momentos de sua vida em que se sentiu moribundo, vagando de um dia para o outro sem muitas esperanças, buscando algum sentido em sua existência, que, por vezes, esmaga-o como um rolo compressor, tentando se equilibrar como uma luz bruxuleante.

Por vezes, seu olhar se perde indo além daquilo que olhos superficiais conseguem ver, penetrando tão profundamente que parece ver o que está do outro lado, é como se entrasse em outra dimensão. Um olhar fixo que se alonga, por um minuto ou mais, momento em que seu cérebro se desliga. Desde criança, esses momentos de congelamento fazem parte de sua vida, mas ainda não encontrou explicação para isso. Talvez, seja uma forma inconsciente de fugir da realidade, mesmo que por tão pouquíssimo tempo.

De volta ao mundo contemporâneo, com um papel à mão, decide enumerar os fatos, pensando que os visualizando, possa descobrir algo que seu pensamento ainda não lhe havia permitido.

1º evento: pesadelo com os bípedes eretos com cabeça de cachorro.

2º evento: encontro arrepiante com um gato assustador na Ponte Charles.

3º evento: ataque no caminho do teatro à minha casa.

4º evento: envelope misterioso com o dizer *São Cristóvão.*

5º evento: outro envelope com a foto da igreja e a história da Judia Estrangulada

6º evento: homem com cabeça de cachorro deixa caixa com mensagem de Nietzsche.

A única conclusão certeira a que chega, novamente, é a mesma de outra vez... Todos são eventos misteriosos, mas em diferentes graus. Além disso, começa a matutar a tese de que alguém está, de fato, tentando causar-lhe algo, mais do que simplesmente assustá-lo, visto que os acontecimentos se dirigiam a ele de forma deliberada e aqueles que não pareciam fazer sentido, levaram-no a outras descobertas, como a busca por histórias de lugares assombrados, como a da Igreja de São Nicolau.

Será que alguém está zangado com alguma publicação que eu fiz no jornal ou com a empresa, por alguma razão? Ou será que alguém está incomodado pela pessoa que sou e visa minha aniquilação?

Sai à rua, senta-se em um banco qualquer na praça... Sem muitas esperanças em meio a tudo que pouco sentido parece fazer, decide ligar para o delegado, Jakub Svoboda, com o objetivo de marcar um encontro com ele, pois julga essa ideia mais plausível, visto que, de certa forma, sua vida pode estar correndo perigo.

— Bom dia, Ean, como você está?

— Estou bem e o senhor, delegado, como está?

— Tudo certo, tirando os plantões que muitas vezes acabam comigo, destruindo meu casamento e me afastando da minha família. — respira longamente. — Mas o que você deseja?

— Na verdade, estou um pouco preocupado com a minha segurança. Lembra daquele ocorrido na noite em que eu retornava do teatro?

— Sim, claro. Continue, por favor.

— Bom, depois daquele evento, outras situações estranhas têm acontecido. Isso tudo está me perturbando. Não sei a quem recorrer. — lamenta.

— Você pode ser mais específico? — pergunta Jakub desconfiado.

— Claro. Desculpa pela minha prolixidade. Depois do pesadelo, do ataque, do encontro com um gato assustador na Ponte Charles. Eu encontrei um envelope debaixo da minha porta ao chegar em casa, na parte externa sem nada aparentemente escrito, mas, ao movimentá-lo contra a luz, apareceram duas palavras, São Cristóvão, e ao abri-lo, dentro apenas uma pergunta: "Nova Déli é a capital de qual país?", então sem entender, decidi pesquisar na internet e descobri São Cristóvão era o mais conhecido Cinocéfalo da índia, que é um homem com cabeça de cachorro.

— Homem com cabeça de cachorro? Cinocéfalo? Nunca ouvi falar disso antes. — hesita Jakub.

— E não é apenas isso... — continua elencando os acontecimentos — ...Ontem à noite, outro envelope, desta vez na caixa do correio...

Após aproximadamente vinte minutos de diálogo, Jakub, com os ouvidos atentos, mostra-se bastante intrigado e pede a Ean para ver os envelopes. Obtendo um sim desconfiado, dirige-se ao apartamento de Ean; os dois se encontram em frente ao prédio e copiosamente sobem as escadas para onde estão as misteriosas pistas. Ao se aproximar, incrédulo, Ean, indo na frente, vê a porta entreaberta. Alerta Jakub, o qual empunha sua arma e, lentamente, os dois se aproximam. O delegado na frente. Ao adentrar, nada de estranho encontram, aparentemente. Imediatamente, Ean fita a mesa de centro na sala e chocado, vê que todas as suas anotações, os envelopes e a caixa branca haviam desaparecido sem deixar rastros. Neste momento, lembra que havia esquecido de colocar na lista o e-mail recebido.

Sem reações, vendo o apartamento exatamente como havia deixado, senta-se no sofá e esfrega suas mãos em seu rosto, passando-as pelos cabelos.

— Senhor delegado, as pistas todas desapareceram. Elas estavam exatamente aqui sobre a mesa. — pondera. — O senhor deve estar pensando que sou um lunático e que estou brincando com o seu tempo valioso, fazendo-o ouvir histórias sem sentido.

— Ean, acalme-se. Eu não estou pensando nada, pois não sei o que pensar. Você me contou várias histórias, fez-me vir até aqui e descobriu que suas provas sumiram. Desculpe-me, mas o que fazer agora? Não temos nada e, se você está sendo sincero, também não tenho como saber. Você precisa entender o meu lado. É normal desconfiar de alguém em uma situação dessas. — explica.

Apressado e sem insistir, Jakub se despede dizendo-lhe para se cuidar. Na porta, ele se volta para Ean e diz que entrará em contato com ele para, possivelmente, esclarecer a história tentando descobrir se há câmeras na praça que podem identificar quem tenha entrado no apartamento, visto que o próprio edifício não tem câmeras de segurança.

Ainda um pouco desorientado, Ean se levanta e tranca a porta, receoso de que alguém possa abri-la novamente, visto que o vigarista que entrara em seu apartamento, o fizera sem causar dano algum à fechadura, dando a impressão de que tinha a chave.

Ele deve ter pensado que sou um louco, um babaca solitário sedento por atenção. Deve estar caçoando de minha cara com os seus amigos neste momento e eu aqui, sozinho, sem pista alguma.

Novamente, lembra-se do e-mail que esqueceu de colocar na lista. Imediatamente pega seu computador e constata que ele também havia desaparecido.

— Será que o invasor também deletou o e-mail. — questiona-se deitando sua cabeça para trás sobre o sofá.

Ean não faz ideia de como irá se dirigir ao delegado novamente, tamanha descrença que lhe havia imputado. Afinal, todas as suas provas simplesmente desapareceram. Tampouco tinha ideia alguma se outros eventos semelhantes aconteceriam. Porém, tinha tudo guardado em sua cabeça e dali ninguém poderia usurpar-lhe jamais. Assim, reconforta-se no sofá, pois ainda existe a chance de ele se fazer crível diante de Jakub, mas isso levará tempo, constata.

CAPÍTULO 11

Com vista para as torres do Castelo de Praga e à entrada principal da igreja de São Nicolau, Ean espera por Leah, em uma mesa externa no Bistrô Cafeteria Nicholas, seu lugar preferido no bairro. Enquanto ela não chega, deixa seu molho de chaves sobre a mesa junto a um livro que está lendo no momento. Adentra o café para observar o seu interior com seu teto arqueado e decoração que lhe parece bem peculiar. A porta principal, também em forma de arco, composta de vidro e madeira intercalados, fá-lo lembrar da noite anterior. Com pequenas mesas redondas distribuídas em seus labirintos, o café é todo decorado com fotos de um amante de Fórmula 1. Elas sobem pelas paredes, passando por cima das cabeças, terminando ao chão das paredes opostas. Certamente, um curioso, passaria horas admirando todas as infinitas imagens que lá abundam.

Já de volta à sua mesa, observa os transeuntes, na sua maioria turistas, subindo e descendo a rua como se estivessem em busca de algo que nunca irão encontrar. Vez por outra, fixa os olhos em algum homem ou mulher imaginando se ele ou ela são o monge e a Judia Estrangulada, visto que sua imaginação é fértil. Praga está sob a luz do sol nesta tarde, mas ainda fria, já que é inverno. Alguns raios de sol atingem janelas e carros estacionados refletindo raios penetrantes diretamente em seus olhos e Ean, obviamente, está com seus óculos de sol, dos quais depende para perambular em ambientes abertos, como se fossem o ar que respira.

Lembra-se claramente de um dia quente de verão que saiu de casa sem os óculos de sol, desafiando tudo e a todos. Depois de caminhar por algumas quadras tentando proteger os olhos da luz do sol que quase o cegava, seus olhos começaram a lacrimejar incontrolavelmente a ponto de ele ter que se sentar em um banco às sombras de uma árvore, pressionar a gola de sua camiseta contra os olhos, sem conseguir abri-los novamente para poder voltar para casa. Assim, com muito custo, baixou sua cabeça, o máximo que pode, para olhar para a tela do celular e chamar um táxi urgentemente e retornar ao seu apartamento. Depois daquele dia fatídico, nunca mais saiu de casa sem eles, mesmo em dias escuros ou chuvosos, pois nunca se sabe em que momento as nuvens darão passagem ao sol e cegarão seus olhos verdes outra vez.

Subindo a rua, passando em frente ao seu apartamento, vê sua amiga, Leah, em seus trajes banhados em cinquenta tons de preto e perfeitamente elegantes condizentes com o clima invernoso de Praga, óculos de sol e um cachecol branco nuvem. Leah também é professora doutora na Universidade de Praga, mora com seus pais e tem uma filha, a quem dedica parte de sua vida, prezando muito pelo ambiente familiar. Ao longo de seu 1,70 de altura, seus cabelos quase que transparentes, trançados descendem quase até sua cintura. Com sardas salpicadas em seu rosto povoando principalmente suas bochechas, ela caminha confiante. Ao longo de sua vida, sempre foi uma pessoa dedicada e nunca mediu esforços para alcançar aquilo que deseja. Muito conhecida em Praga e, no país, ele é uma profissional muito respeitada. Leah, semelhantemente, dedica seu tempo ao crescimento emocional, espiritual e pessoal, pois acredita que todas as auras da vida devem estar em órbita concomitante e formidavelmente consoantes.

Sem perder tempo, Ean se faz ver por meio de um aceno com as duas mãos no alto de seus braços esticados, exatamente como faz uma pessoa quando muito quer chamar a atenção de alguém. Por sorte, Leah o vê de longe, seguindo em sua direção.

— Olá, amigo querido! Como vai você?

— Estou um pouco cansado, apenas e digo o mesmo: que bom vê-la no meu bairro.

— Estou muito bem, também. — diz resoluta.

— Então fico contente que estamos aqui para conversarmos, algo que não fazemos há certo tempo. — continua, jubiloso, como se tivesse um encontro marcado com ela. — Realmente, eu confesso que já estava com saudades de nossas conversas.

— Absolutamente! Ainda lembro que tenho que escrever aquele artigo que você me solicitou. Vou fazer isso nos próximos dias. Me perdoe pela minha demora, mas estou cheia de coisas para fazer. — retrata-se. Então, me conte como estão as coisas no jornal.

— Não há problema, enquanto isso, irei publicar outras entrevistas. Faça-o no seu tempo. — ameniza. — Bom, está tudo correndo como esperado, porém a profissão de jornalista é bastante ingrata e, muitas vezes, sufocante, isso sem falar no salário que, mesmo quando é mais alto, traz preocupações à altura.

— Imagino, a vida de adulto não é fácil. Ainda mais quando temos que trabalhar com várias pessoas ao mesmo tempo. Boa parte delas é displicente. No laboratório está tudo bem, mas na universidade nem tanto... As mesmas mesquinharias de sempre. Aluno que não se concentra nas aulas, outro que pensa que sabe mais que o professor, outros tantos que não fazem o mínimo necessário para obterem bom conhecimento. Mas, para todos eles, existem aqueles que são caprichosos e dedicados. — palestra.

— Realmente... Falando em estudar, conte-me como andam suas leituras. — solicita Ean, curiosamente.

— No momento, tô apenas me concentrando nas pesquisas e nas aulas. Tenho lido artigos e livros técnicos. Mas sinto que preciso me desligar um pouco dessa rotina e ler algum livro que me faça criar outros cenários e histórias na minha mente. Tô acabada. — lamenta, sem se preocupar com um falar perfeitamente.

— De fato, muitas vezes, é necessário que nos dediquemos a atividades diferentes que nos desliguem da rotina. Como você sabe muito bem, eu vivo para o trabalho e quando estou em casa, rodeio-me por meus livros, pois ali encontro tudo o que preciso para alimentar o meu eu interior. No entanto, vez por outra, eu também me sinto entediado e, normalmente, saio para caminhar pela cidade, tomar um café ou simplesmente me sentar às margens do rio e observar a vida se esvair diante de meus olhos. Acredito que a palavra certa para isso é contemplar.

— Exatamente, amigo, penso que devemos parar um pouco, por vez ou outra, e contemplar a vida e os nossos arredores procurando resolver aquilo que nos incomoda ou identificar aquilo que temos de bom. Autoanálise é essencial para qualquer ser humano consciente de sua existência. Por meio dela, é que podemos nos conhecer melhor, a sério. — explica Leah.

— Há poucos dias eu li um livro que eu conhecia desde muito pequeno. Ele se chama *Sobre a brevidade da vida*, de Sêneca, que era um dos mais reconhecidos intelectuais estoicos do Império Romano. Ele é curto, mas muito profundo. Contém aforismos e análises primordiais à pessoa que busca entender o quão passageira ou longa a vida pode ser. Eu o achei tão fantástico que escrevi mais uma das minhas análises filosóficas e publiquei no meu site e no do jornal. — diz Ean, orgulhoso.

— Me parece que é um livro bem conhecido, não? Esse nome Sêneca me faz lembrar algo. — reflete Leah.

— Sim, muito famoso. Pena que a maioria das pessoas acredita que a filosofia é lorota. Se soubessem o impacto positivo que ela pode causar em suas vidas irrefletidas, dedicar-se-iam a ela, indubitavelmente. — diz, convicto com seu vocabulário impecável.

Ean, com o tempo, com muito esforço e desejo, transformou-se em uma pessoa prudente, contida e expressa as emoções sempre na medida adequada ao momento. Mas, vez por outra, irrita-se avidamente. Aprendera a desconectar-se do celular e do mundo quando está com alguém, dedicando toda a sua atenção à pessoa. Assim, também o é com Leah. Eles passam horas conversando sem tocar no celular, mal que aliena grande parte das pessoas, considera ele. O tempo é o bem mais precioso que existe, conforme as concepções de Ean. Destarte, se ele dedica seu tempo a passar em companhia de outra pessoa, é porque ela é muito importante para ele. Essa é a maneira de mostrar a uma pessoa a sua importância, dispender tempo com ela.

— *Se você quiser saber o quanto uma pessoa é importante para mim, basta calcular o tempo que eu passo ou converso com ela.* — diz Ean toda vez que alguém lhe insinua que ele passa muito pouco tempo na companhia das pessoas.

O papo com Leah sempre flui veloz como o vento que balança a copa das árvores. Invariavelmente, acompanhados de café, costumam conversar muito sobre crescimento pessoal, filosofia e viagens. Não costumam malgastar seus encontros com assuntos mundanos ou fúteis.

CAPÍTULO 12

Fim de domingo, Ean decide caminhar pelo bairro, visto que está se sentindo um pouco entediado, por haver passado o fim de semana inteiro em casa, praticamente. A princípio, vai à praça sem ter certeza de um destino, passa pela frente do café e, de soslaio, avista as torres do Castelo de Praga. Instantaneamente, um desejo de subir ao terraço em frente ao castelo e admirar a cidade do alto invade-o por completo. Assim, põe-se em marcha, parcimoniosamente, já que seu caminho é colina acima, subindo pelas escadarias do castelo, as quais possuem uma das mais belas vistas da cidade.

Entre becos e ruelas, sobe a rua Thunovská e rapidamente chega à escadaria. Seus 220 degraus, não tão íngremes, estendem-se por 160 metros. Para seu infortúnio, está tomada de turistas que, displicentemente, roubam as fotos uns dos outros, disputando as melhores vistas. Sentindo-se um pouco incomodado, finge que não os vê, mas, por vezes, algum deles, inconvenientemente, também se interpõe em suas fotos ou roubam sua paisagem, obrigando-o a buscar outra, de preferência longe deles, mas, como formigas, estão onipresentes, fazendo Ean revirar seus olhos, vez por outra.

Ao completar sua escalada, resolve continuar um pouco mais até o alto onde fica a estátua de Tomas Garrique Masaryk. Ali, está a melhor vista que ele consegue no dia, sem nenhum turista inconveniente importunando-o. Aos seus pés, jaze Praga com suas cem cúpulas goticamente distribuídas sobre as mais variadas construções antigas, uma buscando mais imponência que a outra. Às suas costas, está a Praça Hradcany, com construções belíssimas igualmente dispostas, preenchendo 360 graus... O suntuoso Palácio do Bispo, o sem igual Monastério Karmel sv. Josefa, a Igreja de São Benedito que possui uma vista estonteante da urbe e o Castelo de Praga, que interrompe a praça com sua impressionante construção que se erige alta na colina, sendo vista de, basicamente, qualquer ponto da capital.

Com seus portões adornados com estátuas e detalhes em ouro, volta-se para a Praça Hradcany, para admirá-la, outra vez mais. Identicamente às escadarias, turistas se abarrotam em frente em poses cafonas tentando a melhor foto. Sem alternativas, infiltra-se em meio à multidão, apressando-se para adentrar o complexo antes que alguém resolva perturbá-lo, solicitando-lhe que tire uma foto ou que, simplesmente, reconheça-o e o detenha para bajulá-lo ou gabar-se de seus feitos, os quais sempre soam desinteressantes. Contudo, detém-se por alguns momentos para assistir à sincrônica dança dos guardas tchecos que guarnecem a entrada principal.

Passando pelo leve arco banhando a ouro, penetra no breve pátio à frente, cruzando-o em poucos passos. Logo, adentra o retangular pátio principal, cercado por prédios em tom creme, com infinitas janelas que, de certa forma, parecem vigiá-lo. Do outro lado, soerguem-se goticamente, as negras torres da Catedral Metropolitana de São Vito, datada de 1344. Cruza o prédio que o separa da catedral, desacelera, observa as imponentes torres de cima a baixo, imaginando o quão trabalhoso fora a construção antiquíssima que se lhe apresenta. Seus sinos badalam, Ean entra em uma espécie de transe, desconectando-o de tudo e todos ao redor, com olhos às torres e ouvidos aos sons que se propagam fugazes em meio ao complexo de prédios.

Sem adentrar a catedral, passa pela lateral, cruza a passagem arqueada. Finalmente no pátio do castelo em si, tem a possibilidade de observar a suntuosa estrutura gótica, aparentemente arredondada, que se erige diante de seus olhos. Seu pensamento, imediatamente, viaja até Milão, onde visitou a também gótica Duomo di Milano. Esse estilo de arquitetura comum na baixa Idade Média, entre os séculos X e XV, fascina-o, suscitando-lhe um sentimento sombrio. Para os renascentistas, ela era considerada uma arte monstruosa. Envolvida em arcos, vitrais, abóbadas, rosáceas, florões, com a pitada final de arrepiantes gárgulas, as catedrais góticas povoam a Europa, com seus pináculos altos e pontiagudos, elas se verticalizam alcançando o firmamento.

Às suas costas, hasteia-se a avermelhada Basílica de São Jorge fundada no ano de 920, por Vratislaus I, Duque da Bohemia, sendo, atualmente, a mais antiga construção dentro do complexo. Seguindo seu caminho, Ean descende rumo à Via Dourada, uma viela com casas modestas, remanescentes da arquitetura em pequena escala do Castelo de Praga. Eram habitadas por defensores do castelo e servos em geral. De caráter pitoresco, a casa n.º 22 foi habitada pelo ilustre escritor Franz Kafka, entre 1916 e 1917.

Ean adentra uma pequena casa, descendo uma escadaria afunilada que o leva aos porões onde antigamente viviam e trabalhavam os habitantes. Com móveis preservados, pode ver a casa perfeitamente organizada, fazendo-o imaginar as pessoas vivendo ali diante de seus olhos em meio a uma atmosfera sombria... Descendo mais alguns lances de escada, penetra no mundo medieval que ali existiu. Sendo ele, o único ali naquele momento... Um frio lhe sobe a espinha fazendo-a contrair-se. Rapidamente, temendo os piores cenários, dispara escada acima, porta afora.

Outra porta minúscula que leva para corredores escada acima atrai-o. Curioso, perambula e chega a uma sala que, ao que tudo indica, era um lugar de tortura. Medonhas máscaras de ferro, foices, espadas, cordas e outros equipamentos sinistros o fazem dar o fora dali imediatamente. Sem desistir, segue para outras salas onde encontra paredes adornadas com todos os tipos de espadas e facas imagináveis protegidas por vidros transparentes. Armas de pólvora, armaduras ferozmente esculpidas, vestimentas de metal como se estivessem expostas na vitrine de uma loja qualquer. Logo à frente, há um longo corredor, parecendo uma galeria com inúmeras armaduras em exposição, assim como desenhos coloridamente feitos, dezenas de armaduras, algumas máquinas, armas... Um passeio sem igual pelo mundo medieval.

Já ao final da Via Dourada, grudada às paredes das casas, encontra a mais sinistra construção, uma prisão medieval. Sem perder tempo, embora receoso, adentra a porta estreita arqueada e desce as escadas levemente caracoleadas. Sem ninguém por perto, pensa em retornar, uma vez que o pavor o invade. Em meio a caveiras, equipamentos de tortura, como máscaras de ferro, cadeiras, garfos gigantes e um fosso que, terrivelmente, engolia pessoas. Um espaço arredondado e abobadado nas profundezas faz brotar todo tipo de história de terror na sua cabeça. Basta girar para perceber as várias portas trancadas que provavelmente escondem muitos mistérios. No centro, sobre o fosso, pendurado por uma corrente, um estranho equipamento, semelhante a um molde de esqueleto que, notadamente, era envolvido em uma pessoa que ficava ali pendurada, de pé, por alguma razão e que, certamente, acabava fosso adentro.

De costas para uma das portas, ouve algum ruído moroso que o faz pensar em voar porta afora. Sabendo que está sozinho na prisão, tenta alternativas para esclarecer o que se passa. Ainda de costas, decide lentamente se virar para a porta. Ao fazê-lo, elas se abrem à sua frente e, novamente, é violentamente sugado, sem chance alguma de dar um passo em sua defesa. As portas se fecham, Ean jaz no fúnebre chão gelado. Ao fundo, uma lamparina movida a querosene, devido ao odor impregnado no ambiente, bruxuleia uma luminescência lânguida. Sem conseguir definir coisa alguma — já que seus óculos caíram em algum espaço prisional —, estático, sem coragem de se mexer ou dizer algo, com receio de ser esbofeteado, permanece emudecido.

Sem avistar algo consistente, nota algo se interpondo entre seus olhos e a lamparina. Pávido, suas vistas sobem o corpo, aparentemente, humano, até encontrar uma cabeça de cachorro, fazendo-o concluir que um novo capítulo de sua série de pesadelos, acaba de começar. Incrédulo, ainda sem coragem de mover-se um centímetro sequer, percebe-se invadido pelos acontecimentos anteriores, inclusive o desaparecimento de suas anotações e pistas que possuía em casa. Sem solução alguma plausível, resta-lhe ser paciente e aguardar algum movimento ou fala da criatura dípode que brotou diante de seus olhos.

De mãos livres, mas sem coragem de levantar ou tentar uma fuga, que, momentaneamente, parecia-lhe impossível, apenas ouve a respiração sôfrega daquele ser debaixo da máscara medonha.

— "Os mistérios, quando são muito maliciosos, escondem-se na luz." — Jean Giono, escritor francês. — dispara a criatura.

Tal frase não era familiar a Ean. No entanto, à primeira vista, ele conseguia compreender claramente seu sentido. Por outro lado, depois das outras citações intrigantes, ele sabia que ela significava muito mais do que aquilo que estava à luz. Inteligente como é, um questionador de si mesmo, busca dentro de si uma maneira de formar sentido em tudo isso. Pensa, por um momento, que, talvez, isso não seja mais alguma brincadeira de mau gosto e põe-se a uma autoanálise instantânea.

A princípio, um pensamento surge. Considerando o fato de ser uma pessoa bastante diferente da média, que vive sob autorreflexão, conhecedora de suas próprias emoções e sentimentos, inclusive aqueles mais profundos que jamais revelaria a alguém, Ean passa a pensar exatamente nisso.

— O que eu tenho dentro de mim que devo manter sigiloso? — pergunta-se baixinho.

Dentre as possibilidades que lhe surgem, uma plausível, seria o fato de o seu desprezo agudo em relação à condição humana, ou seja, às pessoas em geral, algo que ele nunca expressou a ninguém, visto que isso o faria ser condenado à opinião pública, já que as pessoas nem dariam tempo para explicar o que isso significa e, mesmo que o fizessem, poucas entenderiam, devido à superficialidade de seus pensamentos.

— Você já ouviu falar sobre a SUMG? — vocifera o dípode.

— O que vocês querem comigo? O que isso tudo significa? Já sei que não querem me matar, pois já tiveram oportunidades e não o fizeram.

— Matá-lo seria um crime, segundo as leis da SUMG. Pois nós gostamos de pessoas inteligentes, reflexivas e profundas. — repete. — Nós sabemos que você abomina todo e qualquer vício mundano como alcoolismo, fumo, drogas, gula... É um ser humano no mais perfeito equilíbrio filosófico, pensa e age por si só, tem propósito de vida, vê as dificuldades da vida como trampolim para o sucesso pessoal e profissional. Você é exatamente o contrário de uma pessoa alienada, a qual vive para satisfazer seus vícios em uma vida irreflexiva, apenas existindo, não realmente vivendo. — explica.

— O que é a SUMG? O que vocês fazem? Por que andam vestidos dessa maneira? Algo bom não deve ser, pois, se o fosse, conheceríamos. Eu nunca ouvi falar de vocês, como posso saber o que realmente querem?

— Cada um ouve falar sobre nós no momento certo e o seu chegou. Nós não iremos revelar nada até que tenhamos certeza de que você não vai mais falar com Jakub, nem com ninguém. Enquanto não pudermos verificar a sua autenticidade e sigilo, iremos testar você. O que me espanta é você ainda não haver nos questionado a respeito de como sabemos tudo de você, todos os seus passos, trabalho, atividades de lazer, pouquíssimos lugares que frequenta e quase nulo número de pessoas com quem se relaciona. Nós queremos você!

— Bem que eu desconfiei que isso tudo é algum tipo de teste... A resposta é óbvia, vocês me espionam pelas mídias sociais e certamente têm acesso ao sistema público e privado de câmeras de toda a cidade de Praga. Assim, vocês investigam qualquer um que lhes interesse. Simples assim. — conclui.

— Você realmente não decepciona. Então já sabe que estamos de olho em você 24 horas. Logicamente, encontrar-nos-emos em breve para mais um papo. Até logo, cada um ouve falar sobre nós no momento certo e o seu chegou. Nós não iremos revelar nada até que tenhamos certeza de que você não vai mais falar com Jakub, nem com ninguém. Enquanto não pudermos verificar a sua autenticidade e sigilo, iremos testar você. — repete. — *Ean Blažej.* — despede-se, evaporando-se em meio à escuridão.

Ean permanece sentado pensando em como se movimentar, visto que, sem seus óculos, os quais estão em algum lugar no chão, não consegue ver praticamente nada. Para tanto, começa a tatear o solo gelado que o sustenta, inclina seu corpo para a frente, de gatas, cuidadosamente, segue o ofício, receoso de que possa acabar machucando seus dedos de alguma forma, em meio à escuridão. Um silêncio total se abate na prisão, visto que já era crepúsculo quando fora atacado.

Como que vou sair daqui? Creio que já fecharam o castelo para visitantes, certamente estou trancado aqui — desespera-se contidamente.

Conservar a calma durante uma angústia pela qual passa, significava desespero total em anos pregressos de sua vida. Contudo, conserva em si um vasto medo de se machucar fisicamente, como se cortar de forma profunda, quebrar um osso ou se furar com algum objeto pontiagudo. O breu absoluto do lugar desperta esse pavor no mais alto grau, por isso se move muito lentamente.

Suas mãos se movem identicamente a uma tarântula explorando a superfície em busca de alimento... Um simples pensamento de que alguma aranha, escorpião, cobra ou qualquer inseto repugnante possa atacá-lo, sobe-lhe a espinha, confundindo seus pensamentos. Todavia, manter-se calmo e confiante de que o universo já está lhe proporcionando ojeriza suficiente, não lhe enviando um inseto repugnante, faz com que ele se concentre calmamente em usar sua mente.

Com persistência, encontra seus óculos, todavia, quebrados, próximos à posição onde se encontra a lamparina, deduz. O passo seguinte é encontrar a saída, a qual suspeita estar às suas costas, porém, como está tudo envolvido em escuridão, não consegue ver um palmo à frente sequer. Ansiosamente, busca a saída por meio do toque, eis que encontra algo macio como um pedaço de papel. Sem saber o que é, guarda-o em seu bolso. Tecnologicamente desapegado, finalmente se lembra que possui um celular. Enfia sua mão em seu bolso direto da calça e abrandecido o encontra.

Imediatamente liga a lanterna e, por fim, consegue ver algo. Ele a gira 360 graus para ter certeza de que está sozinho. Logo, pega o suposto papel e o ilumina. Boquiaberto, lê: *Sociedade Ultrassecreta Misantrópica Global (SUMG).*

No mesmo instante, recorda-se da fala da criatura dípode, porém sem ter a sequência do escrito em mãos, pois o papel fora rasgado, detém--se por um momento se esforçando para entender as possíveis conexões com os eventos recentes. Clareja os arredores na esperança de encontrar a saída, mas o que vê deixa-o intrigado, uma escadaria fantasmagórica rumo ao centro da terra, desperta sua curiosidade. Tomado de medo, dá uma espiada receosa do que possa descobrir, volta-se imediatamente procurando uma porta que o retire dali o mais rápido possível.

Para sua sorte, um tampão pesado inclinado é sua saída. Contudo, o peso da madeira o faz impulsionar seus braços com robustez pressionando suas mãos contra a estrutura que, demoradamente, abre-se. Erguendo suas pernas, uma de cada vez, volta à prisão. Sem olhar para trás, sobe a escada caracolada de dois em dois degraus, querendo jogar-se para fora em um segundo. Para sua sorte, a porta está apenas encostada, bastando girar a maçaneta. Do lado de fora, absolutamente ninguém o espera, além do silêncio e ruídos urbanos carregados pelo vento vindos do vale onde se encontra Praga.

Sem querer chamar a atenção, como sempre, desloca-se taciturnamente, esgueirando-se colado às paredes como se fosse uma lagartixa. Aproxima-se da saída dos fundos que, guarnecida por dois guardas, no lado exterior, fazem-no pensar em uma rota de fuga que o torne invisível, já que, pela sua figura pública, não faz ideia de qual mentira contar caso seja descoberto. Dirige-se ao corredor arqueado labiríntico, com miniparalelepípedos. Junto à saída, chega o momento de se pôr portão afora sem deixar nenhum vestígio. Por alguma razão, ele está entreaberto, envolvido em um silêncio gritante.

Repentinamente, dois guardas entram e o fecham às suas costas. Ean se decepciona, pois era a única saída plausível de invisibilidade, visto que se conectava a uma ruela desembocando-se em uma escadaria em meio às árvores tornando sua fuga digna de cinema. Sem solução aparente, vê-se preso, sem ideia de como escapulir... Instantes depois, uma saída de mestre brota em sua mente.

Discretamente, marcha rumo ao portão, sem procurar holofotes. À vista dos dois guardas.

— Senhores, perdoem-me. Eu estava visitando as casinhas da Via Dourada e acabei me perdendo em seus labirintos. — desculpa-se. — Demorei para encontrar a saída a ponto de o castelo ter sido fechado. Perdoem-me.

— Acho que conheço o senhor. Você trabalha no *The Times of Praha*, certo? — pergunta-lhe um deles resoluto. — Sim, é o senhor mesmo, Ean Blažej. — confirma.

— Bom, sim, sou eu. Será que posso ir visto que estou distraindo os senhores de seus ofícios. — preocupa-se.

— Há poucos dias, li uma de suas análises sobre a liberação de mais 61 bilhões de dólares à Ucrânia feita pelo governo americano. Uma hora a fonte vai secar e a Ucrânia vai se ferrar. — comenta o outro.

Ean desanda a falar, já que é jornalista especialista em relações internacionais e diplomacia. Por alguns minutos, eles discretamente conversam até que um deles nota algo curioso.

— Seus óculos estão quebrados, seu cabelo um pouco amassado e você parece preocupado. Está tudo bem, senhor Blažej? — questiona-lhe.

— Sim, felizmente estou bem. Sofri uma queda em uma escada quando tentava me encontrar dentro dos corredores das casinhas, rolei por alguns degraus e cheguei a este estado que os senhores podem ver. — explica-se tentando transparecer naturalidade.

— Melhor, então. O senhor precisa ir, pois temos que nos concentrar em nosso trabalho. Tenha uma bela e boa noite. — despedem-se os guardas gentilmente uníssonos.

Ean, tomado de uma sensação de alívio, desce em direção às escadarias aparentando tranquilidade exterior, mas em erupção interior. Decide desviar-se e se sentar nas escadarias, de formato meia-lua, ponto de observação da cidade logo abaixo da saída, para raciocinar um pouco melhor e tomar um ar fresco sem culpas. Mais uma vez, olha para o papel partido, com esperanças de perceber algo até então oculto.

CAPÍTULO 13

Tomado por grande curiosidade, Ean acessa o buscador em seu celular e digita *SOCIEDADE ULTRASSECRETA MISANTRÓPICA GLOBAL.* Para sua frustração, surgem à tela apenas três resultados seguidos de uma mensagem em inglês — *"It looks like there aren't any great matches for your Search" — Parece não haver nenhuma boa correspondência para a sua busca.* Um link leva a um download de um documento duvidoso em formato *.txt;* outro, a um site sobre um livro de quadrinhos americano; por último e mais curioso, aparece um site com um documento intitulado *A vida secreta dos Nazistas*, mas a combinação dos três endereços se dá apenas com a palavra *sociedade.*

Sem desistir, digita *SUMG.* Mais empolgado, à primeira vista, uma miríade de resultados pipoca à tela, contudo, nenhum que possa satisfazê-lo.

Como é que algo pode existir tão secretamente? É como se fossem aqueles pensamentos que guardamos no mais ermo recinto que existe dentro de nós, jamais compartilhamos com alguém, pois tememos a reação das pessoas ou provavelmente seremos condenados à prisão perpétua, se virem à tona.

Com a lista de acontecimentos misteriosos reescrita, Ean acaba de adicionar a nova informação, sentindo-se contente por ter algo mais plausível, apesar de não fazer ideia de como obter novos elementos a respeito. Não obstante, pensa-se esmorecido, por cogitar novamente a ideia de que tudo não passe de uma piada. Pode ser alguém que esteja sendo pago para fazê-lo pensar que algo está acontecendo. Assim, como poder ser alguém que está procurando amedrontá-lo por alguma razão ainda completamente enigmática. Mais improvável, mas digno de nota é que alguém pode estar apenas pregando-lhe uma peça de mau gosto, tentando prejudicá-lo.

— Como será que posso descobrir algo a respeito dessa sociedade? Será que é um anagrama ou um palíndromo? — questiona-se esperançoso, analisando o nome por extenso.

Após uma rápida tentativa, a possibilidade de ser um palíndromo está descartada. Então, ele lembra da palavra *GUM*, em inglês, que significa chiclete ou goma de mascar, pluralizando-se com S — *GUMS*. Rapidamente, acessa um tradutor e digita-a, outros significados aparecem, como *gengiva*.

Além disso, a palavra GUM se assemelha a GUN, esta que significa ARMA DE FOGO. Sem dar-se por vencido, então acessa um dicionário online e observa várias combinações com a palavra GUN, uma delas chama sua atenção rapidamente: GUN DOG, que significa CÃO DE CAÇA, isso traz-lhe *cabeça de cachorro* à sua mente, mas não o empolga. Insatisfeito, por ora, relê todos os resultados das buscas que anotou em uma folha com algumas considerações. Pensa no aparente progresso que fez. Por outro lado, não ter encontrado nada na internet deixa-o um pouco desconcertado.

Desta vez, não mais deixa as anotações ao relento. Mais que isso, faz cópias e as esconde pela casa, tática que aprendeu em suas viagens ao exterior, quando coloca cópias do passaporte na mala, bolsa ou mochila e uma nas entranhas de suas vestes, junto à carteira. Jakub brota em seus pensamentos, Ean rumina alguma forma de lhe contar sobre o ocorrido, porém, diante de tamanho descrédito recente, decide-se por aguardar até obter alguma nova prova, visto que, agora, está confiante de que algo misterioso pode vir à tona.

Ean já havia lido sobre sociedades secretas, mas isso nunca foi seu assunto preferido, portanto, pouco sabe a respeito. Também acredita que se o soubesse, não lhe seria de muita ajuda, já que cada uma delas funciona à sua maneira. Não obstante, possivelmente saberia mais sobre seus modus operandi. Ele sempre, na verdade, interessara-se por histórias sobrenaturais, principalmente aquelas sobre bruxas. Julga a existência delas muito misteriosa e instigante, já que elas eram consideradas malignas e noturnas, principalmente.

Ean acredita que existe algum mistério que envolve a noite, que o ser humano não consegue ver em meio à escuridão — além do fator biológico, é claro —, devido a alguma razão do universo ainda inexplorada ou, talvez, pelo fato de que outros seres notívagos circulam, enquanto os humanos dormem. Afinal, eventos sobrenaturais e ruídos ou sons estranhos costumam acontecer no silêncio da noite, ao passo que, durante o dia, tais seres estariam repousando. Talvez seja melhor que não os vejamos, para o nosso próprio bem. Quiçá não saberíamos como lidar com eles.

Adormecido no sofá, Ean se movimenta, sentindo-se preso a um pesadelo, no qual alguém lhe atira flechas do alto de um prédio quadrangular de dois andares. Temendo ser morto, procura desviar delas incansavelmente. Porém, o assassino é implacável, cobrindo-o com saraivadas de flechas pontiagudas mortíferas. Uma cena de terror em que teme mais pelo fato de ser ferido e restar-se sob fortes dores, que pela própria vida, já que uma morte instantânea não lhe causaria sofrimento. Curiosamente, nenhuma delas o atinge... De repente, acorda saltando do móvel, respirando ansiosamente, como se estivesse sentindo a dor de uma flecha penetrada em sua carne.

De olhos arregalados, examina o ambiente. Nada vê, além do habitual. Paradoxalmente às suas crenças e seu ceticismo, acessa a internet para investigar o possível significado do pesadelo. Não tão surpreendido, descobre que sonhar com alguém lhe atirando flechas significa que você está sofrendo alguma perseguição ou injustiça. Coberto de ceticismo, analisa as possibilidades, concluindo que tudo está estático em sua vida, salvo o fato de o mundo estar girando e o dia de sua morte estar mais perto. Sem preocupações no trabalho ou vida pessoal, exceto, logicamente, os acontecimentos indesvendáveis que estão se tornando rotina.

Mais uma vez, repassa todas as suas anotações. No final da lista, acrescenta o pesadelo. Com o papel em mãos, fita-o por tempo suficiente para os seus olhos começarem a enxergar o que há além dos escritos. Anagrama, pesadelos, ataques, cabeça de cachorro, sociedade secreta, filosofia, Igreja de São Nicolau, Judia Estrangulada, gatos, noite, flechas... De certa forma todas estão conectadas, mesmo assim, juntas, parecem-lhe não fazer muito sentido.

Como é que eu posso juntar tudo isso? Normalmente quando uma pessoa não consegue esclarecer algo por si só, o ideal é solicitar ajuda de alguém. Contudo, Jakub não julga críveis os acontecimentos comigo, visto que eu o deixei completamente desconfiado — pensa desiludido.

Talvez, uma caminhada no parque ou à beira do Rio Moldava ajudá-lo-ia a arejar o cérebro, porém não lhe parece o momento mais adequado. Estranhamente, um gato o acalmaria, contudo somente chegaria perto de um se fosse à luz do dia, em algum descampado. A sua terceira opção é a mais viável, ouvir Dido, sua cantora favorita. Dentre todas as músicas de que gosta, a mais inebriante é *The White Flag*. Uma melodia melancólica que afasta todos os problemas do mundo acalmando-o como se fosse anestesiado sob cobertas quentinhas em uma noite de inverno congelante.

CAPÍTULO 14

Resolutamente, Ean salta da cama ao primeiro toque do alarme do celular, sem chances para o marasmo que o afligira por anos... Mais um dia, sem muita motivação para ir ao trabalho fazer o mesmo, basicamente, prepara o mesmo café da manhã, toma um banho, feliz com seu cabelo quase raspado, assim não perde tempo penteando-o, muito menos arranjando os fios que por anos, atormentaram-no sistematicamente, tomando-lhe um precioso tempo, em uma época de sua vida em que ainda não tinha noção do valor que cada minuto possui.

Hoje, porém, está confiante de que a partir de agora vai se dedicar a descobrir o significado dos mistérios que o rondam. Afinal, sabe que tudo pode mudar quando se toma uma atitude. Descendo as escadarias do prédio, a fantasmagórica Elvira brota em sua frente quando se aproxima da porta externa. Ela o cumprimenta fuxiqueira como sempre, ele apenas se desvia rapidamente. "*Bom dia, tudo bem com a senhora?*", Ean usa essa tática de se mostrar apressado quando alguém com quem não quer conversar, surge em seu caminho. Normalmente funciona.

Ao cruzar a avenida de estátuas sobre o Rio Moldava, recorda-se do gato preto asqueroso que há dias o assombrara, assim como do seu passeio ao Parque Letna. Sem embromação, caminha copiosamente, visto que está bastante frio e o vento gélido sopra impiedosamente congelando partes expostas em poucos minutos. Sob a Torre de Pólvora, já na Cidade Velha, um desejo de tomar um café o invade por completo, fazendo com que se desvie ao Starbucks de costume, antes de adentrar as portas do *The Times of Praha*.

No café, fantasia o quão formidável seria sentar-se à mesa colada à vidraça, observar a vida acontecendo diante de seus olhos por alguns momentos, em seguida abrir um livro agradável que combine com um café, lê-lo por algumas horas, perambular pelas ruas de Praga, de preferência pela Cidade Velha, sem destino certo, apenas deixando o universo guiá-lo, como tem sido os recentes anos de sua vida. Praga oferece um sem-número de lugares para desbravar em meio à história, à arte e à cultura; um verdadeiro cenário para amantes de livros, mistérios, cafés, filosofia, arquitetura, aventuras...

Por ora, não vê outra saída que não seja ir à labuta. Adentrando os corredores do jornal, cumprimenta a todos que aparecem em seu ângulo de visão, dirigindo-se à sua mesa, como alguém que se dirige ao banheiro quando está em apuros fisiológicos. Tudo parece normal na redação... Todos o aguardam ansiosos para a reunião de pauta, na qual são definidos os assuntos que serão tratados no dia, sejam eles entrevistas, escrita de textos, entre outros assuntos pertinentes.

Sem muita disposição para entrevistas, delega duas, que deveria cumprir hoje, aos subordinados; com isso, passará o dia na redação dedicando-se à escrita de textos. Um sobre as recentes movimentações políticas na União Europeia a respeito da guerra na Ucrânia e outro a respeito de um novo livro de um proeminente escritor húngaro que está de passagem por Praga, o qual foi convidado para uma visita ao jornal, mas elegantemente recusou-se alegando que sua agenda já está lotada.

Ao chegar em casa, sem esperança de algo na caixa dos correios, acaba abrindo-a. Para sua surpresa, um envelope em veludo de cor lilás, com seu nome na parte externa, deixa-o completamente curioso. Com medo e bisbilhotice, lê a mensagem:

CALÇADA EM FRENTE À IGREJA DE SÃO SALVADOR, DOMINGO ÀS 14H

Instruções:

Esteja vestido em um terno preto, apenas com a camisa branca. Não utilize nenhum acessório no rosto, como óculos de sol, nem chapéu. Chegaremos no horário, em uma van. Quando a porta se abrir, entre imediatamente. Você será vendado.

ESTEJA SOZINHO E NÃO CONTE A NINGUÉM!

NÃO TENHA MEDO!

Boquiaberto, toda a ordem de pensamentos surge em sua mente. Ao mesmo tempo, curioso, treme de medo, pois não sabe se deve ir. Contudo, caso não for, talvez jamais descubra o que todos os acontecimentos até então significam. Caso for, cogita a possibilidade de que outros desdobramentos mais surpreendentes possam vir à tona. A cor lilás o intriga visto que ela representa a Filosofia, paixão de Ean e o faz lembrar da caixa encontrada sob os arcos em frente ao seu apartamento. Tomado por uma curiosidade insana, já está decidido a comparecer ao evento em que, ao que tudo indica, ele mesmo será o anfitrião.

Todos os dias, passa em frente à igreja indo ao trabalho, mas ela não chamava sua atenção como outras construções da cidade, mesmo sendo muito visitada por turistas. Em estilo barroco, católica, fica junto ao complexo Klementinum, onde ele frequenta a biblioteca, marcando a entrada da Ponte Charles.

Os dias se passam. Ean não consegue tirar a mensagem da cabeça, visto que está muito inseguro, acentuando-se seu medo pelo fato de não poder compartilhar com ninguém. Sem ter alguma noção do que pode acontecer, caso seja morto ou sequestrado, não faz ideia de como será encontrado. Encarar isso, certamente será o maior desafio de sua vida, até então.

Eu acho que devo compartilhar isso com alguém, pois caso eu não o faça, não terei forças para ir. Já que essa sociedade é tão misteriosa, talvez levem muito tempo para descobrir sobre meu desaparecimento ou morte, se isso vir a acontecer. Por outro lado, se eles quisessem me causar algum mal, já o teriam feito, em função de, anteriormente, terem me atacado duas vezes em lugares onde ninguém estava para me ajudar. — conclui. — *O que eu faço?!*

Sentado no sofá, repassa a lista de eventos ansiosamente. Apesar de ser muito controlado, está se sentindo um pouco ansioso, por vezes, tem tido certa dificuldade para adormecer. Sua maior questão no momento é entender o que tudo isso significa.

Em meio a um turbilhão de pensamentos, surge-lhe a ideia de caminhar pelos quarteirões ao redor de seu apartamento, mesmo já sendo a hora do crepúsculo. Então, desce as escadas pensando se a sociedade ainda pregará alguma peça nele até o dia de domingo. Ao abrir a porta, um pesadelo se materializa. O gato negro colossal que ele havia visto no telhado vizinho há alguns dias, agora o aguarda em frente à sua saída.

Arrepiado, procura esquivar-se, ao mesmo tempo, questionando-se o que o gato está vendo na escuridão que os seus olhos humanos não. Seguindo o lado contrário ao paradeiro do bichano, caminha a passos lentos, de forma metódica. Procurando respostas junto à escuridão, Ean se apercebe submerso em um mar de enigmas, quase que sendo totalmente engolido. Sua esperança é o passeio que lhe aguarda.

Se continuar meu caminho pela Ponte Charles, posso encontrar o outro gato assustador. Se for em direção ao Teatro Nacional, posso ser atacado. Se for ao Parque Petrin, um cão imenso me aguarda. Se for ao Castelo de Praga, outro ataque me espera.

De repente, Ean se percebe cercado pelos eventos. A ideia de enfrentar o seu medo e entrar na van, passa a ser a sua única saída. Resta-lhe convencer-se disso, enfrentar os dias que se estendem até domingo com naturalidade, visto que precisa ir trabalhar, assim como manter sua quase inexistente vida social, que consiste em ir ao Starbucks, à Klementinum e à academia. Vez por outra ao parque ou perambular disfarçadamente pelas ruas de Pragas coberto pelo seu capuz, protegido pelos seus óculos de sol em seu figurino unicolor.

CAPÍTULO 15

Ean está defronte à Igreja de São Salvador. São 13h55. Ele tenta se mostrar natural misturando-se entre os moradores e turistas que lotam as calçadas e o largo em frente. Ainda em tempo de desistir, olha para o celular ansiosamente, a cada poucos segundos, desejando que às 14h nunca cheguem. Pensando se deve ir embora ou simplesmente se esconder para observar a van passar, olha para a rua incessantemente na ânsia de ver o veículo se aproximar.

Seu celular acusa 13h59 apontando sua derradeira chance de evaporar-se dali, correr para seu apartamento, trancar-se em seu quarto, esperando que tudo isso passe. Seu pensamento se volta às poucas pessoas com quem se relaciona, reflete se alguma delas sentiria sua falta, caso nunca mais volte. Isso o massacra intimamente, considerando enviar uma mensagem de despedida a alguém... Vindo em sua direção, uma van preta desacelera, estacionando exatamente à sua frente, rapidamente ela segue seu caminho. Ean se esvaiu feito fumaça carregada por rajadas vorazes junto com o veículo.

Sua cabeça envolta por algum tipo de pano dificulta sua respiração. Com as mãos livres, sente um rápido alívio e certa confiança de que nada lhe acontecerá. Com medo de abrir a boca, colocando-se em perigo, mantém-se mudo, somente sentindo os solavancos proporcionados pela van veloz que o leva por um passeio às cegas. *Pela primeira vez, estou fazendo um passeio sensorial* — zomba de si mesmo, tenso.

— Saudações, Ean Blažej. Como você tem estado? Vivendo muitas aventuras? — uma voz gutural graceja. — Bom, o dia tão esperado por você chegou. Aposto que lhe será inesquecível. Acredite-me, sua vida mudará completamente a partir de hoje. Contudo, para que você saia vivo dessa, seu silêncio sobre tudo o que tem se passado é vital. Não iremos tolerar qualquer deslize seu que possa nos expor. Como já dito antes, você jamais poderá comentar com alguém sobre tudo isso, mesmo sabendo que você já o fez. De acordo? Dá-me o seu celular! Você não vai mais precisar dele!

— Sim, senhor. — titubeia Ean. Secretamente, respira aliviado, visto que pela fala do ser misterioso, tem a sensação de que não será morto.

Na saída da cidade, uma janela da van é aberta e Ean vê seu celular voar através dela, sem ter a coragem de protestar.

— Portanto, quando retornar à sua casa... Você esquecerá que alguém... Jakub, sua amiga Leah... tenham ouvido algo sobre homens com cabeça de cachorro. Quando lhe perguntarem algo sobre os acontecimentos, você está obrigado a dizer que tudo está bem, nada sendo mais que pesadelos. OK? Faça-os esquecer de tudo o que você já contou a eles!

— Sim, senhor. Mas, por favor, deixe-me voltar para casa. — suplica.

— Como já lhe antecipei, você voltará são e salvo se cumprir as regras. Caso contrário, não me responsabilizo pelo que possa vir a ocorrer a você e, possivelmente, a seus raros amigos. — ri a criatura.

— Sim. Não falarei a ninguém absolutamente nada sobre o dia de hoje nem mais sobre os acontecidos. Prometo-lhes. — explica como um cachorro com o rabo entre as pernas.

— Não esperaríamos menos de uma pessoa inteligente como você. Sábia escolha! Bom, estaremos nos deslocando por um certo tempo. Por favor, não tente remover sua venda, para sua própria segurança. Iremos a um lugar em que você nunca esteve antes, portanto sei que estará com desejos de descobrir algo a respeito, porém, vou repetir: não ouse retirar a venda. — diz silabicamente.

— Não se preocupe. Seguirei suas instruções. — explica, temeroso.

Em alta velocidade, a van segue pelas autoestradas tchecas com destino a algum lugar desconhecido. Segundo os cálculos mentais de Ean, estão seguindo para o norte. Sem perder tempo, como já vira em filmes, tenta traçar um mapa em sua cabeça. Assim, pensa que, quando retornar, poderá ter uma pista importante sobre onde esteve. Considerando o tempo de deslocamento, poderá listar possíveis cidades ou lugares para onde foi levado.

Sentindo-se desconfortável pela posição em que está sentado, tenta se ajustar. Contudo, a van parece estar diminuindo a velocidade. Com ouvidos atentos, percebe que não há mais sons de outros carros se deslocando nos arredores, isso o deixa apreensivo. Em poucos minutos, a van para, seu motor é desligado. A única coisa que ouve, além dos movimentos dos homens com cabeça de cachorro, é o som de pássaros chilreando e corvos crocitando agressivamente.

Ean conclui que está em uma floresta. Algo que não lhe surpreende, visto que seria um interessante lugar para uma sociedade secreta se esconder, mas não o perfeito... A porta da van se abre, uma voz lhe diz para manter-se calmo.

— Vamos desembarcar, contudo não iremos retirar a sua venda. Comporte-se. Não tente gritar, pois ninguém vai ouvir. — alerta-o.

Ean é levado por uma escada abaixo... Detetivesco, conta o número de degraus. Da superfície da escada, mais sete passos até chegar a uma porta, a qual percebe devido à desaceleração do passo de quem o guia, afunilando-se para cruzá-la. Mais 27 passos, dobram à esquerda escadaria abaixo novamente por mais dezessete degraus. Ele é posto sentado em uma cadeira. Ean se atenta para a repetência do número sete... Sete, vinte e sete e dezessete.

— Vamos retirar a sua venda, aja como um cavalheiro que eres. — acautela-o a criatura.

Imediatamente, após desvendado, olha os seus arredores para fotografar mentalmente tudo aquilo que pode. Vê quatro homens com cabeça de cachorro com vestes negras igualmente vestidos. Três portas arcadas se apresentam, uma delas gigante. Outras seis portas quadradas, além de, pelo menos, quatro janelas de tamanho regular. Ao olhar para cima, vê que há dois andares, no topo um teto aberto, nota que o céu está esbranquiçado. Os dois andares superiores possuem passeio retangular ao redor do pátio interno, onde ele está, possibilitando lufadas de ar refrescante que, silenciosamente, entram. Composta de grandes blocos de pedra, perfeitamente distribuídos em todos os andares, Ean não tem uma referência clara de onde está, visto que, além de tudo o que já percebeu, o ambiente está completamente vazio. Nenhuma cadeira, mesa, nenhum móvel qualquer.

Ali, tem as mãos amarradas às suas costas e é vendado. Imediatamente, sem dizerem absolutamente nada, os quatros seres o levam para outro cômodo andar abaixo, visto que descem uma escada de pelo menos dez degraus. Momentos depois, ele está supostamente livre, sem amarras ou vendas... Boquiaberto, vê-se na Biblioteca Klementinum. O espaço é amplamente forrado de livros, de cima a baixo, em formato retangular arredondado abobadado, tudo construído em estilo barroco, perfeitamente idêntico ... Ele calcula que deve ter aproximadamente o mesmo tamanho. Com uma porta arcada em cada ponta, põe-se a imaginar os segredos que se escondem ali e se há outros espaços impecavelmente reproduzidos.

— É uma réplica impressionantemente perfeita. — conclui em silêncio.

Ele é convidado a sentar-se à uma mesa retangular gigante de, aproximadamente, cinco metros de comprimento, junto aos quatro dípodes ainda assustadores. Ean em uma ponta, dois deles de cada lado, simetricamente distribuídos, a outra ponta vazia. Imediatamente, deduz que aquele lugar está reservado ao líder. Um silêncio ensurdecedor se abate sobre o ambiente fazendo-os escutarem suas próprias respirações. Repentinamente, sons de botas com solado de madeira, supostamente, devido aos ruídos peculiares, aproximam-se pacientemente da sala, em sua direção. Na ponta, em meio ao breu, vê uma figura peculiar tomando forma, crescendo à medida que se aproxima do lugar vazio à mesa.

Ele se detém por um instante, observa Ean, puxa sua cadeira cuidadosamente para não provocar ranhuras no chão, senta-se.

— Boa tarde, senhor Ean Blažej. Espero que tenha feito uma agradável viagem.

Sem a coragem de pronunciar uma palavra sequer, fita-o tensamente.

— Vou direto ao ponto! Nós buscamos o senhor para fazer parte da nossa Sociedade Ultrassecreta Misantrópica Global. Somos secretos, pois não podemos atrair a filiação de qualquer um, considerando que, neste momento, apenas 2% da população mundial está apta a entrar para o nosso grupo. Somos misantrópicos, pois abominamos o excessivo contato entre humanos, inibindo a propagação do conhecimento entre as pessoas, visto que, quanto mais contato com outra pessoa, mais vícios mundanos se propagam alienadamente, deixando de lado o que realmente importa... O conhecimento. Quem passa muito tempo em companhia de outras pessoas não tem tempo para o conhecimento. — demora-se para finalizar.

— Mas por que eu estou sendo escolhido? — questiona emblemático.

— Nós temos nossos olhos em todos os lugares e pessoas, constantemente. Destarte, procuramos aquelas que sejam inteligentes, que detenham alto conhecimento de filosofia, que sejam questionadoras, pensam e agem por si só. Resumindo, buscamos leitores que querem mudar a si, deixando de lado todo e qualquer vício mundano vivendo inalienáveis, alheios à ignorância humana afundada em preguiça e desgraças. Somos uma sociedade baseada no culto ao conhecimento profundo do ser humano e da vida.

Com medo de expressar alguma felicidade pelas considerações a respeito de sua pessoa, mantém-se calado, aguardando que o ser proceda com mais detalhes a respeito de seus objetivos.

— Eu sou o Cinocéfalo Mor, portanto comando a SUMG na República Tcheca. Avaliarei você, a partir de agora.

Sem mais explicações, imerso em dúvidas, Ean é novamente vendado com as mãos amarradas, agora na frente do corpo.

— O que vocês farão comigo? — grita apavorado. — Aonde vão me levar?

Ignorado, é guiado para algum lugar dentro do prédio, supostamente... Cinco minutos depois, uma porta se abre, Ean é liberto de suas amarras e venda, porém é praticamente jogado dentro algo que se assemelha a uma cela de prisão, porém com certo conforto. As criaturas o trancafiam.

— O que vocês estão fazendo? Eu não posso ficar aqui, tenho que ir para casa. Tirem-me daqui já. — grita.

Uma das criaturas se volta a ele.

— Você vai passar a noite aqui. Comporte-se. — exclama a criatura, esvaindo-se em meio à baixa luz que definha no ambiente.

Não acreditando no que está acontecendo, continua a gritar exigindo que o libertem. Contudo, ninguém parece dar-lhe ouvidos. Cerca de trinta minutos se passam, finalmente se rende ao cansaço vocal procurando uma cadeira para se sentar. Com grades de prisão, a cela possui aproximadamente vinte metros quadrados, conforme os seus cálculos. Uma mesa com escrivaninha, uma estante com livros, uma cama e um banheiro privativo compõem o cenário. Agradavelmente decorada, Ean se sente confortável, na medida do possível.

Enquanto aguarda algo suceder, sentado, folheia um livro de filosofia estoica — *Diário Estoico – 366 Lições sobre Sabedoria, Perseverança e Arte de Viver* —, livro que apresenta uma frase estoica para cada dia do ano, seguida de uma explicação prática. Lendo algumas páginas, surpreende-se com os escritos. Não tendo um lápis ou marca texto, esforça-se para gravar algumas passagens em sua mente. Ele pouco sabe sobre Estoicismo.

Ean percebe que a primeira frase com que dá de cara diz-lhe muito sobre seu momento atual. Ver o lado positivo dos acontecimentos desagradáveis já era, de certa forma, parte de sua rotina, assim, evita grandes frustrações. Para ele, uma pessoa sábia consegue sempre ver o copo meio cheio, ou seja, retirar algo de bom de uma situação ruim, por mais terrível que possa se apresentar.

Curioso, observa outros títulos: *Um Café com Sêneca — Um guia estoico para viver bem*; *Grandes Mestres do Estoicismo* — um box com três livros; *O Diário de um Imperador Estoico — Marco Aurélio*; *Cartas de Epicuro — Sobre a Felicidade*; *A Quietude é a chave*, de Ryan Holiday... Calcula uns cem livros na cela.

Para ele, o lado bom da situação é que está conhecendo a filosofia estoica, assim como vivendo uma aventura como nunca, algo digno de um filme. Um sequestro em que alguém é levado a algum lugar desconhecido, por alguma razão. Para Ean, a vantagem é de que não está sendo maltratado e, aparentemente, não será morto.

Já há algum tempo encarcerado, começa a preocupar-se novamente, visto que é possível escutar o silêncio que impera no ambiente. Do outro lado, em frente à sua cela, vê um grande relógio arredondado de, aproximadamente, cinquenta centímetros de diâmetro, marcar 23h.

CAPÍTULO 16

Uma porta se abre, passos e ruídos de rodas de carrinho se aproximam. Alguém surge da penumbra com um belo, decorado jantar enfeitado com flores com a refeição protegida por um elegante cloche reluzente.

— Senhor, vou abrir sua cela para lhe entregar o jantar. Não tente fugir. — adverte o cozinheiro. — Eu preparei Koprovka, uma especialidade das vovós Tchecas. — explica. — Ele contém molho branco brilhante de textura cremosa, carne de gado macia cozida, dois bolinhos de pão e batatas cozidas. Para sua sobremesa, preparei bublanina com cerejas. Está tudo muito delicioso. — conclui.

Sabendo que se tentar fugir, um ferimento físico, seu grande temor, pode vir à tona, Ean recebe o jantar contidamente.

— Obrigado, senhor.

Sem pressa, degusta o jantar. Tudo lhe parece muito apetitoso enquanto uma enxurrada de pensamentos inunda sua mente. Sua maior preocupação reside na incerteza de quando tempo permanecerá trancafiado e o que farão com ele. Outra preocupação mais tola o aflige moderadamente...

Se eu não for para casa logo, qual desculpa vou inventar por não comparecer ao trabalho? Eu sou um louco viciado em trabalho! Não sei se sairei vivo daqui e estou preocupado com trabalho.

Visto que é o chefe da redação, Ean tem seus privilégios como trabalhar de casa uma vez por semana, o que seria a desculpa perfeita. Contudo, o que lhe preocupa é se o seu chefe ou seus subordinados lhe procurem por ajuda. Ean não poderá respondê-los e isso é uma de suas obrigações, assistir seus subordinados.

Deitado em seu leito, percebe uma leve protuberância quadrilátera no forro acima de sua cabeça. Levanta-se, coloca seus óculos, sobe na cama. Percebe que há um recorte suficientemente grande para que seu corpo esbelto passe. Olhando ao seu redor, absolutamente nada e ninguém, além do silêncio. Cuidadosamente, coloca a cadeira sobre a cama, eleva-se e força sua mão direita contra o forro, empurrando para cima o leve retângulo.

Atenciosamente, olha para os lados, tudo continua inalterado. Decide fechar o espaço, descer e posicionar a cadeira em seu devido lugar. Pega um livro e se deita, disfarçadamente. Ele já havia percebido que não há câmeras no seu espaço, contudo há três no átrio em frente à sua cela, mas, por sorte, nenhuma delas parece apontar para a cela, o que o deixa desconfiado. Fitando o relógio, vê seus ponteiros marcarem 23h43. Decide esperar até a meia-noite.

Intrigado com o silêncio do local, pois, por horas ali, apenas viu o cozinheiro, procura passar os minutos faltantes lendo... Demoradamente, vê o relógio apontar meia-noite. Com certo receio, pensa em colocar seu plano de fuga em ação.

E se eles estiverem me espionando, se alguma câmera que eu não percebi está apontada para a minha cela, se eu morrer neste túnel claustrofóbico.

Contudo, cogita a possibilidade de ficar preso ali por dias, meses, anos ou a vida toda, visto que as criaturas parecem demonstrar muito interesse em tê-lo por perto. As incertezas lhe assombram de todas as formas, mas como sempre dizem, caso não tente, nunca saberá.

Resoluto, põe a cadeira sobre a cama, amarra-lhe o lençol. Sobe e se esgueira túnel adentro. Procurando dificultar que o encontrem, iça a cadeira, visto que se ficar sobre a cama, saberão onde procurá-lo. Logo, fecha o quadrilátero. Deixa a cadeira ali e segue, em meio à fraca luz que penetra a escuridão. Silenciosa e parcimoniosamente, desliza feito uma cobra sem ter ideia de onde vai parar.

De repente, logo à sua frente, surge outro quadrilátero. Ean o ergue cuidadosamente, mas pouco enxerga, já que o ambiente abaixo está muito escuro. Julgando não ser uma boa ideia descer ali, continua rastejando. Já cansando, com os cotovelos e joelhos doloridos, outro surge diante de seus olhos.

Cautelosamente, ergue-o e percebe uma sala com uma grande mesa, cadeira estilo presidente, forrada de livros nas quatro paredes, suntuosamente decorada. Abatida em uma penumbra consistente, mas que, mesmo assim, permite descrevê-la. Ean percebe que está bem junto à parede, acima de uma estante de livros.

Sem ninguém por perto, visivelmente, remove o quadrilátero por completo, mergulha sua perna esquerda no vazio, tentando pisar no topo da estante. Quando se sente firme, coloca sua outra perna e, pouco a pouco, vai descendo até o chão, pousando atrás da cadeira presidencial. Abaixado, olha para cima, respira aliviado, visto que fechou o tampão.

— Não sou vidente, mas certamente estou na sala do tal Cinocéfalo Mor.

Com seu corpo tomado por adrenalina, analisa tudo diante de seus olhos meticulosamente. Necessita ter certeza de que não há ninguém por perto, pois isso o colocaria em risco. Erigindo seu corpo lentamente por de trás da mesa, percebe uma tela de computador ligada, olha-a e vê o topo de sua cabeça em uma das câmeras. Imediatamente, abaixa-se.

— Sem desligá-las, não conseguirei sair daqui. Já basta que não faço ideia de como desci até aqui sem ninguém ter percebido... Pelo menos, por enquanto.

Confiante, visto que ainda não fora descoberto, ergue-se novamente, colocando seus olhos ao nível da mesa — como um gato observando sua presa — procurando um mouse, com o objetivo de desligar as câmeras. Pacientemente, ao encontrá-lo, move o cursor sobre a tela, na esperança de que algum menu apareça. Rapidamente, no canto superior esquerdo, um menu, com algumas opções se apresenta. Feliz, clica em "desligar câmeras"; o mosaico de telas se apaga facilmente.

— Vou ficar aqui embaixo da mesa algum tempo esperando se alguém perceberá que as câmeras foram desligadas.

Escondido sob a grande mesa oval; nas laterais, protegida por conjuntos de gavetas; na frente, por uma tábua que se estende até o chão, Ean tenta se reconfortar em meio à adrenalina que corre em suas veias. À primeira vista, um esconderijo quase que perfeito. Ali, somente seria encontrado se alguém o visse por detrás da mesa, removendo a cadeira. Sem outra saída, aguarda pacientemente receoso de que alguém possa notar a sua ausência da cela... Um quarto de hora se passa, ainda permanece lá. De repente, uma porta se abre.

Um sapatear ritmado se aproxima da mesa. Por sorte, pela frente, pega algum documento, causando um ruído ao folhear algumas páginas. Ean se mumifica, pois qualquer movimento pode ser mortal. Um minuto de agonia imensurável... A criatura continua parada. Está lendo algo, na penumbra. Alguém o chama na porta.

— Senhor, está tudo bem?

— Sim, apenas não estava conseguindo dormir. Então, decidi vir ao escritório dar uma olhada na agenda de amanhã. Mas já vou voltar. Obrigado pela preocupação.

Ean reconhece a voz e confirma sua suspeita; ouve sons de alguém se afastando mesclados com o folhear da agenda. O tempo parece congelar e ele, a cada segundo que passa, tem mais certeza de que será descoberto. Esforçando-se para afugentar pensamentos negativos, continua mumificado.

Em lentos movimentos, a agenda voa sobre a mesa caindo em cima de uma caneta, jogando-a ao chão, ao lado direito Ean. Ele sente vontade de urrar. O silêncio sob tamanha pressão o sufoca. Sem dar atenção à caneta, desaparecida em algum canto da sala, a criatura se retira lentamente, como se estivesse em dúvida a respeito de onde estava indo... Fecha a porta, digitando algum código sincrônico.

Com o corpo ainda retesado, alivia-se aos poucos, como uma flor que desabrocha, captada por uma câmera lenta. Seu próximo passo é ver se consegue encontrar algo que lhe possa explicar o que é SUMG e, caso necessite, que lhe sirva de prova ao delegado Jakub que, a essa hora, deve estar tendo algum pesadelo tentando dormir.

De gatas, move-se para a lateral esquerda e observa se está tudo limpo, faz o mesmo no lado direito. Claramente sozinho, começa a abrir as gavetas lentamente. Com cuidado, retira pilhas de papeis e, com bastante esforço, tenta ler rapidamente em busca de algo importante. Nada encontra, a não ser anotações sobre filosofia e livros. Sem desistir, tateia até uma gaveta fechava à chave. Trancada, pensa em uma maneira de abri-la. Encontra um clipe sobre a mesa, estica-o, deixando-o levemente curvado, inserindo-o lentamente. Logo, pega outro clipe, sobe uma de suas abas, fazendo com que fique ondulada.

Primeiramente, insere o clipe levemente esticado em sua totalidade na parte de baixo, logo acima, coloca a parte ondulada. Depois, gira para a direita e a gaveta se abre. Curioso, sem se levantar, tateia com cuidado. Para sua surpresa, existia apenas um envelope de tamanho grande, cor amarelo-queimado com uma mensagem muito estranha na parte externa:

YRZOER-FR QR AHAPN QRVKNE GBQBF BF QBPHZRAGBF WHAGBF

À primeira vista, percebe que não é o alfabeto Tcheco, pois esse possui quarenta e duas letras, muitas delas com acentos gráficos. Deduziu, então, que era o alfabeto latino, o qual tem vinte e sete letras que não possuem acentuação. Para sua infelicidade momentânea, apesar de já haver visto combinações de letras anteriormente, nunca decifrara mensagens criptografadas, salvo aquelas de tempos de escola, que qualquer um que tivesse um cérebro razoável poderia fazê-lo.

Percebendo que o envelope não estava lacrado, abaixou a aba e retirou um pequeno maço de folhas com conteúdo digitado em letras maiúsculas, provavelmente em fonte tamanho doze. Não crendo no que via, frustra-se percebendo que todas as páginas seguem a mesma criptografia da mensagem que consta na parte externa do envelope. Ean cogita a possibilidade de ser um idioma que, certamente, desconhece, mesmo não acreditando muito nisso, visto que o grande número de consoantes nas palavras, torná-la-ias impronunciáveis, pensa.

Folheando as páginas na esperança de descobrir uma maneira de entender aquilo, volta-se para o primeiro parágrafo, observando-o atenciosamente.

RZ FVAGRFR, B SHGHEB ZRZOEB R FBZRAGR RYRTVIRY N BEQRZ, PNFB FR RAPNVKR ABF PVAPB DRFVGBF NONVKB:

1. GRE B PBECB R ZRAGR FNHGNIRVF;

2. CRAFNE R NTVE CBE FV FB;

3. FRE HZ OHFPNQBE QR PBAURPVZRAGB;

4. FRE HZN CRFFBN QVERVGN, ERFCBAFNIRY R ERFCVGBFN;

5. ZNAGRE-RE QVFGANGR QR GBQB R DHNYDHER GVCB QR IVPVB R AYVRANPNB.

— O que seria isso? Algum tipo de manual de instruções? Será que estes cinco números são passos que devem ser seguidos para entrar na ordem? Será que...?

Sem essa alternativa, sua única opção seria roubar os documentos, pois não havia tempo hábil de copiá-los. Contudo, essa opção lhe oferecia muito risco de ser descoberto. Um maço de aproximadamente trinta folhas seria difícil de esconder nas roupas, sem contar que poderia ser revistado, antes de ser liberado.

Decidido a levá-las consigo, arrisca-se. Envolvendo as suas duas panturrilhas com as folhas, ele as prende passando fita adesiva por cima delas, colando-as, rigidamente, às suas pernas. Seria a melhor estratégia, visto que essa parte das pernas não é dobrável, é rígida e ficaria por baixo das calças. Se o revistassem, o máximo que fariam, era passar as mãos sobre sua calça de brim, que, também bastante grossa, dificultaria a percepção do papel a um simples toque.

Ean fica ereto, levemente curvado para frente. Sobre a mesa, verifica se encontra algo interessante, de preferência compreensível. Nada além de canetas, lápis, calendários, livros, computador e algumas folhas, aparentemente, prontas para descarte.

Já ali por mais de vinte minutos, decide retornar à sua cela, pois julga mais seguro que arriscar uma possível fuga. Lentamente, sobe a estante, abre o quadrilátero, penetra no duto, encaixa-o perfeitamente, rasteja-se, chega a sua cela, abre sua passagem cuidadosamente, espia, não vê ninguém. Com cuidado, baixa sua cadeira atada ao lençol, equilibra-a sobre a cama, desce lentamente, tranca o quadrilátero, põe a cadeira junto à mesa. Tremelicando, deita-se, orando ao cosmos para que não seja descoberto. Isso poderia ser o seu fim.

— O sistema de segurança parece ser muito deficiente... Talvez pelo fato de pensarem que não correm riscos devido ao grau de confidencialidade do local. Isso está me parecendo muito amador. — conclui antes de fechar os olhos.

CAPÍTULO 17

A segunda-feira se inicia movimentada no *The Times of Praha*. Entrevistas e notícias mantêm todos ocupados na redação. Enquanto isso, Ean ainda não chegou ao trabalho. Cipris, seu chefe, sem ter sido informado de que ele trabalharia em casa ou viria mais tarde ao jornal, decide enviar-lhe uma mensagem, pois já são 11h e nenhum sinal de vida a respeito dele.

Bom dia, Ean. Como vc está? Vc vem pro trabalho hoje ou vai trabalhar em casa? Me desculpe, mas ñ lembro de vc ter me comunicado sobre algo. Me perdoe se me avisou e eu ñ lembro. Até logo

No almoço, Cipris se sente intrigado. Nenhuma resposta ainda. Olha no relógio, já são 13h. Sua preocupação se justifica, visto que Ean, apesar de não ser muito presente nas redes sociais, normalmente responde com rapidez as mensagens de trabalho. Sem muito a fazer, decide aguardar mais um pouco.

Impaciente, liga para Ean, mas, para sua decepção mesclada com preocupação, sua ligação vai direto para a caixa de mensagens.

— Aqui é Ean Blažej. Deixe seu recado. Assim que eu puder, responderei. Obrigado!

Em novas tentativas, obtendo o mesmo resultado, Cipris decide ir ao apartamento dele.

— Possivelmente, ele esteja passando mal ou dormiu. Mas não posso acreditar nisso, pois ele é sempre tão responsável. Em sete anos de trabalho, nunca deixou isso acontecer. — murmura.

Sem fazer ideia do que está acontecendo, deixa a redação do jornal, segue pela Karlova em direção à Ponte Charles, passa em frente à Igreja de São Salvador, jamais imaginando que todo o mistério se origina ali. Segue apressadamente pela avenida de estátuas até chegar ao apartamento de Ean, menos de dez minutos depois. Toca o interfone insistentemente, mas não obtém resposta alguma.

Elvira, a vizinha inferior de Ean, surpreende Cipris pelas costas, visto que ele estava olhando curiosamente para dentro do prédio através dos vidros da porta.

— Com licença, senhor.

— Oh, desculpe-me. A senhora mora aqui?

— Sim, no segundo andar. Quem é o senhor? O que está fazendo aqui?

— Sou Cipris, chefe do jornal *The Times of Praha*. A senhora conhece Ean Blažej?

— Sim, conheço. Ele é meu vizinho do andar superior. Um verdadeiro cavalheiro, porém com hábitos estranhos, principalmente à noite.

— Hábitos estranhos? Como assim?

— Ele costuma subir as escadas rapidamente quando chega em casa, tirar os sapatos, entrar e se trancar. Parece estar fugindo de alguém. Nunca recebe amigos, está sempre só. Quando bato à sua porta, parece-me que sempre tenta esconder algo... Às vezes, penso que ele... — corta Cipris.

— Senhora Elvira, quando foi a última vez que o viu?

— Oh, meu São Nicolau. Ele está bem? Aconteceu algo? Vi ele ontem pela manhã em casa. Percebi que, logo após o almoço, ele saiu à rua, em direção à ponte. Não que eu o estivesse espionando... Eu apenas estava na vidraça naquele momento orando ao São Nicolau. Sei que ele ainda não voltou.

— Ele parecia bem? Caminhava apressadamente? Como ele se parecia quando a senhora o viu?

— Bom, o mesmo de sempre: sapatos pretos, calças pretas, casaco preto, óculos de sol, mesmo estando nublado. Aliás, o que faz uma pessoa usar óculos escuros em dias nublados? Mais estranho ainda é que estava de terno em um domingo. Nunca comentei com ninguém, mas acho que Ean é um pouco depressivo. — diagnostica Elvira. — Ele nunca vai à igreja. Como pode?

Que velha cretina. Fala de igreja, mas ao mesmo tempo critica as pessoas abertamente. Descarada!

— A senhora sabia se ele tinha algum compromisso ontem? Ele falou algo? A senhora sabe para onde ele costuma ir nos domingos?

— Bom, se ele tinha algum compromisso eu não sei. Porém, nos domingos, ele costuma ficar em casa. Algumas vezes vejo que ele vai caminhar na beira do rio ou nos parques. Mas uma coisa eu tenho certeza de que ele é viciado em café. Ele é estranho, acredite-me.

— Ele comentou sobre algo "estranho" com a senhora recentemente? Se estava tendo algum problema?

— Meu senhor, ele não costuma falar da vida dele. É quieto! Sabe aquele tipo de pessoa que fala o mínimo possível? A maioria das coisas que sei sobre ele são de minhas análises baseadas na minha experiência e observações.

Percebendo que a senhora se mostra uma grande fuxiqueira, Cipris percebe que nada vai conseguir descobrir com ela.

— Bom, Dona Elvira, este é o meu contato, caso a senhora souber de algo, por favor, me ligue neste número que está na parte de trás do cartão. Até breve, tenha um bom dia!

— Sim! Ligarei!

Desapontado, Cipris põe-se a marchar rumo ao jornal cruzando a avenida de estátuas novamente, momento em que um pensamento sombrio lhe assalta a mente. Ele para, vira-se para o Rio Moldava.

— Será que Ean se jogou desta ponte? Não posso crer que ele faria isso, pois sempre me parece uma pessoa tão equilibrada, apesar de ser solitário e introvertido, o que, claro, não é necessariamente um problema, mas pensando no que a vizinha fofoqueira me contou... Velha tonta!

Não desejando acreditar nisso, imediatamente afasta tal pensamento, segue seu rumo. Já são 16h e nenhum sinal de Ean. Sequer há sinal de que tenha recebido as mensagens. Mais uma tentativa e, outra vez, a ligação vai direto à caixa de mensagens.

Ao colocar seus pés na redação, Cipris se lembra do delegado Jakub, sobre quem Ean já lhe falara em algumas poucas oportunidades.

— Será que eu deveria conversar com ele? — questiona-se irresoluto.

— Chefe — chama Marine, uma jornalista que trabalha com Ean. —, o senhor sabe algo sobre Ean? Nós estamos tentando contato há tempo com ele, mas sequer recebeu nossas mensagens.

— Veja, Marine, não quero criar alarde, mas fui ao apartamento dele. Aparentemente, não está em casa. Falei com a vizinha de baixo e ela me disse que o viu ontem, pela última vez, saindo de casa logo após o meio-dia. Disse que não o viu retornar, tampouco sabe aonde ele foi.

— Caramba! Que sinistro. — exclama.

— Diga ao pessoal que estamos procurando por ele. Obrigado.

Um clima de tensão em meio a burburinhos começa a se espalhar pela redação. Olhares curiosos miram Cipris, o qual volta a se concentrar em Jakub, hesitante a respeito de sua ideia ponderando se seria o certo a fazer, visto que já são mais de 24 horas que ninguém vê Ean. Ademais, Cipris se preocupa. Pensa que deve agir imediatamente, pois talvez Ean esteja em perigo.

Uma frase do estoico Sêneca, que Ean sempre citava quando um evento futuro lhe procurava tirar o sossego, vem-lhe à cabeça neste momento: "*Não permita que o futuro o perturbe, já que quando ele chegar, você o enfrentará com a mesma sensatez com que encara o momento presente.*"

— Uma coisa de cada vez. — convence-se Cipris. — Pense — impera a si mesmo.

O relógio marca 18h. Fim de expediente no *The Times Of Praha*. Cipris decide ir à delegacia procurar por Jakub. Pretende verificar se ele já está sabendo de algo.

Já na delegacia, Cipris não tem certeza do que fazer. Mais uma vez tenta contato com Ean. Sem sucesso, verifica se ele recebeu as mensagens no celular, mas nada.

— Boa noite. Eu gostaria de falar com o delegado Jakub. Ele se encontra?

— Sim, um momento, por favor. Qual é seu nome?

— Cipris, sou o diretor do *The Times of Praha*.

Ansioso, verifica o telefone mais uma vez. Absolutamente nada. Acessa as redes sociais de Ean, mas nenhuma postagem feita em mais de 24h.

— Onde diabos Ean se meteu?

Jakub surge do meio da bagunça em que se encontra a delegacia... Cipris e Jakub já se conheciam, mas nunca se falaram mais que alguns minutos. Normalmente, mantinham uma relação profissional, nada mais que pudesse proporcionar algum tipo de intimidade.

— Boa noite, senhor Cipris. — cumprimenta Jakub, cordialmente.

— Boa noite, senhor delegado. — responde Cipris, irrequieto.

— Em que posso ajudá-lo?

— Bom, o senhor se lembra do Ean, nosso jornalista?

— Sim, claro. Estive há poucos dias na casa dele.

— Bom, ele está desaparecido há mais de 24 horas. Não apareceu no trabalho hoje, não recebeu nenhuma das minhas mensagens e as ligações vão direto à caixa postal. Ele nunca desapareceu de forma alguma em mais de sete anos de trabalho na empresa. Algo deve estar errado. Fui ao apartamento dele hoje e não o encontrei. Uma vizinha disse que o viu saindo de casa ontem logo após o meio-dia seguindo para a Ponte Charles.

— Mas que estranho! Bom vamos ver o que podemos fazer. Venha comigo, senhor Cipris.

Jakub e Cipris seguiram para uma sala privada na delegacia...

Imerso em meio às páginas dos livros em sua cela, Ean já está mais tranquilo, pois percebeu que não pode se estressar, nem por não conseguir ter dormido quase nada. Concentra-se apenas em confiar que logo sairá dali. Caso passe mais uma noite, então ele já planejara que vai fugir... Durante o dia todo, apenas recebeu a visita do cozinheiro que lhe trouxe deliciosas refeições, tratando-o com um rei. O relógio, na parede em frente à cela, já marca 17h, certamente a noite já engolira o dia, pois, no inverno, em Praga, o sol se põe por volta das 16h.

Um burburinho chama a sua atenção, ele se volta à porta principal e vê as quatro criaturas com cabeça de cachorro e vestes negras se aproximando. Ean fecha seu livro imediatamente ao perceber que eles se dirigem à sua cela. Sem dizer absolutamente nada, abrem a cela e cercam-no.

— Comporte-se, você vai voltar para casa. — avisam-lhe.

Não querendo demonstrar excitação, Ean apenas responde com um monossilábico OK... De repente, agarram-no pelos braços, imobilizando-o com certa agressividade. Tenta se livrar das mãos grandes com dedos longos, mas qualquer tentativa é inútil. Sem perceber, sente algo o perfurando no pescoço. Sem qualquer possibilidade de fugir, cai aos seus pés, desacordado.

Com certo cuidado, é carregado para a van, posto no chão. Suas mãos são atadas e seus olhos vendados. Precaução tomada pelas criaturas que, certamente, já tiveram problemas em outros sequestros.

Em meio à escuridão da floresta, a van interrompe o silêncio noturno, que, até então, só era quebrado por uivos horripilantes de lobos que habitam as florestas tchecas. Minutos depois, esvai-se em meios aos veículos apressados que circulam pelas rodovias.

CAPÍTULO 18

Uma van preta estaciona em frente à igreja São Salvador. Uma porta se abre. Ean rola porta afora desacordado caindo sobre a calçada. Em segundos, o motorista arranca velozmente desgastando os pneus nos paralelepípedos que cobrem a Křižovnická, uma das artérias da cidade de Praga.

Transeuntes voltam seus olhos curiosos em direção ao pandemônio que começa a se instalar. Chocados, correm em direção a Ean para ver o que está acontecendo. Perturbados, resolvem chamar uma ambulância.

Os curiosos praticamente trancam a rua com as câmeras de seus celulares apontadas para Ean que jaze em meio a uma população bisbilhoteira que se aglomera.

— Vejam, é Ean Blažej. — grita uma senhora.

Sons de socorro começam a se tornar intensos até que uma ambulância irrompe a barreira humana.

— Afastem-se! Afastem-se, por favor. — grita um paramédico.

Lentamente, como se estivessem manipulando um bebê, os paramédicos desamarram suas mãos e removem a venda de seus olhos. Ean parece estar sem vida.

Uma multidão com seus olhos voltados à cena de filme de ação diante de si, em meio aos carros e bondes, tenta entender o que se passa ali... Sem a venda, com seu corpo virado para cima, Ean é imediatamente reconhecido por todos.

— Hey, este rapaz é o Ean Blažej, ele é diretor de jornalismo no *The Times of Praha*. Eu o conheço. — comenta um curioso.

— Sim, eu costumo ler seus artigos com certa frequência. Ele escreve muito bem. — concorda outro pedestre.

— Eu o vi parado ontem logo após o meio-dia exatamente aqui em frente à igreja, nesta calçada... Agora algo me parece fazer sentido, pois ontem eu estava com a minha loja aberta, pouco movimento... Parei à porta. Fiquei observando-o, vi uma van estacionar e ele simplesmente desapareceu, mas eu nem percebi que poderia ter sido sequestrado. — conclui outro, com ênfase.

Imobilizado, Ean é engolido pela ambulância que dispara ruidosamente em direção ao Hospital Universitário Geral de Praga, um dos maiores da cidade... Aos poucos, os curiosos se dispersam e a vida volta ao normal nas imediações da igreja. Todos seguem seus caminhos tentando desvendar o mistério que se lhes apresentou diante de seus olhos.

Cipris está em casa, sentado em seu sofá. Seus pensamentos estão concentrados em Ean. Inquieto, verifica novamente se Ean recebeu as mensagens, tenta ligar outra vez, mas nada... De repente uma notificação aparece. É Jakub. Curioso, acessa a mensagem e percebe que recebeu um vídeo.

— Que estranho! Jakub me enviando um vídeo?

Ao abri-lo, chocado, Cipris gruda seus olhos na tela, não conseguindo acreditar no que está vendo... Ean vendado, com as mãos nas costas, largado na calçada, desacordado. Imediatamente, ele liga para Jakub, inquirindo-lhe sobre o que está acontecendo.

— Encontre-me no Hospital Universitário Geral de Praga. Estou a caminho. — diz Jakub.

— Ok. — responde Cipris.

Sem pensar, Cipris põe o celular no bolso, abre a porta e corre escada abaixo, entra no carro, dirige aceleradamente pelas ruas de Praga. Para sua sorte, não é parado pela polícia, visto que, certamente, estraria encrencado... estaciona em frente ao hospital, ao mesmo tempo que Jakub, como se tivessem combinado fazê-lo tão sincronicamente.

— Cipris, segundo o que eu soube, uma van preta parou em frente à Igreja de São Salvador, por volta das 18h, abriu a porta e o jogou na calçada. — comenta Jabuk, esbaforido. — Em segundos, dispararam rua acima. A placa do veículo foi removida, portanto, o que temos são apenas descrições da van feita por transeuntes. Eles disseram que toda ação não durou mais que dez segundos. Sequer alguém conseguiu filmar a van.

— Mas que loucura! Como está Ean?

— Só sei que estava desacordado quando foi trazido para cá. Vamos até a emergência descobrir algo mais.

Sem perder tempo, Jakub e Cipris voam para dentro do hospital, estão aflitos com tudo o que se passa, já que o delegado se lembra claramente das conversas recentes que teve com Ean. Já Cipris não faz ideia do que possa ter acontecido, pelo fato de que ele e Ean nunca falavam de intimidades. Sua relação se baseava, principalmente, no campo profissional, sem embargo, eles eram bastante próximos.

— Olá, sou o delegado Jakub. Preciso saber qual é a condição de Ean Blažej, o rapaz encontrado em frente à Igreja de São Salvador. — explica-se à enfermeira que parecia ansiosa por ver um delegado, o que provavelmente nunca havia acontecido antes.

— Olá, senhor delegado. Claro! Aparentemente, ele não tem nenhum ferimento grave, exceto por algumas pequenas áreas de sua pele estarem esfoladas. No momento, ele está com os sinais vitais funcionando normalmente, mas está desacordado. Cremos que ele esteja anestesiado. Portanto, assim que tivermos novidades, eu aviso o senhor. — conclui.

— Vocês encontraram algo com ele? Como o celular, bolsa ou algo em seus bolsos. — insiste o delegado, curiosamente.

— Nada além de folhas de papel atadas às suas pernas.

— Folhas? Atadas nas pernas? Como assim? Me mostre!

— Sim, elas estavam envoltas nas duas pernas, ao redor da panturrilha, presas com fita adesiva. Mas, senhor — continua a enfermeira —, há algo muito estranho, pois não conseguimos entender nada do que está escrito, pois deve ser um outro idioma. Venha comigo, você vai entender melhor.

O delegado adentra a emergência, mas Cipris é impedido... Basicamente correndo atrás da enfermeira que se desloca rapidamente em suas longas pernas, ao contrário das de Jakub, que, curtas, fazem-no chegar quase catatônico à sala onde Ean ainda está desacordado.

— Aqui estão, senhor! Não conseguimos entender nenhuma palavra... Boa sorte. — brinca a enfermeira, nervosa.

RZ FVAGRFR, B SHGHEB ZRZOEB R FBZRAGR RYRTVIRY N BEQRZ, PNFB FR RAPNVKR ABF PVAPB DRFVGBF NONVKB:

1. GRE B PBECB R ZRAGR FNHGNIRVF;
2. CRAFNE R NTVE...

— Mas que diabos é isso?

Intrigado, Jakub acessa um tradutor em seu celular, aponta a câmera para os escritos, na esperança de que consiga alguma tradução… Sem sucesso, após várias tentativas, impaciente, ele desvia seus olhos para Ean para verificar se ele está acordando…

Ean, acorda! Preciso de você.

— Senhor, preciso que volte à recepção. Não pode ficar aqui. Quando ele acordar, eu o chamo. Desculpe-me, mas são as regras do hospital. — exime-se a enfermeira.

Inconformado, Jakub dirige-se à recepção, já que não lhe resta outra opção… Ali, Cipris o aguarda agoniado, visto que parece que Jakub nunca voltaria…

— Jakub! Jakub! — grita Cipris, contidamente, tentando atrair a atenção do delegado. — O que aconteceu?

— Ainda não sei. Não temos nada além disso. Veja — entregando-lhe os papéis.

— Mas o que é isso? Eu não sei que língua é essa. — desculpa-se Cipris, envergonhado pela sua incompreensão.

— Não acho que seja alguma língua, mas deve ser algum tipo de código secreto, mensagem criptografada. — explica o delegado. — Vocês estão trabalhando em algo sigiloso, Cipris? Seja sincero. — diz Jakub olhando profunda e pausadamente em seus olhos.

— Senhor delegado, não temos nenhuma investigação sigilosa. O senhor sabe que nós nem trabalhamos com área policial, investigação. Essas coisas, entende? Nosso jornal foca em outras áreas que, de regra, não exigem trabalho sigiloso. Quero dizer que não investigamos absolutamente nada dessa forma. — explica-se.

Hesitante, Jakub desvia o olhar de Cipris, crendo que ele está falando a verdade, para sua decepção… Sem nada em mãos, eles se decidem por se sentar e esperar que Ean acorde logo…

— Será que Ean vai acordar? Nós não sabemos o que aconteceu com ele. E se ficar inconsciente permanentemente? — questiona Cipris.

— Veja! De acordo com o que a enfermeira me disse, ele está anestesiado, dopado ou algo assim. Então, certamente quando o efeito começar a passar, ele vai voltar. Não se preocupe, tranquiliza-o.

— Eu não faço ideia...

Cipris é interrompido pela enfermeira ansiosa chamando pelo delegado...

— Senhor delegado, ele está acordando. Mas, por enquanto, peço que o senhor apenas o observe. Não tente forçá-lo a falar, por favor. — suplica.

CAPÍTULO 19

Ean é aquele tipo raro de pessoa que tem aversão à palavra amor, procurando evitar qualquer discussão que envolva esse substantivo arrepiante. Para ele, sua sorte está no jogo; não mais se preocupa em relacionar-se amorosamente com alguém, pois já está há tanto tempo só que não consegue acreditar que esse sentimento existe ainda. Após uma dolorosa decepção amorosa que o fez chorar e lamentar-se por intermináveis dias de sua vida, riscou essa palavra de seu dicionário, prometendo a si mesmo que jamais novamente sofreria por alguém.

Apesar de tamanha desilusão, ele nunca acreditara na história de que havia se apaixonado pela pessoa errada, pelo menos quando tinha a capacidade de amar alguém. Na sua versão, a trama era diferente. Pensa que, na verdade, a pessoa por quem ele sofrera era a certa, pois precisava aprender algumas lições de vida, coisa que percebeu apenas anos mais tarde. Não há mal que o tempo não cura ou, pelo menos, deveria ser assim. Ele se lembra, claramente, de que, há muitos anos, uma prima sua havia lhe dito que nunca se deixa de amar alguém, mas que se aprende a viver sem. Isso o marcou tão profundamente que carrega esse aforismo consigo até hoje.

Com o tempo, percebeu que a lição mais importante daqueles anos de tormento era que deveria aprender a amar a si mesmo, em primeiro lugar, para, então, poder amar alguém saudavelmente. Ele era muito possessivo, ciumento e inseguro em virtude de situações muito desagradáveis que vivera na infância e adolescência. A grande questão, em anos vindouros, foi que Ean aprendeu a lição e passou a se amar, em primeiro lugar, tão profunda e seguramente que sente prescindir de outra pessoa por perto. Por vezes, tem algum desejo de um dia voltar a se relacionar, mas prefere mantê-lo às escuras, bem lá nas profundezas. Esse sentimento ele esconde das pessoas, pois, por vezes, acredita que o deixando vir à tona mostrar-se-á um débil.

Ean detesta quando alguém o tenta persuadir a buscar um amor, dizendo-lhe que a vida é melhor a dois, pois acredita que o fato de alguém tentar convencê-lo de que precisa de alguém soa-lhe uma total falta de respeito, pois pensa que ninguém deve ser convencido de nada, mas cada um deve fazê-lo por si, ao longo de sua vida, por meio de suas experiências.

De onde vem a audácia de muitos ao tentarem convencer os outros de que suas circunstâncias são mais felizes e de que o outro deve adotá-las, se somos todos diferentes; minha experiência não é obrigatoriamente válida para os outros e vice-versa.

Para ele, se o amor é para lhe ser companheiro, deve surgi-lo de forma espontânea, jamais por alguém tentando-o convencer do contrário.

Há muito, questiona-se sobre tudo e todos. Lembra-se claramente que começou a inquirir o mundo, principalmente a sua religião, católica, após começar a ler o famoso e polêmico livro *O Código da Vinci*, do célebre Dan Brown. Sente que esse livro foi um divisor de águas e todas as grandes e importantes mudanças de sua vida, credita a esse e aos livros, em geral.

Sempre tem em mente que foram as páginas que leu que o ensinaram a ser independente, questionador, lutar pelos seus sonhos, manter-se distante dos opressores e de que, basicamente, tudo na vida dependia dele mesmo, assim como deveria ser para todas as pessoas. Os livros são o seu refúgio contra a ignorância, futilidade, vícios, injustiças, pessoas e, muitas vezes, contra si mesmo.

Ao longo dos anos, acostumou-se a ficar só e gostar de sua própria companhia. Costuma refletir sobre isso com certa frequência e sabe que a vida é feita de escolhas. Você pode entrar em uma porta de cada vez e cada uma delas te leva a um caminho e jamais pode retornar e acessar o caminho a que as outras levam. Você nunca saberá a vida que poderia ter tido se tivesse entrado por outra porta, apenas especular.

Acredita que o fato de colocar a sua carreira em primeiro lugar foi sua escolha, pois não crê fielmente que se pode ter uma carreira de sucesso, família e equilíbrio mental ao mesmo tempo. Portanto, para ele, é preciso focar em um, com muito risco, em dois. Assim, crê que conseguirá atender ao chamado de sua alma, dedicando-se somente a si. Muitos o veem como egoísta e ele sabe que, sem egoísmo, pouco se pode fazer para si mesmo neste mundo. Foi-se o tempo em que deixava o exterior controlar sua vida... Com o tempo, aprendeu que o segredo é como se reage às adversidades e isso lhe pareceu tão verdadeiro que fez questão de internalizar esse aforismo.

Diante disso, a multidão frustrada que vaga pela Terra, na sua opinião, em parte é pelo fato de as pessoas quererem fazer tudo ao mesmo tempo. Sem foco, não é possível chegar a algum lugar. Talvez até chegue, mas a jornada pode ser tão árdua que, ao chegar ao topo, a conquista pode não fazer mais sentido. As pessoas precisam ter um propósito de vida sem o qual é um fardo despertar todas as manhãs sem saber pelo que irá batalhar. Sem isso, a existência se torna um peso e a falta de rumo pode fazê-los colidir contra algum obstáculo do qual jamais poderão recompor-se.

— Senhores, sejam bem-vindos a esta reunião extraordinária. Convoquei-lhes de imediato e agradeço-lhes por estarem aqui tão aplicadamente. A nossa pauta de hoje é Ean Blažej, o jornalista que estamos tentando atrair para a nossa ordem devido às suas qualidades excepcionais. Contudo, infelizmente, temos um alerta de segurança que foi disparado a todas as unidades da nação a pretexto de que ele usurpou alguns documentos do nosso escritório central. Isso coloca a nossa sociedade em perigo, visto que o nosso novo plano, discutido amplamente na última assembleia, poderá ser descoberto.

Os documentos usurpados não nos causariam problemas, à primeira vista, pois, conforme nossas regras de proteção, eles têm pouquíssima informação sobre nós e estão criptografados. O que realmente nos aflige é o fato de que Ean é sagaz e questionador. Ele encontrará uma maneira de ler as informações, isso fará com que comece a nos investigar até que possa desvendar e nos expor.

Não podemos deixar de lado o fato de que, repito... Mesmo tendo poucas informações criptografadas, ele não vai descansar até descobrir o que está acontecendo. O nosso objetivo fundamental agora é reaver os documentos. Se ele não tivesse conseguido adentrar a minha sala pelo duto de ar, desligado as câmeras, aberto minha gaveta e se apossado dos documentos, tudo estaria bem e continuaríamos investindo nele. Não obstante, agora ele é nosso inimigo, afirma o Cinocéfalo Mor, categoricamente.

— Senhor, por gentileza. Tenho uma pergunta. Quais são as medidas de segurança que tomaremos? — pergunta um participante aleatório.

— Bom, minha primeira ação foi reforçar a segurança e transferir os documentos importantes que estão nesta unidade para o cofre. Visto que a minha sala era inviolável, até então, sustenta-se o fato de aqueles papeis estarem naquela gaveta. Já tivemos outras pessoas naquela mesma cela em que Ean estava, mas, como já expliquei, Ean é disparadamente mais inteligente, por isso conseguiu a façanha de se tornar uma ameaça viva a nós.

— Senhor Havel, o que está sendo feito para recuperar os documentos roubados? — pergunta o Sr. Tadevosjan, o Grand Cinocéfalo Mor, presente por videoconferência.

— Obrigado pela pergunta, senhor. A nossa força já está planejando como reaver os documentos. Eles estão traçando um plano de resgate. Contudo, nosso maior problema a ser discutido é o seguinte: o que fazermos com Ean, mesmo que consigamos recuperar os documentos? Ele certamente fará cópias e as esconderá em diferentes lugares e, mais que isso, todos já viram o vídeo em que ele aparece jogado na calçada. Quanto a isso, já exoneramos o chefe de inteligência, pois foi um erro gravíssimo. Ele deveria ter sido libertado em um lugar ermo e vazio, sem holofotes. Assim, poupar-nos-íamos de qualquer estresse, visto que, no máximo, ele iria diretamente para casa. Não estaria sob todos os olhares neste momento, ameaçando-nos diretamente e ouso acrescentar que, possivelmente, ele nem teria mencionado a alguém sobre o ocorrido. Também, além da mudança dos documentos para o cofre e troca de chefe da inteligência, vamos reavaliar o nosso plano interno de segurança. Uma nova assembleia para apresentar novas diretrizes será agendada para a próxima semana. Nela apresentaremos um novo plano para manter a nossa sociedade segura. Enquanto isso, preocupar-nos-emos com Ean. Reforço aqui, senhores, que os documentos em si não são uma ameaça, pois descrevem um décimo do que somos, mas Ean tentará todos os artifícios para escavar a fundo, ameaçando nosso plano superior, discutido recentemente, o qual trará uma nova era à sociedade global.

— E quanto aos documentos no cofre? — insiste Sr. Tadevosjan.

— Certificar-nos-emos de que todos os documentos existentes estejam criptografados. O ideal seria criptografá-los em um novo sistema de códigos, mas isso levaria anos de trabalho e agora temos preocupações maiores. Assim, temos a certeza de que o cofre é suficientemente seguro, além do mais, ele possui um dispositivo de autodestruição, o qual incinerará todos os documentos, caso seja aberto de forma clandestina, visto que a única maneira de o abrir é com as digitais, possuindo duas camadas de segurança. Senhores, agradeço-lhes pela disponibilidade. Estejamos todos alertas, pois temos um inimigo em potencial, como nunca. Sabemos que isso pode destruir a nossa ordem e a nós mesmos. Boa noite. — finaliza o seu discurso.

CAPÍTULO 20

Deitado em seu leito, com os olhos semicerrados, Ean balbucia algumas palavras inaudíveis, visto que ainda está sob forte feito anestésico... Pacientemente Jakub o observa desejoso pelo momento em que conversará com ele. Aproximando-se, faz a primeira tentativa.

— Ean, você pode me ouvir? Como você está se sentindo?

— Jakub!

— O que aconteceu com você?

— Onde eu estou? — pergunta, desconcertado.

— Você está no hospital!

— Mas por quê? O que aconteceu comigo?

— Calma, você está bem. Apenas se sente sonolento. — Jakub o observa pesaroso.

— Ean onde você esteve? Todos estavam procurando por você. De repente, você aparece jogado na calçada, em frente à Igreja de São Salvador? Como? Por quê?

— Olha, pelo que eu me lembro, eu estava chegando em casa, abri a caixa do correio e encontrei uma carta, sem remetente.

— O que ela dizia?

— Que eu deveria estar em frente à igreja São Salvador, às 14h de domingo. Uma van preta pararia em frente e eu deveria entrar nela. Foi o que eu fiz.

— Você está doido? Como que entra em uma van sem ter ideia de quem estava nela?

— Não sei se eram pessoas.

— O quê? Como assim? O que mais poderia ser?

— Você se lembra daquela história dos homens com cabeça de cachorro? — Sem aguardar resposta, Ean continua... — Então, eram eles que estavam lá.

— Ok, mas aonde vocês foram depois? — pergunta-lhe Jakub desconfiado.

— Não faço ideia. A única coisa que sei é que fui vendado, mas não me ataram as mãos. Tampouco disseram para onde estávamos indo.

— Senhor delegado — intromete-se a enfermeira. —, eu preciso que o senhor nos dê licença, preciso medicá-lo e fazer alguns exames agora.

— Senhora enfermeira, isso é uma urgência. A senhora precisa esperar. — diz Jakub nervoso.

— Senhor delegado, a vida do paciente pode estar em risco. Preciso fazer os procedimentos necessários agora, por favor. — diz resoluta.

Sem alternativas, Jakub volta à recepção, onde Cipris o aguarda inquieto. No breve caminho, pondera o fato de aquelas histórias de Ean sobre os homens com cabeça de cachorro e a invasão ao seu apartamento, por fim, serem verdadeiras.

— Cipris, Ean já lhe contou algumas histórias sobre homens com cabeça de cachorro, de que fora emboscado ou de que seu apartamento fora invadido?

— Oh, céus! Não, nunca. Por quê?

— A história é longa... Vamos ao café ali do outro lado da rua. Preciso tomar um expresso. Aproveito para lhe contar sobre tudo isso...

De volta ao hospital, aguardam ansiosamente para conversar com Ean. Estão ansiosos por saber onde ele esteve nas últimas vinte e quatro horas... A televisão ligada, na recepção, mostra as curiosas imagens de Ean ao chão relatando se tratar de um possível sequestro relâmpago, algo incomum em Praga. Um burburinho sobre a presença de Ean espalha-se pelas alas hospitalares.

Com tudo sob controle, aparentemente, Ean surge na frente deles junto com a enfermeira. Já caminhando, sem dificuldades, é recebido pelo delegado e seu chefe que o levam para casa.

Na entrada do hospital, alguns jornalistas, como corvos avançando sobre a carniça, tentam obter alguma resposta para satisfazer seus telespectadores e leitores bisbilhoteiros, os quais, compreensivelmente, também procurando manter seus empregos medíocres sustentados por baixos salários.

De longe, protegido por Jakub e Cipris, Ean acena-lhes dizendo que está tudo bem. Inconformados, os repórteres avançam munidos de câmeras potentes que poderiam facilmente filmar alguém em alta definição a quilômetros.

Já dentro do carro, Jakub tenta se livrar dos curiosos, como se Ean fosse uma celebridade, infiltrando-se pelas ruas sinuosas e labirínticas de Praga, rumo ao apartamento.

— Agora você precisa nos contar onde esteve. — intimida-o Jakub.

— Então, continuando de onde parei... Eu fui levado a algum lugar em meio a uma floresta, pois era silencioso e pássaros chilreavam. Arrastaram-me para algum prédio e levaram a uma biblioteca idêntica à Klementinum. Ali, havia uma mesa gigante. Dois deles se sentaram de cada lado, eu em uma ponta e, na outra ponta, apareceu mais um deles, supostamente o líder.

— Ok! O que eles queriam? — pergunta Cipris, impaciente.

— Bom, resumindo. Ele me disse que o dia tão esperado por mim havia chegado, que a minha vida mudaria para sempre e que eu jamais poderia mencionar algo do que havia acontecido anteriormente a alguém, muito menos o que se passa agora, pois eu sofreria punições. Sabem onde meus melhores amigos moram, meus familiares, onde eu trabalho...

— Dia tão esperado por você? Ean, o que você está escondendo de mim? — pergunta-lhe o delegado intrigado.

— Eu não sei o que está acontecendo. Não faço ideia do que estavam falando. Eu não estava esperando por nada e sequer tenho algo grandioso para acontecer. — explica. —Inclusive mencionou que eu não deveria mais conversar com você, senhor delegado.

— Comigo? Mas como diabos eles sabem que eu falei com você? — questiona-o irritado.

— Eles sabem de tudo. Disseram que têm os olhos em tudo e todos a todo tempo.

— E o que aconteceu depois? — pergunta Cipris.

— Eles me disseram que, devido à minha inteligência, senso crítico, retidão, conhecimento... Eu fora escolhido para fazer o que eles chamam de Sociedade Ultrassecreta Misantrópica Global, uma tal de SUMG.

— Que droga é essa? Eu nunca ouvi sobre isso! — exclama Jakub.

— Ele falou em filosofia, vícios mundanos, alienação e me disse que a partir daquele momento eu estaria sendo avaliado. Mas não faço ideia do que isso significa.

— E onde você ficou nesse tempo todo? — questiona Cipris.

— Eles me trancaram em uma cela que possuía vários livros de filosofia. Serviram jantar especial. A única pessoa que vi após ser trancado foi o cozinheiro. Ele me trazia as refeições. À noite, com muito medo de que estavam planejando me matar, decidi tentar uma fuga, mas acabei parando na sala do suposto presidente da ordem. Foi lá que consegui os documentos que estavam escondidos nas minhas roupas... Mas eles estão criptografados. Não faço ideia de como desvendá-los. Eu entrei pelos dutos de ar.

— Isso você pode deixar comigo Ean, pois toda essa história já está sob investigação policial. — decreta-lhe Jakub.

Em frente ao prédio, Cipris e Jakub acompanham Ean até o seu apartamento, mas antes se livram dos curiosos. Verificam que tudo está em ordem lá dentro. Despendem-se.

— Qualquer coisa, ligue-me imediatamente. Haverá um segurança na porta do prédio durante esta noite. Não abra a porta para estranhos. Amanhã, venho te buscar às 9h00. Vamos à delegacia para registrar todo o seu depoimento.

— Sim, estarei à sua espera. Muito obrigado.

— Cuide-se, Ean. — adverte-o Cipris, colocando a mão em seu ombro esquerdo. — Amanhã conversaremos mais. Bom descanso.

— Até amanhã. — finaliza Ean. — Mais uma vez, obrigado!

CAPÍTULO 21

Ean desperta arregalando os olhos. Ainda abalado pela aventura que viveu, põe-se a pensar sobre o fato de sua vida estar um pouco mais aventurosa do que deseja. Até então, os eventos sucedidos não haviam mexido muito com a sua rotina, contudo, o sequestro voluntário não seria nada de mais, não fosse o fato de o doparem, despejando-o nas ruas de Praga. Esse era o ponto que o intrigava.

Os contatos, os envelopes, os ataques... Tudo fora encarado como um mistério, mas nada que o fizesse temer pela sua segurança, a ponto de procurar a polícia. Sua ida até a igreja, chegada ao lugar misterioso, tratamento que obteve enquanto esteve desaparecido... Parecia-lhe que os fatos se encaminhavam pacificamente. O que o intriga é o porquê de ele ter sido dopado e desovado daquela forma.

— Por que me trataram tão bem, o tempo todo e me doparam para me libertar? Qual é a razão disso? Será que algo saiu fora do planejado para terem me tratado de uma forma tão "agressiva"? — questiona-se, soterrado sob as cobertas. — O sequestro me dá a impressão de que tudo o que acontecera antes foi apenas algum tipo de distração. O ápice foi o sequestro, sem dúvida alguma. — conclui resoluto.

Demoradamente, levanta-se, abre as persianas do quarto. O ritual é o mesmo de todos os dias: olhar para o céu, prever a temperatura, observar as plantas para saber se há vento, analisar as vestimentas dos pedestres e, por último, fitar o horizonte, lá onde o céu se encontra com a terra para confirmar se o céu acima de sua cabeça não o está enganando.

O relógio marca 8h03. Em cinquenta e sete minutos, dirigirá à delegacia com Jakub, mas sequer tem certeza de que o depoimento vai ajudar em algo... Concentra-se nas folhas que usurpou do escritório, cópias secretamente cedidas pelo delegado, depois de muita insistência usando suas artimanhas jornalísticas.

— Se existe algo importante e não duvido que assim seja, pode ser que eu esteja correndo perigo. Se aqueles papeis são uma ameaça, de alguma forma, à sociedade, eles virão atrás de mim... E agora? Eles sabem onde moro, trabalho, minha rotina... Como disseram, eles têm os olhos em tudo e todos a todo tempo. — arrepia-se.

Sentindo-se esquisito, pensamentos de precaução fortalecem-se na sua cabeça. Pensa em pedir ajuda ao delegado Jakub.

Após esse pandemônio, certamente ele deve também crer que eu estou em perigo, ampliado por eu ter contado a ele que a sociedade sabe de tudo o que se passa em Praga. Isso é uma ameaça a ele e sua família também...

O interfone toca, Ean se arrepia, apesar de saber que é o delegado... A partir de agora, qualquer pessoa desconhecida que toque o interfone, aborde-o na rua ou se aproxime dele, de alguma forma, pode ser considerado um potencial inimigo. Se Ean já não confiava em ninguém antes, qualquer mínima chance de isso acontecer esvaiu-se como fumaça ao vento.

Desconfiado, atende o interfone, mas, silencioso, espera que a pessoa doutro lado se identifique primeiro. Ele pensa que, se pronunciar o nome de Jakub e caso não for ele, a pessoa que está lá pode tomar a identidade para si, adentrar o prédio, subir ao apartamento fazendo-se passar pelo delegado... Pode ser um assassino em potencial.

— Ean, é o Jakub. Posso subir um minuto?

Ean se detém por um minuto, pensa em estender a conversa para ter certeza se realmente é o delegado. Surge-lhe uma ideia interessante de tirar a prova.

— Jakub, o que você deseja?

— Como assim, Ean? Eu vim buscar você para irmos à delegacia registrar o seu depoimento. Esqueceu?!

— Ah, certo!

A porta se abre, Jakub sobe até o apartamento curioso pelo fato de Ean ter feito uma pergunta, aparentemente, sem muito sentido.

— Como é que ele não lembra o que vamos fazer? — pergunta-se ao chegar à porta do 301. Por precaução, Ean espia pelo olho mágico.

— Bom dia, Jakub. Entre!

— Por que você fez aquela pergunta?

— Precisava verificar se era você mesmo. Eu acho que estou em perigo. Não sei o que fazer, talvez mudar de apartamento, pedir proteção à polícia…

— Mas por que exatamente você acha que tá em perigo?

— Os papeis que estavam comigo… Eu os roubei de uma gaveta que estava trancada, isso explica que devem ser confidenciais. Quem é que esconde algo que não é importante?

— Sim, concordo. Temos que considerar a possibilidade de ampliar a proteção policial para você. Ainda não conseguimos descriptografar os escritos, mas estamos trabalhando nisso. Acredito que logo conseguiremos desvendar. — explica Jakub.

— Há tantas coisas que não parecem se encaixar nessa história. Eu estava pensando que o fato mais curioso em relação a tudo é que todas as vezes que eles me abordaram, inclusive o sequestro, foram pacíficos, sem violência… Quero dizer, não me bateram, não me trataram mal. A pergunta então é: por que é que me doparam e me jogaram na calçada como se estivessem libertando alguém de um sequestro de verdade? Será que fizeram isso para chamar a atenção da mídia? Ah, Jakub, obrigado ter me deixado tirar cópias daquelas páginas.

Jakub o olha misteriosamente.

— Como assim todas as vezes que te abordaram? Não havia sido apenas aquele ataque quando você voltava do teatro? Você tá me escondendo algo? — pergunta-lhe irritado.

— Bom, desculpe-me, mas não sabia como agir. Não podia confiar em ninguém. Depois daquele dia que você veio aqui ouvir as minhas histórias e todos os papeis haviam sumido, pensei que não acreditaria em mim, já que eu não tinha nem os papeis, nem como provar a ataque, por que você sabe que ele não foi filmado na parte mais importante e sim aconteceu algo também no Castelo de Praga recentemente…

— Não creio nisso. Por que você não me contou? Por que não me avisou que recebera a carta dizendo para estar na frente da igreja no domingo? Você poderia ter morrido, sabia? — conclui Jakub, nervoso.

— Eu sei, perdoe-me. Não pensei que acreditaria em mim, como eu disse há pouco. Mas…

— Bom, vamos à delegacia. — interrompe-o. — Quero saber todos os detalhes sobre o castelo e qualquer outra coisa que você tá me escondendo. Se não colaborar, vou te encrencar por ocultação de informação. — adverte-o Jakub, incomodado.

Ean se sente apoquentado pelo fato de se perceber obrigado a contar tudo ao delegado, pois, para ele, revelar o jogo é dar as cartas ao oponente. Sua preocupação se reforça devido à sua desconfiança em relação às pessoas. Durante sua vida, Ean abriu-se, completamente, a algumas pessoas, porém, com o tempo, essas pessoas se afastaram e, nesse processo, ele foi aprendendo sobre a importância de manter algumas coisas somente para si.

Hoje, ele é muito cauteloso em relação a alimentar a curiosidade alheia com informações pessoais. Contudo, nunca acreditou quando pessoas dizem que suas vidas são como um livro aberto, sem segredos... Isso é lorota, porque todo mundo esconde segredos, todos nós temos algo oculto. Anunciar que não se tem nada a esconder é uma forma de bajulação, de querer mostrar-se como uma pessoa perfeitamente sincera, confiável, fidedigna... Isso não existe, na verdade, dizer-se um livro aberto é uma confissão do óbvio, tem algo a esconder. Bem lá no fundo, todos têm algum segredo que não revelariam a ninguém.

Por mais que Jakub seja policial e, supostamente, protegeria Ean, não há garantia nenhuma de que ele não faça parte dessa sociedade... Nunca se sabe o que se passa na vida das pessoas, exceto aquilo que elas nos querem mostrar e, normalmente, ninguém mostra seus podres aos outros. Ean percebera isso ao longo de sua vida, quando, muitas vezes, pintava-se aos outros como um quadro realista, sem segredos. Contudo, ao longo da vida, aprendera que isso era uma tremenda bobagem, visto que todos somos cheios de defeitos e é melhor que muitos deles fiquem guardados.

Quando começou a mostrar o seu verdadeiro eu para as pessoas que dele se aproximavam, ainda que com algumas ressalvas, notou que as pessoas logo se afastavam, até chegar o dia em que, basicamente, quase ninguém se aproximava dele. Isso nunca lhe foi fácil. Ele sofreu muito até entender do que realmente se tratava. A filosofia o ajudou a compreender esses comportamentos e a gerir a sua vida de forma um pouco mais amistosa para si mesmo.

Hoje, após longos anos de autoconhecimento, percebe que as pessoas que dele se aproximam e, depois de o conhecerem o suficiente, permanecem por perto são aquelas pelas quais ele realmente preza. Além disso, passou a deixar-se conhecer aos poucos, não mais como antes o fazia, jogando um caminhão de informações suas sobre os outros e, dessa maneira, também afastando-os.

Ean habitualmente diz que de perto ninguém é normal e, quando alguém lhe pergunta o que isso significa, ele responde perguntando se consegue explicar-lhe o que é ser normal. Assim, ele se exime de responder as duas perguntas, para as quais também não tem uma resposta clara. Para ele, tudo é questionável, mas nem tudo, necessariamente, precisa de uma resposta.

CAPÍTULO 22

Perambulando pelas ruas de Praga, Ean se desloca disfarçada e silenciosamente observando a cidade, pensa em uma maneira de aliviar os acontecimentos recentes, principalmente o desagradável tempo que passou na delegacia prestando depoimento, sob olhares atentos de policiais curiosos, sentindo-se, de certa forma, um criminoso. Usando uma calça marrom, jaqueta bege, óculos de sol, cachecol e uma chapéu, busca evitar que seja reconhecido.

Observando algumas construções antigas no centro da cidade, para em frente à estátua de Franz Kafka. Imediatamente, lembra-se do livro mais estranho que já leu em sua vida, *A metamorfose*, com seu bizarro protagonista enfrentando situações surrealistas. Próxima à Sinagoga Espanhola, a estátua retrata o escritor tcheco cavalgando nos ombros de uma figura humana sem cabeça e sem os antebraços, em referência ao conto "Descrição de uma luta".

Tão estranha quanto o seu livro!

Segue seu caminho, detendo-se na calçada para observar a belíssima sinagoga, a mais nova da área, construída em estilo mourisco renascentista. Com sua linda arquitetura em tom bege com detalhes amarelecidos e duas minicúpulas esverdeadas, parecendo bolas de sorvete.

Logo mais, decide tomar o segundo café do dia caminhando e analisando a cidade. Em poucos minutos, chega à Igreja de São Simão e Judas, que possui traços que remontam a 1354, em uma mistura de estilo gótico e renascentista. Seu corpo piramidal, uma torre principal com uma minicúpula de cor negra, combina com o telhado avermelhado e as paredes bege com detalhes em amarelo queimado.

A essa altura do dia, o sol já está anunciando o seu descanso e a noite dando as suas caras. Ean é invadido por um desejo de estar em casa descasando, sem ninguém por perto. Ao virar-se, nota uma figura se comportando de forma duvidosa, com um capuz, falando ao celular... Parece encará-lo. Ean fica sem reação por alguns segundos, imediatamente, pensa em algo.

Aparentemente, mesmo com os óculos, não consegue identificá-lo, visto que o capuz cobre os olhos do estranho, deixando apenas seu nariz e boca à mostra. Ean decide mudar a direção, buscando se afastar do inconveniente. Contudo, quanto mais caminha, mais preso ao lugar parece estar, visto que a figura se desloca exatamente à mesma velocidade mantendo-se equidistante. Sente-se em uma espécie de efeito paralaxe.

Com a conclusão de que está sendo seguido, chega a uma calçada coberta de arcos, buscando despistar o sujeito. Sem receio de ser visto, o bípede o segue, agora mostrando suas reais intenções. Ean adentra um beco, dá uma olhada fatal, não vê ninguém, pensa em correr por ali, mas imediatamente conclui que alguém pode estar aguardando-o do outro lado.

— Como é que me descobriram se estou tão escondido dentro dessas roupas? Quem diabos são? — questiona-se preocupado, apesar de já ter uma ideia.

Olha para trás, vê a figura se aproximando a passos cada vez mais largos. A solução mais auspiciosa é disparar pelo beco torcendo para que ninguém o aguarde na outra ponta... Assim o faz. Sob suas pernas de aproximadamente um metro de comprimento, dispara, confiante de que conseguirá fugir, visto que sua resistência é alta, devido às atividades físicas que pratica diariamente.

Sem olhar para trás, no primeiro momento, está mais convincente de que o despistará em questão de segundos. Ao virar sua cabeça, quase que 180 graus, a figura se materializa correndo na mais alta velocidade que consegue. Voltando sua cabeça à posição natural, seu pesadelo surge cem metros à frente, no fim do beco.

Ean percebe que quanto mais foge de um inimigo, mais se aproxima de outro. Para bruscamente, calcula que as ameaças estão equidistantes, paralíticas. Olha para os lados, com certo esforço, nota uma porta entreaberta logo à sua frente.

— O que pode ser pior que entrar nesta porta escura? Só correr para os braços deles. — conclui cautelosamente.

Sem mais demora, penetra na escuridão. Acende a lanterna do celular para conseguir enxergar o mínimo. Um labirinto de caminhos surge diante de seus olhos. Sem fazer ideia de qual seguir, entra no primeiro que lhe parece seguro. Contudo, ali tudo lhe parece assustador. Passos velozes tentam alcançá-lo.

Em meio a um breu total, encontra madeiras escoradas em uma parede quase que totalmente cercadas por entulhos, então, decide abrigar-se debaixo delas. De cócoras, apaga a luz de seu aparelho, prende sua respiração, um silêncio ameaçador se abate sobre o local.

Sob luzes de uma lanterna, vê quatro pés se aproximando de seu esconderijo. Em silêncio total, tomado por um ímpeto de coragem de lutar por sua vida, agarra um pedaço de madeira esférico com tamanha força como se aquela arma fosse sua única maneira de sobreviver.

Parados diante de Ean, as duas figuras se questionam onde ele teria se escondido. Com muito medo, sabendo que pode não escapar dessa, levanta-se e empurra as madeiras sobre os dois. Vendo que um deles quase não fora atingido, defere-lhe um golpe certeiro na cabeça que o atira ao chão.

Lutando para se livrar do peso das madeiras, o outro indivíduo engatinha feito um bebê para tentar erguer o golpeado. Neste momento, os dois começam a se xingar agressivamente.

— Nós precisamos dele vivo. Vivo! Entendeu?

— Cale sua boca, seu mentecapto. Acha que sou um idiota que não sabe por que está aqui? Vá para o inferno.

— Nós iremos para o inferno se não pegarmos ele. Levante-se, seu infeliz.

Decididos a cumprir a missão, os dois disparam novamente atrás do alvo, o qual já está fugindo loucamente em meio aos labirintos. A intenção de Ean é voltar pelo mesmo caminho, sair porta a fora e desaparecer, contudo, acaba se perdendo.

Desesperado, tropeça em um ferro atirado ao chão. Gemendo de dor, devido ao forte chute, retorce-se ao mesmo tempo que os dois se aproximam. Sabendo que dor nenhuma é maior que a da coragem para salvar sua vida, levanta-se e, mancando, procura algum abrigo com a esperança de que não seja encontrado.

Dessa vez, dentro de uma caixa de madeira, Ean se concentra no silêncio em meio à forte dor que faz seu pé latejar. Gritos se aproximam. Os dois estão cada vez mais próximos e Ean, invadido por um medo absurdo, busca se concentrar tentando criar uma armadilha.

Cautelosamente, os dois andam juntos. Ean os espia por um pequeno orifício na madeira da caixa. Os dois estão em frente. Com uma pedra à mão, ele sabe que precisa ser certeiro para derrubar um deles e, depois, achar algo para alvejar o outro. Contudo, o medo de ser pego faz seu corpo enrijecer, paralisando-o.

Ean decide que é mais prudente aguardar os dois irem embora, visto que seu plano de os atacar poderia ser um fracasso... Os dois cochicham, Ean não consegue decifrá-los. Vê um deles se aproximando da caixa.

— Estou ferrado! Antes de eu conseguir me movimentar, eles conseguirão me imobilizar, visto que estão em posição corporal muito mais vantajosa que eu.

De supetão, Ean se levanta e acerta uma pedra na cabeça de um deles, fazendo-o cair sobre seu próprio corpo. Neste exato momento, o outro voa sobre Ean, agarrando-lhe pela cintura, os dois caem por detrás da caixa. Ean é golpeado na boca do estômago por um soco estrondoso. Tentando livrar-se do agressor, põe em prática as táticas que aprendeu em suas leituras e filmes que vira.

Enfia um dedo no olho esquerdo do agressor, golpeia suas partes baixas e soqueia seu estômago violentamente. Tomado de dores, seu inimigo se retorce, deixando-o livre para bater-lhe com um pedaço de madeira em sua nuca. O outro tenta se recompor em meio a gotas de sangue pingando de sua cabeça.

Ean decide agredi-lo com uma paulada na testa. Ao fazê-lo, é empurrado ao chão caindo desgovernado sobre o corpo, que, esticado, amortece sua queda. Cambaleando, levanta-se rapidamente, pois sabe que cada segundo perdido pode significar sua morte.

Gemidos irrompem os labirintos notívagos. Ean percebe um momento de distração perfeito e se livra deles, sai correndo, tropeçando nas próprias pernas. Enquanto um deles tenta acordar o outro, afasta-se deles confiante de que, finalmente, conseguirá sair porta afora, afastando-se dali o mais rapidamente possível.

Já na rua, corre coberto de pó e respingos de sangue pela roupa, desfaz-se de sua jaqueta imunda. Vira à esquina, dá de cara com casal que passeia pela rua. Eles se assustam ao vê-lo naquele estado apocalíptico, fitando-o como se fosse uma criatura de outro planeta. Tenta se livrar de seus olhares, mas eles o acompanham até onde a vista alcança.

Ean pensa que foi reconhecido por eles. Isso não seria nada bom, pois logo mais aquilo poderia se transformar em burburinho já que, até chegar ao apartamento, naquele estado, despertaria a atenção de muitos. Isso, inevitavelmente, chegaria aos ouvidos de Jakub.

Pensando em uma solução, decide entrar em um café. Com a cabeça baixa, dirige-se ao banheiro para tentar se limpar um pouco e parecer mais apresentável... Logo, deixa o banheiro como se nada tivesse acontecido. Com receio de ser descoberto, mantém-se discreto. Do lado de fora, ele enfia sua mão no bolso em busca de seu celular... Quando o encontra, percebe que a tela está rachada. Com dificuldade, consegue chamar um motorista de aplicativo para levá-lo ao seu apartamento.

Perturbado, senta-se no banco traseiro procurando evitar que o motorista repare em seu estado deplorável. A seu favor, tem a penumbra da noite de Praga. Com muita sorte, acredita que os poucos que o viram, não o reconheceram.

— O senhor está bem? — pergunta-lhe o motorista, notando a sua ansiedade em chegar ao destino.

— Sim, estou. — responde rapidamente, desejando que a conversa se acabe aí.

— Como foi seu dia? — insiste o motorista.

— Nem queira saber... — titubeia. — Provavelmente o mais aventuroso de toda a minha vida. — conclui, percebendo que o motorista não o reconheceu.

— Ah, mesmo?! Um pouco de aventura sempre é bom para equilibrar a vida que muitas vezes fica chata, não acha? — pergunta-lhe.

— Sim, concordo com você. Equilíbrio é a palavra. — finaliza.

Um silêncio se abate enquanto o motorista faz suas voltas para cruzar a ponte que os leva até a Cidade Baixa. Ruídos externos invadem o carro; a cidade ainda pulsa intensamente.

Ean está realmente ansioso e tem medo de estar cometendo um erro grave ao se dirigir para o seu apartamento... Lembra-se de que ele já fora invadido uma vez e começa a pensar que alguém pode estar esperando-o em casa. Com pouco tempo para pensar em que fazer, decide se arriscar e subir as escadas, mesmo seu pensamento dizendo-lhe para não o fazer. Antes disso, dirige-se ao apartamento de dona Elvira para perguntar-lhe se ela percebeu alguma movimentação estranha no prédio. O único problema é que ela o verá naquele estado e certamente fará mil perguntas, mas ele sabe que é fácil de enganá-la com qualquer mentira básica.

Toca a campainha.

— Olá, dona Elvira. Como a senhora está?

— Estou bem. O que aconteceu com você?

— Ah, bom, eu encontrei um prédio abandonado e decidi entrar para verificar o que havia lá dentro. Sabe, jornalista é sempre curioso. — tenta justificar-se, sem muita confiança na sua resposta.

— Mas parece que o senhor rolou pelo chão. Está todo sujo.

Respirando fundo, dá um pouco de trela a ela, mas se mantém firme à sua história, mesmo percebendo que está mais difícil de convencê-la do que previamente imaginava. Sem mais delongas, pergunta-lhe se notara algo estranho no apartamento e isso a deixa ainda mais desconfiada.

Com certa dificuldade de livrar-se dela, acrescenta alguma emoção à sua história dizendo-lhe que caiu de uma escada e rolou pelo chão, por isso a razão de estar tão sujo. Resoluto, decide subir ao apartamento, já que, se continuasse, passaria horas ali, tentando convencê-la de algo que nem ele conseguia ainda acreditar que lhe passara.

Silenciosamente, abre a porta, tira os calçados, entra, mas não a tranca, uma vez que se perceber alguém ali dentro, sairá correndo. Parado, analisando com calma todos os ângulos possíveis que seus olhos alcançam, começa a movimentar-se em direção ao quarto. Tudo parece em ordem. Decide, então, retornar e trancar a porta antes de ir ao quarto definitivamente.

Aparentemente, todas as janelas estão trancadas, cortinas fechadas... Tudo da mesma forma que estava quando ele deixara o apartamento pela manhã com Jakub. Receoso, abre a porta do quarto rapidamente focando com a lanterna do celular até que possa acender a luz. Nada! Tudo está em paz, menos a sua mente e seu coração que, no fundo, estão palpitando de medo.

Sentindo-se mais confortável, decide que a única coisa de que precisa neste momento é de um banho bem demorado, daqueles que lavam o corpo por fora e por dentro, levando pelo ralo toda a sujeira que se acumula em seus cabelos e pele, assim como todos os pensamentos ruins que abundam a sua mente.

Às vezes, sente-se solitário e no mesmo momento em que algum pensamento o assalta tentando convencê-lo de que a vida a dois é mais feliz, imediatamente trata de afastá-lo tão rapidamente quanto apareceu. Ao mesmo tempo, tornou-se uma pessoa sem muitas emoções; sente que, na juventude, era com uma árvore verde cheia de vida, carregada de frutos, que atraia pássaros e pessoas à sua sombra. Hoje, é como se fosse uma árvore permanentemente no inverno, sem folhas, sem frutos, sem sombra, sem pássaros, muito menos pessoas. Ele sente como se fossem raras as pessoas que pudessem encontrar qualquer tipo de beleza nele.

Ao longo de sua vida, teve apenas um relacionamento que considera duradouro o suficiente, mas povoado de desentendimentos, devido à sua incapacidade de confiar em alguém. Ele se lembra de um dia, em meio a uma discussão, ter arremessado a aliança pela janela, fazendo-a cair no pátio do vizinho. Logicamente que, no dia seguinte, carregado de culpa, obrigou-se a procurá-la. Encontrou-a, amenizando o remorso do energúmeno que estava dentro de si.

Talvez, umas das razões pelas quais se afastou das pessoas e buscou a companhia dos livros tenha sido pelas pressões sociais que abundaram boa parte de sua vida, decepções de toda ordem e incapacidade de sentir-se merecedor de amor de quem quer que fosse. Percebeu que, longe das pessoas, as decepções e julgamentos não existem, salvo quando brotam de seu passado perturbando a sua mente. Ean nunca teve um abraço afetuoso de seus pais. Aquele abraço de proteção nunca pareceu existiu. Normalmente seus pais evitavam contato físico e, mais que isso, tinham muita dificuldade de pronunciar o substantivo *amor* tanto quanto de conjugar o verbo *amar*. Sofreu muito com isso, pois nunca sentiu que poderia contar com alguém, nem com seus familiares. Hoje, com muito sofrimento, entende seus pais por terem sido tão duros ao expressar os poucos sentimentos que dispensaram a ele na sua infância e adolescência. Seus pais nunca foram amados de verdade; não conheciam esse sentimento e cresceram de forma bruta, sem amor de seus ascendentes. Portanto, Ean os absolveu de certas responsabilidades aprendendo a viver com isso e, da forma que pode, muito tímida, procura entregar-lhes o amor que pode, mesmo não sabendo a forma mais adequada de fazê-lo.

CAPÍTULO 23

Sem conseguir dormir, Jakub senta-se à cama, acende a luz do abajur que se encontra sobre a pequena mesa ao seu lado que, em tom amarelado, embeleza a pequena tábua de madeira que forma a mesa. Sobre ela, estão o seu telefone e um livro, os quais disputam a sua atenção.

Jakub decide verificar o celular, contra o qual luta devido ao vício nas redes sociais que lhe tomam um precioso tempo reclamado por sua família que pouco o vê. À primeira vista, nenhuma mensagem. Põe-se a pensar em Ean, lutando para desvendar o que está acontecendo com ele e se irrita ao ver as fotos dos escritos misteriosos que Ean roubara do local desconhecido onde estivera preso.

Claire, sua esposa, deitada ao seu lado, revira-se, cobrindo o rosto para proteger-se da claridade da lâmpada que perfura suas pálpebras finas penetrando seus olhos claros, os quais, delicados, têm dificuldade com luzes brilhantes.

— O que você está fazendo, Jakub? Não acha que deveria estar dormindo?

— Mais do que achar, tenho certeza de que deveria estar dormindo. Eu estou com insônia e não consigo parar de pensar no trabalho. Inferno!

— Não é a primeira noite que isso acontece esta semana. O que está havendo com você? Além de quase sempre estar distante de sua família, quando tá aqui, sua cabeça fica vagando pelo mundo. Você precisa...

— Olha, meu amor. Eu sei que as coisas não estão bem e que não sou o melhor marido e pai do mundo. Eu estou tentando melhorar, mas o...

— Sim, sempre tem um "mas". Já estamos acostumados, ou melhor, deveríamos estar acostumados a isso. Eu não consigo e seus filhos ficam reclamando que você nunca está presente. Você tem...

— Sempre a mesma história. Eu sou o culpado de tudo. Sou o ausente, o desalmado, o viciado em trabalho...

— Não comeces com isso. Você sabe que está errado. Eu sou adulta e sobrevivo se nosso casamento se acabar. Mas e os nossos filhos, acha que vão gostar de ter pais separados?

— Não, não vão. Logicamente que não. Eu não estou assim porque eu quero. São as circunstâncias que me demandam tanto. Eu não posso largar o meu trabalho, pois lutei muito para conseguir este cargo. Você sabe disso! Não?

— Sim, eu sei. — responde impaciente.

Claire se vira para o outro lado mantendo o rosto coberto, tentando afugentar a claridade. Sem sucesso, levanta-se irritada e sai do quarto, demonstrando impaciência com aquela lâmpada acesa.

Jakub a observa murmurando palavras inaudíveis aos ouvidos de Claire. Sem muita paciência, também se levanta e se dirige ao banheiro, pois aprendeu que, normalmente, quando está com insônia, uma ida ao banheiro ou à cozinha, para beber um pouco d'água, traz o sono de volta.

Sentada no sofá, Claire tenta buscar algum entendimento sobre o momento e teme que seu casamento acabe, devido às atitudes de Jakub. Sua maior preocupação é sempre as crianças. Michal e Marek, gêmeos de onze anos que são seu o amor incondicional.

— Amor, levante-se deste sofá e vamos dormir, por favor.

Sem responder, Claire se põe à altura de seu 1,63 e segue para o quarto, ainda impaciente. Em silêncio, os dois se deitam. Jakub verifica a hora e se sente inconformado ao saber que já são 03h57 e não conseguiu descansar nada.

Que inferno! Meu trabalho está acabando comigo. Lutei tanto por este cargo, amo o que faço. Mas e o preço que estou pagando por isso? Será que vou aguentar muito tempo? E se eu perder minha família? Por que as coisas são sempre assim? Para conseguir algo, sempre é necessário abrir mão de outra coisa. Mais difícil que isso, é manter o que se conquista.

O despertador toca. São 06h30. Jakub pragueja ao saber que já tem que levantar sem ter conseguido dormir apropriadamente. Sua impaciência com o dia longo que se estende à sua frente, levanta-se consigo da cama. Talvez sua salvação esteja em um banho antes de sair de casa, visto que, quando bem tomado, revigora a alma e o corpo.

Despede-se de sua esposa e de seus filhos desejando-lhes um bom dia, já que sabe que eles não têm culpa do que está se passando. Dirige-se à garagem, entra no carro e sai pelas ruas de Praga com destino à delegacia que, a essas horas, já deve estar movimentada.

No caminho, pensa em ligar para Ean, mas, ao conferir a hora, pensa ser muito cedo para fazê-lo. São apenas 07h15. Então, liga o rádio buscando alguma música relaxante, pois percebe que se não se acalmar a esta hora, o seu dia vai ser tenebroso. Ao buscar uma estação que lhe agrade, passa pela de notícias...

...Havia sido jogado de uma van na frente da Igreja de São Salvador, mas já se encontra em casa, em recuperação, segundo as últimas informações. O jornalista afirmou que não se lembra de nada do ocorrido e que tampouco poderia revelar o que aconteceu antes, pois a polícia está investigando e tem ordens explícitas para não falar sobre o assunto. Voltamos logo mais com outras notícias...

Sem ter ideia de como continuar a investigação sobre Ean, decide convocá-lo para uma nova ida à delegacia para, dessa vez, ouvir todos os eventos pelos quais ele passou, já que Jakub, aos poucos, descobria que algo novo lhe acontecera. Com seu telefone em uma mão e com a outra no volante, envia uma mensagem de áudio a Ean.

Bom dia, Ean. Como vai? Tô te enviando esta mensagem, pois preciso que você vá novamente pra delegacia. Tenho que ouvir todas as histórias novamente, inclusive aquelas que você está me escondendo, pois, se você mentir novamente, eu não vou conseguir te ajudar. Mais que isso, você é uma figura pública e sabe que todos estamos em perigo. Você tem a obrigação de ser sincero, pois, se caso algo de grave acontecer, eu mesmo vou responsabilizar você por isso.

Ao enviá-la, pergunta-se se foi muito grosseiro, mas decide não voltar atrás. Chegando à delegacia, vai diretamente aos papéis que Ean roubara, objetivando descobrir algo que não havia percebido ainda. À primeira vista, nada de novo pipoca à sua mente. Então, deixa-os de lado, sobre sua mesa. Pensa em ligar ao perito para saber se já conseguiu desvendar os códigos.

CAPÍTULO 24

Com medo, mas disposto a tudo para descobrir o que aqueles inscritos codificados significam, Ean anda de um lado para o outro, por vezes, dá uma espiada pela janela, sempre tomando cuidado para não se mostrar, já que alguém poderia estar observando-o.

Em mais uma tentativa, repara nos papéis buscando pensar como aquelas letras, aparentemente, aleatórias, possam, de alguma forma, fazer sentido. Vira as folhas de cabeça para baixo, para o lado, tenta ler de trás para frente, caçar palavras... Mas nada.

— E se isso não for necessariamente um texto, mas sim letras aleatórias que escondem algum tipo de mensagem?

Com mais atenção, toma um lápis e uma folha em branco em suas mãos e começa a reorganizar algumas letras, mas logo desiste, pois sente que não vai chegar a lugar algum.

Sem conseguir montar uma palavra sequer, levanta-se e vai à sua biblioteca particular folhear os livros de filosofia, pois pensa que, ao fazê-lo, poderá ter algum discernimento que o ajudará a decifrar a mensagem.

Si hortum in biblioteca habes deerit nihil.

A frase em Latim chama sua atenção ao folhear um de seus livros. Ela foi escrita por Marco Túlio Cícero, um dos mais importantes filósofos da Roma antiga, nascido no ano 106 antes de Cristo.

Se tens um jardim e uma biblioteca, nada lhe faltará.

Imediatamente, seu pensamento se volta ao dia em que entrou na van rumo ao desconhecido. Lembra-se de haver sentido cheiro de flores, mas não sabe precisar qual flor era; também, a biblioteca que viu vem à sua mente. O fato de, aleatoriamente, encontrar a frase fá-lo anotá-la em sua folha, na qual tenta desvendar a mensagem criptografada.

No mesmo instante, recorda-se de que a cor lilás, predominante em muitas espécies de flores, representa a filosofia e a sabedoria. Em uma rápida pesquisa na internet, descobre que uma flor chamada Íris Sibirica ou Flor-de-Lis-da-Sibéria era símbolo da vida nas culturas indiana e egípcia... Sendo-lhe impossível dissociar a palavra *jardim* da palavra *flor*, começa a estabelecer conexões.

Antigamente, os faraós egípcios acreditavam que as três pétalas que a compunham representavam sabedoria, fé e coragem e que a flor preservava seu poder após a morte... Vou anotar algumas informações sobre isso, já que se eu não o fizer jamais conseguirei montar esse quebra-cabeças, visto que o papel foi feito para ajudar a lembrar o que se passa na mente.

Ao finalizar as anotações, pega os escritos recebidos novamente e, com uma mescla da luz bruxuleante da vela sobre a mesa e da luz do abajur que se encontra ao lado do sofá, vê uns traços quase que invisíveis. Sem perder tempo, pega uma caneta vermelha e começa a traçar as linhas que se estendem de uma ponta à outra, tomando conta da folha completamente.

Pacientemente, algo começa a se fazer visível, para a sua incredulidade. Com muito cuidado para não cobrir as letras tornando-as inelegíveis, os traços vão dando forma a uma Íris Sibirica. Sem perder tempo, observa as outras folhas e percebe que todas elas têm a flor quase que invisivelmente desenhada, como uma marca d'água. Fica impressionado que, mesmo tendo tirado cópias das folhas, não conseguira perceber isso antes.

Chocado e irradiante, analisa o traçado, contando três pétalas. *Normalmente em cor lilás, a flor é comum na Europa Oriental, inclusive na República Tcheca.* Isso o deixa ainda mais curioso.

Lilás é a cor da filosofia, significa sabedoria, é comum em nosso país e está desenhada nos documentos que eu tenho. Isso só pode significar uma coisa: a Íris Sibirica é o símbolo da SUMG.

Volta-se lentamente focando a parede que se ergue às suas costas. Abismado, repara na réplica do quadro Jardim de Irises do pintor holandês Vincent Van Gogh. É uma pintura repleta de irises predominantemente em tom azul escuro. Dirige-se à obra que, por vezes, fica parcialmente escondida por detrás da cortina.

Ao remover a pintura da parede para observá-la de perto, um envelope lilás cai ao chão, sobre seus pés. Assustado, dá um salto para trás, quase derrubando a pintura. De olhos arregalados, abaixa-se e o toma em suas mãos, já ciente de que encontrará uma surpresa, devido aos envelopes que recentemente chegaram. Ao abri-lo, o inacreditável se apresenta diante de seus olhos. Um papel celofane, delicadamente posto, envolve uma Íris Sibirica, desidratada, mas, aparentemente, de cor lilás.

— Como é que isso está aqui? Fui eu quem o comprou, mas não me lembro de ter vindo com este envelope... — arrepia-se, pois é mais uma prova de que alguém invadiu seu apartamento.

Contidamente orgulhoso de sua descoberta, decide ler tudo o que encontra sobre a flor. Afinal, acredita que ela pode ser a pista inicial para desvendar a tal sociedade secreta.

Para sua sorte, é quase primavera, então as flores começam a colorir a cidade de Praga, em diferentes tons. Os perfumes se exalam invadindo os narizes daqueles que circulam pelas ruas passando desavisados da beleza e aroma oferecidos pela estação das flores.

CAPÍTULO 25

Pelas rodovias tchecas que cortam as florestas, vans pretas misteriosas circulam velozmente com destino à oculta sede da SUMG. Uma grande movimentação e inquietação toma conta das instalações secretas por duas razões principais. No salão nobre da biblioteca, o Cinocéfalo Mor dirige uma reunião de cúpula que está visivelmente tensa.

— ...Nós não estamos seguros, pois a qualquer momento aquele sujeito vai conectar as pontas soltas deixadas por aqueles incompetentes que o largaram insolentemente na frente daquela igreja. Fizeram tudo errado, não perceberam que Ean havia roubado os documentos da minha gaveta, o que é uma falta gravíssima. Como puderam liberá-lo sem verificar se ele carregava algo nosso? Como é que o largaram daquela maneira em frente à igreja? O país inteiro viu aquilo.

— Cinocéfalo Mor, permita-me uma palavra. — desafia um dos presentes.

— Se for para construir uma solução para o caos momentâneo, siga em frente.

— Exatamente! Como já havíamos comentado naquela oportunidade no dia da fuga, nós podemos pegá-lo facilmente, pois ele mora no mesmo apartamento. Sabemos tudo sobre ele.

— Meu caro, a esta altura, ele já sabe mais sobre nós do que podemos pensar. Aquele cara é Ean Blažej. Vocês todos aqui sabem o quanto ele é inteligente. Se dermos um sumiço nele, tenho certeza de que a polícia virá atrás de nós. Esqueceu que aquele dia, depois do hospital, ele foi parar na delegacia?

— Mas senhor, se nós recuperarmos os documentos e todos os seus eletrônicos, certamente conseguiremos todas as provas que ele possui de nossa existência.

— Acho que o senhor não está me compreendendo. Blažej faz cópias e as deixa em diferentes locais fora da casa dele e, certamente, o delegado Jakub está por dentro de tudo tendo os documentos roubados sob sua responsabilidade. Ele não dá ponto sem nó.

— Cinocéfalo Mor, eu tenho uma ideia de que pode resolver isso. — interrompe outro membro. — E se nós sequestrarmos o delegado também?

— E quem é que garante que, naquela delegacia com centenas de policiais, Jakub é o único que sabe sobre isso? Tem mais, vocês estão esquecendo de Cipris... Ah, meu senhor, há pessoas demais sabendo sobre nós, mas temos que manter a calma. Acharemos uma solução, afinal, sabemos que autocontrole é essencial neste momento.

— Senhor, na minha opinião, creio que devemos continuar vigiando as pessoas em questão e, quando notarmos algo suspeito, que possa nos ameaçar mais seriamente, devemos agir. Penso que, se não houver outra solução, devemos capturá-los e dar um fim neles. Por mais que isso seja arriscado, vejo que é mais seguro que se os deixarmos se aproximarem mais de nós.

— Pode ser que você esteja com a razão, nobre colega. Concordo que devemos continuar vigiando-os e, caso notarmos alguma ameaça substancial, agimos. Todos estão de acordo?

— Sim, senhor. — respondem uníssonos.

— Continuando com as pautas, lembro-lhes de que a segurança externa e interna de nossas instalações foi reforçada. Colocamos mais 20 novos guardas, todos treinados nos mais altos padrões da SUMG, que todos aqui conhecem. É importante dizer que aqueles que cometeram os erros graves em relação ao Ean já foram desviados de suas funções e trabalharão internamente em serviços burocráticos, como reorganizar a biblioteca e fazer a manutenção de todos os prédios do complexo sob vigília.

— Senhor, como está a transferência de toda a documentação para o cofre? — pergunta um dos membros, ansioso por uma resposta.

— Sim, já é o próximo assunto na pauta. Quanto à proteção de nossa sociedade, que também passa por toda a documentação, digo-lhes que tudo já foi transferido. Adicionamos uma camada de proteção ao cofre em questão. A partir de agora, para adentrar o cofre, é preciso escanear uma digital, depois a retina e, por fim, digitar um código recebido em um pager que tem validade de dez segundos. O sistema de segurança só libera a entrada quando as três etapas estiverem concluídas.

Adiciono aqui que o número de membros com acesso ao cofre foi reduzido, justamente para preservá-lo. Não se trata de falta de confiança, mas sim, pelo fato de em uma possível invasão, fica mais difícil de os intrusos acessarem o cofre, visto que há poucos membros com as credenciais. Os senhores têm alguma dúvida?

— Não! — respondem satisfeitos.

— Então, agradeço-lhes pela disponibilidade em viajarem até aqui para esta reunião. Lembrem-se de que suas subsedes estão seguras, visto que Ean pressupõe que existe apenas esta instalação. Contudo, mantenham-se vigilantes. Até breve.

O Cinocéfalo Mor volta lentamente à biblioteca, sente-se seguro, sabe que nunca houvera alguma ameaça antes, isso significa que as instalações estão devidamente protegidas. Contudo, o fantasma de Ean parece pairar pelo ambiente, provocando-lhe certo incômodo. No fundo de sua alma, uma inquietação o aflige, pois sabe que ninguém está totalmente seguro em lugar algum.

CAPÍTULO 26

Deitado em seu sofá, Ean se lembra de que quando fora sequestrado... A van seguiu para direção norte da cidade de Praga por pouco mais de uma hora.

Eu entrei na van exatamente às 14h... Eles cometeram um erro grave ao mencionar a hora quando chegamos ao local... Então eu sei que a viagem foi de uma hora e dez minutos. Considerando as condições do trânsito em um domingo pela tarde, nesses setenta minutos, creio que percorremos algo em torno de setenta quilômetros.

Perspicazmente, Ean se esforça para fazer alguns cálculos na ponta do lápis, sempre anotando tudo, mesmo que os números sejam aproximados.

Setenta quilômetros para o norte em setenta minutos, considerando uma floresta, justamente pelo fato de que seria o melhor esconderijo para uma sociedade secreta... Kokořínsko! — vibra, mas para seu desânimo, descobre que o Parque Natural de Kokořínsko tem 410km^{2}.

Castelos, formações rochosas, rios, milhares de árvores...

Ean anota todos os detalhes possíveis sobre o parque pensando em uma maneira de descobrir o que aqueles castelos escondem, pois, à primeira vista, é em um deles que a sociedade se esconde.

Mas como uma sociedade secreta se esconderia em um parque turístico? Isso não faz muito sentido, pois seria um risco eles serem descobertos pelos turistas que, todos sabem, são muito curiosos. Sempre há aqueles aventureiros que certamente perceberiam vans pretas circulando por lá ou questionariam se vissem algum prédio superprotegido. Mas e se for uma construção de fachada?

Sem muitas alternativas e escasso de ideias, abandona o lápis sobre a mesa, relê o que escreveu, faz um passeio pela ferramenta Google Maps... Aparentemente tudo normal.

Decide levantar-se para comer algo e buscar um café que certamente o ajudará a ver algo que ainda está oculto... Ao retornar, abre o envelope, observa a flor.

Se esta flor é símbolo da sociedade, então eu já sei como vou encontrá-los. — conclui inteligentemente.

Com mais algumas anotações, traça um plano que o levará ao local onde a sociedade se esconde. Em meio à sua papelada, estão várias anotações, a flor com o envelope... Sua maior preocupação no momento é esconder isso tudo em algum lugar onde ninguém possa encontrar.

— Alô! Leah, me ouve? Como você está? É o Ean.

— Oi, meu querido, estou bem e você? Eu já estava com saudades. Como vão as coisas?

— Olha, a princípio estou bem depois de toda essa loucura. Estou em casa por uns dias. Decidi tomar um tempo para descansar.

— Que maravilha! Eu também gostaria de um descanso, porque estou exausta, mas tenho que aguentar um pouco mais. Felizmente, as férias já estão chegando.

— Bom, eu gostaria de saber quando podemos nos encontrar. Preciso de um grande favor seu. Um favor que eu só pediria a você, mas não posso falar por telefone. Precisamos nos ver em algum lugar. Você percebeu que te liguei de um número diferente?

— Sim, eu iria te perguntar agora o porquê.

— Bom, te explico pessoalmente. Prefiro não passar informações por aqui, mesmo que este número seja novo. O número antigo continua existindo, mas perdi todas as conversas, lá não podemos conversar nada além dos nossos papos de sempre... Quando nos vermos, te explico tudo.

— Nossa, estou um pouco assustada, mas entendo e confio em você. Que acha de nos encontrarmos hoje mais tarde quando eu sair do trabalho?

— Ótimo, mas tem que ser em um lugar diferente daqueles de costume. Tudo bem, para você?

— Sim, claro!

— Bom, então no horário em que você estiver saindo do trabalho, te envio uma mensagem com a localização. Vou te esperar dentro do local, em uma mesa no segundo andar, nos fundos, atrás da escada, longe da janela. Ok?

— Sim, estarei lá. Espero conseguir te encontrar. — ri Leah.

— Não se preocupe, você me encontrará facilmente, prometo.

— Ok, nos falamos então. Até breve!

— Até. Bom trabalho.

Ao desligar o telefone, Ean se sente tenso julgando suas atitudes e se questionando se está fazendo o certo ao se encontrar com Leah...

— Tenho muito receio de que eu esteja cometendo um erro terrível, mas não tenho outra saída. Não posso entregar uma cópia de tudo isso ao Jakub. Sinceramente, não sei até que ponto posso confiar nele, alerta a si mesmo.

Leah sempre fora uma pessoa carinhosa, atenta e companheira. Ao longo de sua vida, buscou preservar as relações humanas, especialmente com os familiares e amigos verdadeiros. De pouca sorte no amor, o que lhe dói consideravelmente, teve dois relacionamentos. De um deles, nasceu sua filha que é seu grande tesouro. Sendo uma mulher sensível e empática, acredita que uma de suas razões para existir é cuidar das pessoas, dedicar-lhes tempo e amor. Consideravelmente mais velha que Ean, já passou por várias etapas de sua vida, das quais aprendera a ser a mulher forte que é, mesmo que, por vezes, sente-se solitária e frustrada.

CAPÍTULO 27

Sorrateiramente, com um moletom vermelho, boné branco, óculos escuros, calças brancas e sapatos vermelhos, Ean deixa seu apartamento, sentindo-se muito desconfortável sob tais tons. O táxi já o aguarda em frente à porta de seu prédio. Ao vê-lo, abre a porta e se atira no banco traseiro, em menos de dez segundos. Imediatamente, o carro sai com destino à Cidade Velha, onde, em algum local, Leah o encontrará.

— O senhor pode me deixar ali na frente daquele arco. Aqui está o seu pagamento. O senhor pode ficar com o troco. — movimenta-se rapidamente.

— Obrigado e tenha uma boa noite. — deseja-lhe o motorista curioso.

Sem pestanejar, adentra um café; copiosamente, dirige-se ao segundo andar, sobe a escada, cautelosamente e fuzila todos os presentes com um olhar examinador, procurando detectar alguma possível ameaça. Imediatamente, envia a localização ao telefone de Leah.

Agora, basta-lhe estar atento às movimentações e esperar sua amiga chegar... Ean entra e pede um cappuccino.

Grudado à parede, cabeça baixa, analisa tudo e todos. Diante de seus olhos, aproximadamente, umas vinte pessoas parecem se divertir. Uns falam mal de seus conhecidos, outros se queixam de suas vidas, alguns poucos discutem assuntos corriqueiros que nada acrescentam ao intelecto.

Sentados em mesas retangulares, para duas, quatro ou seis pessoas, nota alguém acomodado sozinho em uma mesa próxima à janela. Sua curiosidade se aguça no mesmo momento.

O que será que ele está fazendo? Por que está só? Será que é um lobo solitário como eu? Será que está me vigiando ou simplesmente curtindo um café em solitude?

Ean tem grande curiosidade e um certo fetiche por ver pessoas sentadas sozinhas bebendo um café. Ele sempre se imagina batendo um bom papo com elas, as quais são como um imã que atraem a sua curiosidade.

Pessoas solitárias podem ensinar muito àqueles que não sabem apreciar a solidão, muito menos a solitude.

Alguém sobe as escadas apressadamente fazendo os ouvidos de Ean se atentarem aos ruídos como os de uma raposa da neve ao caçar sua presa... Ele sabe que está em constante ameaça e que qualquer um que se aproxime, pode ser potencialmente perigoso.

Ao erguer os olhos, nota uma mecha de cabelo preto arqueando-se para fora do capuz. Estático, o ser olha para todos, procurando alguém. Disfarçadamente, Ean vai ao banheiro antes de aqueles olhos o alcançarem.

Lá dentro, busca uma possível saída, caso necessário. Tenso, sente seu telefone vibrar. É Leah.

— Ean, onde você está? Não sei se vim ao lugar certo. Não consigo te encontrar.

— Como você está vestida? — pergunta-lhe desconfiado visto que sempre soubera que Leah tem cabelos loiros claríssimos.

— Estou usando uma blusa preta com capuz, calças ...

— Que cor de cabelo você tem?

— Como assim, Ean. Por que está perguntando da cor do meu cabelo?

— Amiga, só me responda. Depois te explico.

— Meu cabelo sempre foi loiro, mas agora pintei de preto. Está bem escuro.

— Amiga, sente-se à mesa junto à parede próxima da entrada do banheiro masculino, atrás do labirinto. Já estou chegando.

— Ok, responde Leah. — visivelmente confusa.

Por trás, astutamente, Ean se aproxima saindo do banheiro passando pelo labirinto, chegando à mesa onde Leah o espera.

— Oi, amiga. Desculpas pelas perguntas. Vou te explicar tudo. Como você está?

— Oi, meu querido, estou bem, mas confesso que bastante assustada com tudo isso.

— Eu sei, me perdoe. Eu também estou muito assustado e não posso confiar em ninguém, exceto você. — desabafa.

— Estou tão estressado com minha vida e agora ainda essa história do Ean que está tirando o meu sono. O presidente me cobra explicação sobre a segurança nacional. É uma pressão tremenda que você não faz ideia, meu colega. — choraminga Jakub sentado à sua mesa, na delegacia.

— Eu imagino, chefe. Você gostaria que eu fizesse alguma coisa pelo senhor? Quer ajuda com o caso? — oferece-se seu subordinado.

— Olha, meu caro, a situação está complicada. Além de tudo, sinto que Ean está me escondendo alguma coisa. Algo me diz que coisas estão acontecendo e eu estou por fora. Se algo de ruim se passar para o país, vão querer a minha cabeça. Acho que vou solicitar que o telefone dele seja grampeado. Argumentos a favor não faltam. Já que ele não está sendo sincero, vamos espioná-lo.

— Parece-me uma ideia plausível, senhor. A propósito, alguma novidade sobre o telefone dele que foi jogado pela janela da van?

— Olha, vasculhamos o local e não encontramos nada. O mais estranho de tudo é que o GPS mostra exatamente aquele local como o último registro do aparelho. É como se tivesse desaparecido, mas estamos atentos caso seja ligado novamente.

— É verdade, infelizmente o local onde foi jogado, segundo Ean, pouco ajuda a esclarecer algo, pois foi bem na saída norte de Praga que leva a incontáveis vilas, cidades e países.

— Boa noite, senhora. Eu gostaria de visitar o Ean. Sou um grande amigo dele. A senhora sabe se ele está em casa. — pergunta uma voz ao interfone.

Hesitante, Elvira desconfia, visto que sabe que algo estranho está se passando com seu vizinho superior.

— Qual é o seu nome?

— Ah, a senhora não me conhece. Meu nome não é tão importante.

Mais desconfiada, Elvira decide encerrar a conversa.

— Olha, não sei se ele está em casa ou não.

Sem esperar, desliga o interfone rapidamente. Com as luzes apagadas, aproxima-se da janela para observar o que está acontecendo lá fora. Nota um carro preto estacionado bem em frente à porta do prédio, mas não consegue precisar quantas pessoas estão nele. Aparentemente, uma, apenas. Curiosa, continua observando-o... Lentamente, a figura de, aproximadamente, 1,90 entra no carro e arranca apressadamente. Assustada, afasta-se da janela.

CAPÍTULO 28

São 6h17. Ean desperta assustado com aquela sensação de acordar ao mesmo tempo em que um barulho invade seus ouvidos, sem possibilitar a distinção entre a realidade e a imaginação.

De olhos arregalados, sente-se paralisado. Um silêncio total se abate pelos cômodos de seu apartamento. Move-se lentamente colocando um pé de cada vez para fora da cama, pisa suavemente. Observa que o dia está amanhecendo e que certa claridade se faz presente em seu quarto.

Estático, esperando parcimoniosamente algum desdobramento da situação, move-se em direção à porta, sem coragem para abri-la, visto que tudo pode acontecer.

O que eu faço? Ligo para Jakub a esta hora da manhã? Se ele vir aqui e foi apenas um sonho, vou acabar me obrigando a contar tudo, pois já está querendo a minha cabeça.

Ean ainda não havia respondido à mensagem que Jakub lhe enviara cedo no dia anterior. Sentiu-se momentaneamente culpado pelo fato de haver ignorado a única pessoa que o ajudaria.

Indeciso, decide esperar dentro do quarto. Sabendo que a porta está trancada, sente um certo alívio, contudo precisa pensar imediatamente em algum plano caso alguém esteja dentro de seu apartamento.

Volta-se para a janela, confere que a parede externa possui alguns acabamentos arquitetônicos que lhe possibilitam colocar os pés e descer suavemente com a ajuda de uma corda, justamente o que ele não possui em casa.

Lembra-se dos vários filmes em que viu pessoas fugindo pelas janelas com lençóis. Nunca pensou que o seu dia de o fazer chegaria. Calcula dez metros de altura até tocar o chão em meio ao beco que dá para os fundos do prédio.

O silêncio persiste. Já se passaram doze minutos desde que ele acordou. Invadido por um ímpeto de coragem, visto que não ouvira mais nada, decide se aproximar da porta e, sem pensar, abre-a bruscamente.

Absolutamente nada de diferente se lhe apresenta aos seus olhos. Lentamente, segue em direção à cozinha acreditando que ninguém está por ali. Copiosamente, verifica todos os cômodos do apartamento, deixando a sala de estar por último por ser a saída do apartamento às escadas.

Que diabos é isso?

À sua frente, sob a mesa de centro da sala, uma inacreditável granada de mão jaze imperturbável. Enrolada a ela, o número XVII aparece escrito repetidamente em vários tamanhos

Mas que droga é essa? Como isso veio parar aqui?

Uma lufada de ar arrepia sua pele. Vira-se para a janela, de onde ela veio. Percebe uma cortina esvoaçante, imediatamente se lembra dos bípedes com cabeça de cachorro e vestes esvoaçantes. Ao chão, cacos de vidro se espalham como um quebra-cabeça à espera de uma mente paciente para organizá-lo, peça por peça, para desvendar um mistério.

Sem saber o que fazer, decide afastar-se não entendendo como ela não havia explodido, visto que, provavelmente, calculando o ângulo de onde veio, voou por quase quinze metros inclinando-se para dentro do apartamento, rolando pelo chão.

Ean sabe o risco de vida que corre e da mesma forma sabe que sua única salvação é Jakub. Deixando seu apartamento com cuidado, envia uma mensagem a Jakub, sentindo-se mal por ver o áudio ainda não respondido.

— Por favor, venha ao meu apartamento imediatamente. Alguém arremessou uma granada pela janela que parou embaixo da minha mesa de centro na sala.

Prontamente, como se estivesse esperando a mensagem, Jakub o responde irresoluto.

— Saia imediatamente daí que eu já estou chegando com o esquadrão para resolver isso. Comunique os vizinhos também para que deixem o edifício já.

Ean envia uma foto ao delegado que, ao recebê-la, fica com mais raiva, pois suas suspeitas de que Ean esconde algo são mais irrefutáveis a cada momento.

Do lado de fora do prédio, Ean, Elvira e o casal do primeiro andar conversam incansavelmente vendo a foto da granada no celular de Ean e olhando para a janela estraçalhada.

Alguns pedestres, percebendo a movimentação, também olham para cima sem entender o que está se passando. Um homem, inquire-os, curioso, como se algo lhe dissesse respeito.

Despistando-os, para evitar alarde, ouve sons de sirene que se aproximam rapidamente até ensurdecer os que ali esperam.

Do carro, Jakub salta velozmente com os olhos grudados em Ean. Em uma conversa rápida, o esquadrão sobe as escadas ansiosamente, visto que desarmar granadas em Praga não é algo muito comum.

Jakub deixa claro que Ean irá à delegacia após retirarem o artefato de seu apartamento. Sem escolhas, apenas concorda. Sente-se encurralado, mesmo assim, duvida de que contar tudo ao delegado seja uma decisão sábia.

Ean, com seus pensamentos vagando pelo seu apartamento, parece anestesiado em meio à polícia e aos curiosos que se enumeram em frente ao prédio. *O número romano...* Um calafrio percorre a sua espinha.

— Que cara é essa? — pergunta-lhe Jakub.

CAPÍTULO 29

Sem procurar deixar rastros e por ordem de Jakub, Ean se muda para um apartamento que fica nas cercanias da delegacia de polícia, na Cidade Velha de Praga. Mais perto de Jakub e do trabalho, sente-se mais protegido, visto que um guarda vigiará a entrada do prédio.

Já ali, sem muitas perspectivas, decide espionar pelas janelas do seu novo espaço, mas lembra que fora advertido por Jakub para se manter longe de qualquer ameaça e as janelas são uma delas. Sem poder sair por um tempo, não sofre muito por tal fato, já que adora ficar em casa.

Seu maior incômodo é a restrição que tira a sua liberdade de ir e vir limitando exponencialmente a possibilidade de investigar a sociedade. Seus pensamentos se concentram em Kokořínsko, pois sente que há algo escondido por lá.

Da janela frontal, secretamente, continua observando a cidade, como se estivesse ansioso por uma aventura similar àquela que quase custou sua vida. Contudo, sem possibilidade de algo semelhante à vista, atira-se ao sofá. Pacientemente, espera, pois sua mente está traçando um plano para descobrir como sair daquele apartamento sem ser visto pelo guarda.

Já na primeira noite, discretamente, com as cortinas cerradas, descarrega seu pequeno arsenal de provas contra a SUMG, com a ideia de se transformar em um Sherlock Holmes Tcheco. Cenários policialescos de delegacias com dezenas de fotos, mapas, escritos e pistas penduradas pelas paredes mexem com a sua imaginação.

Arriscando-se, começa a anotar os eventos na parede, um a um, com data, local e uma pequena descrição do ocorrido com o objetivo de ter tudo exposto diante de seus olhos, pois acredita que uma visão macro fá-lo-á compreender detalhes até então não percebidos.

Com sua imaginação e organização metódicas, os eventos vão se enumerando. Um a um, passam a formar uma linha do tempo, na qual, para a sua surpresa, mais do que imagina, acontecera-lhe. Do pesadelo com os bípedes com vestes negras esvoaçantes à granada que invadiu seu apartamento, uma sucessão de pistas sobre a parede deixa-o orgulhoso de suas táticas detetivescas amaciadas por sua sagacidade.

Sem poder voltar ao seu apartamento antigo, entende que precisa se adaptar à nova moradia. Seus anos de vida lhe deram a capacidade de se adaptar rapidamente às mudanças inescapáveis da sua existência. Compreende que já perdera muito tempo tentando aceitar mudanças e que, a essa altura, já não dispende energia com aquilo que lhe foge ao controle.

O interfone toca, um calafrio percorre sua espinha, Ean se gelifica...

— Ean, é Cipris. Gostaria de conversar com você. Posso subir?

— Cipris, sim. Claro. Um momento.

Enquanto Cipris sobe as escadas, Ean fecha a porta de seu quarto procurando manter em segredo sua investigação. Rapidamente sonda a sala de estar em busca de algo que, possivelmente, precisa esconder para que Cipris não desconfie de que ele esteja tramando algo.

Três batidas na porta. Ean a abre demoradamente, procurando demonstrar um ar dramático já que pretende aproveitar a visita de seu chefe para tentar algo que já lhe passava pela sua cabeça há dias.

— Ean, fico feliz em te ver, ainda mais agora que está tão perto do trabalho. Como você tá?

— Olha, chefe. Estou bem, felizmente. Mas a situação está um pouco assustadora, confesso.

— Posso imaginar, mas o que realmente importa é que você tá bem, pelo menos, externamente. — examina-o Cipris.

— Sim, verdade. Pareço uma pessoa normal. — graceja.

— O que você pretende fazer agora? Sei que ainda é cedo, mas você sabe que necessitamos de você lá no trabalho.

— Sim, eu sei. É exatamente sobre isso que quero aproveitar a sua visita e falar com o senhor.

— Vish! Lá vem. Espero que não peça demissão. Você sabe o quanto é importante para nós. *The Times of Praha* não é o mesmo sem a sua autenticidade.

— Não é necessariamente isso. Para falar a verdade, eu gostaria de ficar afastado do trabalho por um tempo. Só que eu preciso do salário ou pelo menos parte dele. Também me disponho a trabalhar de casa, menos horas do que de costume, mas eu continuaria. Um turno apenas. Seria possível? — pergunta, descrente.

— Bom, isso dificulta as coisas para a empresa, pois, como eu já te disse, precisamos de você por lá. Tampouco, vejo de imediato alguém que possa, entre aspas, substituir você. Sinceramente não sei o que dizer, pois eu não esperava por essa. Contudo, entendo que você tá passando por um momento fácil.

— O meu maior receio é de que algo aconteça comigo. Você me conhece e sabe que minha imaginação é muito fértil, visto que considero todos possíveis desenlaces de qualquer situação. Imagina se eu volto ao trabalho e esses malucos resolvem atacar o jornal ferindo, sei lá, ou até matando muita gente lá. Isso seria terrível.

— Sim, eu concordo e acredito que sempre existe possibilidade de o pior acontecer. De certa forma, não sabemos com o que estamos lidando e muito menos do que são capazes. Penso que nem eu estou seguro. Imagina se eu for sequestrado? Eles sabem quem eu sou e sobre nossa relação.

Um silêncio se abate pelo ambiente preenchido por pássaros perdidos chilreando e carros serpenteando as avenidas de Praga.

— Quem é que está seguro neste mundo? Às vezes, penso que…

— Desculpa te interromper, mas você contou ao Jakub tudo o que sabe? Ean, você sabe que pode confiar em mim. Tô aqui para te ajudar. Você sabe que…

— Olha, Cipris, contar, acho que contei, mas como foram muitas coisas, pode ser que algo tenha passado, mas tampouco tenho certeza.

— Bom, vamos fazer assim: eu aceito que você trabalhe um turno e, caso algum dia não consiga, pode ficar sem trabalhar. Eu dou um jeito lá na empresa, pois já tenho alguém em mente que é muito boa, a Lucrécia.

— Nossa, pensava nela também. Só espero que você não me demita, Cipris, pois estou há anos sem férias e acho que chegou a hora. Na verdade, o que você acha de me dar as férias atrasadas e mais 2 meses de atestado?

— É uma opção interessante, mas então a Lucrécia te substitui integralmente e você fica fora do trabalho, isso?

— Sim, pois sinceramente não sei se estarei bem o suficiente para trabalhar meio turno todos os dias. — lamenta, exageradamente, tentando angariar a complacência de Cipris.

— Ok, tudo bem! Acho justo. Você sempre se dedicou à empresa de corpo e alma. Vou pedir ao RH que entre em contato com você.

— Certo, espero que você esteja me compreendendo de verdade e que não saia daqui me xingando, pois você sabe que sempre sou sincero e se estou pedindo um tempo é porque realmente preciso dele.

— Sim, sim. Não se preocupe, se eu sentir algum ódio da sua cara, logo passa. — brinca Cipris.

— Sei!

— Está na minha hora de ir. Se você precisar de alguma coisa, sabe que pode me ligar.

— Sim, pode deixar. Obrigado pela paciência e compreensão. Devo-lhe uma.

CAPÍTULO 30

Em um clima primaveril, os dias se esticam dando passagem à luz que, audaciosa, ilumina Praga por horas a fio, dificultando a vida de Ean, visto que, para um ser notívago, a claridade não favorece.

Observando pela janela dos fundos, calcula a altura aproximada de sete metros. O relógio marca 20h05 sob a penumbra que, lentamente, espanta o dia. Com muito cuidado, coloca um pé para fora, pisando no parapeito da janela do primeiro andar que possui sacada. A partir dali, são dois metros aproximados ao chão, ao qual, sorrateiramente, salta, preparado para o ponto de impacto.

Uma vez no chão, girando seu olhar, procurando saber se alguém o observa, de cócoras, aproxima-se da parede, fica ereto e se move em direção à saída lateral do prédio, que se encontra na parte interna, confiante de que não será descoberto pelo policial que guarnece a entrada.

Coberto com um moletom com capuz preto de tamanho maior do que habitual, suas botas com sola de borracha o transportam silenciosamente pelas ruas de Praga. Uma noite agradável se faz presente e muitos turistas trafegam pelas ruas da Cidade Velha.

Certificando-se de que não está sendo seguido, adentra uma padaria para comprar algo para comer. Não que esteja com fome, mas objetiva despistar possíveis seguidores, já que, além daqueles que querem acabar com ele, algum transeunte possa reconhecê-lo e tentar se aproximar, descobrindo o seu disfarce.

Fingindo que está falando ao telefone, sai da padaria com um Chlebicky, algo semelhante às tapas espanholas, uma baguete recheada com peito de peru defumado, queijo Emmental da Suíça, azeitonas, fatias de ovos cozidos, sem cebolas; algo que detesta. Noutra mão, um café preto médio.

Já algumas quadras à frente, a multidão fica cada vez mais escassa, fazendo com que redobre sua atenção, visto que pode ser mais facilmente atacado. Já sem o copo de café e menos de meia baguete, chega ao local desejado.

Se nenhum avanço, Jakub se sente irritado com sua mesa coberta de papéis ainda sem fazer ideia do que aqueles escritos significam, envolvidos com os depoimentos e fotos de Ean. Nada parece se encaixar.

Aquela droga de celular dele já está grampeado há dias, mas não tem absolutamente nada. Que inferno!

Jakub ainda aguarda pelos papeis que Ean roubara, pois os especialistas em mensagens criptografadas parecem não ser muito competentes.

— Alô?! Cipris? É Jakub. Tudo bem?

— Olá, Jakub. Tudo bem, e você? O que aconteceu?

— Nada ainda! — exclama irritado. — Preciso falar com você urgentemente. Onde e quando podemos nos encontrar?

— Olha, daqui a pouco saio do trabalho. Se você quiser pode passar aqui agora ou podemos nos encontrar depois, mas hoje não tenho muito tempo, pois tenho algo importante mais tarde.

— Ok, vou aí agora. — diz Jakub desconfiado. — Até logo... Que compromisso será que ele tem? Será que vai encontrar Ean? Será que sabe de algo que eu não sei?

Toc toc toc... As portas se abrem. Disfarçadamente, Ean entra sem olhar para trás, já que um gato preto caminhava asquerosamente pela rua, causando-lhe calafrios. A essa altura, já desconfia de que até o gato poderia ser um espião. Sente que a paranoia está se fazendo presente em seus pensamentos, mesmo podendo controlá-la.

Sem mais delongas, sobe as escadas até o quinto andar, bate à porta, que se abre quase que automaticamente.

— Boa noite, Pavel. Como está? Obrigado por me receber.

— Boa noite, seja bem-vindo. Em que posso ajudá-lo?

— Vou direto ao assunto... Tenho alguns papéis aqui e preciso de ajuda para descobrir o que os escritos significam, pois as mensagens ou seja lá o que for estão codificadas, suponho.

— Certo. Posso vê-los?

— Sim, claro!

Precavido, com várias cópias espalhadas por Praga, entrega-lhe apenas uma folha, desconfiado, mas esperançoso de que Pavel Zeman, um homem enigmático que Ean conhece desde os tempos de escola, possa desvendar o mistério.

Curiosamente, observa as folhas e, rapidamente, parece fazer uma descoberta, demonstrando por meio de um cacoete, que o faz piscar descoordenadamente quando desvenda algo, um sinal de contentamento.

— Bom, aparentemente é um código fácil de compreender, visto que é uma das formas mais simples de codificação. Algo amador, eu diria. Estes textos foram escritos pelo chamado Método Reflexivo que funciona da seguinte forma: você escreve as treze primeiras letras do alfabeto em uma linha, ou seja, da letra A até a M. Está vendo? Depois, faz uma seta que parte de cada letra apontando para a linha debaixo, assim. Nesta linha debaixo, escreve as outras treze13 letras, da N até a Z, na ordem alfabética, exatamente embaixo de cada letra da linha de cima. Para codificar, você troca a letra da primeira linha por aquela que está imediatamente abaixo da letra que está na sua palavra original, ou vice-versa.

Veja o seu nome: E-A-N. Embaixo do E está a letra R. Embaixo do A está a letra N. Em cima do N está a letra A.

Portanto, EAN, codificado por meio deste método, fica RNA. Compreendeu?

Veja este outro exemplo: COMO VAI? = PBZB INV?

— Impressionante! Veja só como o conhecimento faz a diferença. Eu não fazia ideia de como desvendar isso, como eu fui burro. — lamenta-se.

— Não se martirize, meu caro. Cada um de nós é especialista em algo. Chatear-me-ia muito, caso eu não conseguisse desvendar isso. Como eu lhe disse, esse código é amador. Foi muito fácil desvendá-lo.

Ean paga-lhe pelo serviço, recolhe a folha e desce as escadas apressado, diminuindo o ritmo ao chegar à entrada do prédio. Curioso por desvendar os documentos, vai imediatamente para o apartamento. Contudo, ao se aproximar, um pensamento surge.

— Como diabos vou entrar naquele prédio se o segurança deve estar plantado na recepção? — questiona-se. — Que m*! Como eu não pensei nisso antes?

Preocupado, desacelera os passos à medida que seu coração se acelera. Ele sabe que não pode se mostrar ao policial, pois isso o encrencaria e Jakub certamente iria ferrar com ele, pois já prometera prendê-lo, caso descobrisse que estava ocultando algo.

Por um momento, estático, nenhuma solução se apresenta... Indignado com seu despreparo com a situação, a única coisa em que pensa é, de alguma forma, trapacear o guarda.

Acho que vou baixar o capuz até a altura dos olhos... Mas e os olhos? Se eu colocar óculos escuros, ele vai desconfiar, obviamente, já que é noite e quem é que usa óculos escuros à noite?!

Ao mesmo tempo, descarta a sua ideia, pois a julga arriscada demais. Precisa pensar em uma forma garantida de que consiga enganá-lo.

E se eu pagar alguém para chamá-lo dizendo que houve um roubo em uma loja nas proximidades ou pessoas estão brigando? Mas e quem faria isso?

Aparentemente, tampouco parecia uma boa ideia. Contudo era a mais viável...

Não posso fazer isso. Falta-me coragem e posso ser descoberto facilmente.

Olhando ao seu redor, vê uma farmácia logo à frente do outro lado da rua, decide adentrá-la e comprar uma caixa de esparadrapos e uma muleta. Sai da loja e, amadoramente, gruda vários deles em um lado do rosto tapando um olho completamente, parte da bochecha e dos lábios. Abaixa o capuz e coloca os óculos escuros. Põe-se a mancar.

Usando a terceira perna, aproxima-se da entrada. Com certa dificuldade olhando para baixo, vagarosamente sobe os três degraus e coloca a chave na fechadura. De canto, vê o policial de pé, observando-o.

— O senhor precisa de ajuda?

Disfarçadamente, sinalizando com a cabeça, declina a ajuda e entra, dificultosamente, passando pelo guarda que nada percebe.

— Que policial tonto!

CAPÍTULO 31

Ao som da chuva esbofeteando a vidraça de seu quarto, escorrendo parede abaixo como uma ameba sugada pela gravidade, Ean se põe rente à parede observando a sua linha do tempo baixando os olhos às folhas secretas que se encontram agarradas pelas suas mãos como se corressem o risco de serem roubadas a qualquer momento.

Joga-as sobre a mesa, puxa a cadeira e se senta novamente para, finalmente, solucionar os misteriosos escritos surrupiados da SUMG. Empolgado, com um lápis à mão, compõe um manuscrito que o deixa mais perto do que nunca de entender todos os eventos recentes.

Em síntese, o futuro membro é somente elegível à ordem, caso se encaixe nos cinco quesitos abaixo:

1. Ter corpo e mente saudáveis;

2. Pensar e agir por si só;

3. Ser um buscador de conhecimento e leitor diário;

4. Ser uma pessoa direita, responsável e respeitosa;

5. Manter-se distante de todo e qualquer tipo de vício e alienação.

Um misto de curiosidade e susto fazem o seu coração palpitar diante da primeira mensagem decodificada.

Não creio! Agora tudo faz mais sentido. Isso explica o sequestro e a tentativa de me cooptar para a sociedade. Esses passos fazem parte da minha vida, em maior ou menor grau, mas isso é tudo muito estranho. É como se eu mesmo os tivesse escrito.

Conforme a ficha vai caindo, um pavor o faz levantar-se da cadeira e trancar a porta do quarto com as duas voltas da chave, tentando abri-la para certificar-se de que está devidamente seguro em seu cubículo.

Ao virar a primeira folha, depara-se com uma frase sofisticadamente manuscrita na lateral, como se fosse um lembrete ou alguma anotação a ser adicionada ao texto:

YRZOER-FR QR AHAPN QRVKNE GBQBF BF QBPHZRAGBF WHAGBF

Ao decodificá-la, sua teoria se confirma: LEMBRE-SE DE NUNCA DEIXAR TODOS OS DOCUMENTOS JUNTOS.

Se isso é o que eu estou pensando, eu tenho comigo apenas uma fração dos documentos. Isso é muita coincidência. Eu fiz da mesma forma: deixei as minhas anotações espalhadas de forma incompleta por diferentes locais da cidade... Nossa, está parecendo que eu sou a sociedade!? – sorri levemente.

Insanamente entusiasmado, continua a decodificar os papeis restantes. À medida que vai compreendendo o texto, sua alegria vai definhando.

— Não sei quantos documentos são, mas certamente devem existir muitos outros. Eles são muito espertos e estratégicos. Que diabos farei se não tenho tudo o que preciso? — pergunta-se passando suas duas mãos pelos rasos cabelos que o aproximam da calvície.

Seguindo-se com um bocejo esfregando os olhos, olha novamente para a papelada.

— Que droga! Quem é que na vida consegue tudo o que quer apenas de uma vez? O ser humano parece uma galinha que, pacientemente, vai juntando grão em grão, muitas vezes nem conseguindo encher o papo. Todas as pistas que consegui ainda me deixam repleto de dúvidas. Seria mais fácil ser uma galinha buscando grãos do que estar aqui procurando por pistas trancado em um apartamento em meio a um blecaute de ideias. — lamenta-se.

Imerso em meio ao desânimo repentino, vozes, carregadas pelo leve vento, sobem pelas paredes do antigo prédio penetrando seus ouvidos. Aparentemente, vindas da rua, não despertam o seu interesse.

De repente, algum vidro estoura lembrando-o do ocorrido com a granada. Assustado, pula da cadeira. Desta vez, tem certeza de que não está sonhando. Foi como se alguém houvesse atirado outra granada, mas imediatamente descarta essa possibilidade, pois jamais um raio cai duas vezes no mesmo lugar. Certamente dessa vez, teria explodido.

As vozes continuam. Mais agudas, invadem os cômodos. Com dificuldade, Ean se move em direção à porta agradecendo a si mesmo por tê-la trancado à chave... Nada se movimenta, nenhum ruído.

Mais uma vez, uma adrenalina o invade fazendo com que se decida abrir a porta, visto que não há uma alternativa, mas o medo retesa sua musculatura. Em câmera lenta, apaga a luz do quarto, coloca a mão na chave, girando-a delicadamente.

Posicionado no lado oposto ao eixo de abertura da porta, Ean a abre rapidamente. Tudo quieto, apenas um ar frio o faz tremelicar... Com a lanterna de seu celular. Foca em direção a tudo. Continua se deslocando lentamente pela sala e a corrente de ar refrescante se intensifica, dando a impressão de que alguma janela está aberta.

Sem muita coragem, para e se aproxima da porta de entrada e acende a luz. Percebe que o ar esvoaça a cortina que leva ao outro quarto do outro lado do apartamento pelo qual ele havia fugido mais cedo.

Sem uma alternativa, segue em direção ao cômodo tomado pela penumbra, vê algo se mexendo no chão como se estivesse se debatendo contra a morte. Com muito cuidado, põe a mão para dentro tentando acender a luz, pois abandonara os óculos e a luz fraca já turva seus olhos. Não consegue.

De repente, algo salta e logo cai ao chão. Seu coração dispara incontrolavelmente temendo por um ataque cardíaco. Paralítico, tremendo, conclui que se fugir dali, será como correr para os braços de um ceifador.

Muito rapidamente, acende a luz. Incrédulo, vê um corvo, em seu último crocitar, no assoalho, rodeado de cacos de vidro.

— *Memento mori.* — sussurra filosoficamente.

Astutamente, conclui que estava em alta velocidade visto que um vidro dificilmente se rompe com a batida de uma ave daquele porte.

— *Pobre ave, provavelmente sofreu por desorientação noturna e se acabou tragicamente estatelada em meu assoalho. Isso tudo é muito estranho. Corvos são aves diurnas. Como diabos voava à noite? Lá vai mais um acontecimento para a lista de Eventos Estranhos com Ean, a chamada Lista EEE.*

Ao se aproximar da janela, sente-se invadido por uma lufada de ar que o faz recuar pisando sobre uma pena. Imediatamente, retira-se de cima dela e passa a observá-la como se fosse a primeira vez que visse uma. Espalhadas pelo espaço, outras duas encontram-se arrancadas.

— Isso é muito sinistro. São três penas. A Íris Sibirica tem três pétalas! O que isso significa?

Com uma pá e vassoura penduradas detrás da porta do quarto, reúne as penas ao corpo do pássaro que jaze diante de seus olhos. Dentro de uma sacola preta, é levado à recepção do prédio e colocado do lado de fora, na lixeira sob os olhos atentos do policial.

Que policial tonto!

Ao voltar ao apartamento, retorna ao quarto e tranca a porta à chave.

Que diabos está acontecendo? Acho que vou jantar. Já são 21h45 e tenho que dormir antes das 23h00, pois preciso cumprir minhas sete horas diárias de sono. Já é hora de fechar os olhos, ouvir os sons e tentar dormir... O silêncio da noite é o ruído da minha mente, a inquietação da minha alma e o manto que cobre o meu corpo. Será que fui filósofo agora?!

CAPÍTULO 32

Noite de sábado, depois de passar o dia inteiro em solitude, Ean se prepara para fazer mais do mesmo à noite. Escrever, ler, fazer companhia a si mesmo e assistir a algum seriado ou filme, pois, dessa forma, alternando entre diferentes atividades, consegue manter-se produtivo e longe do tédio. Decide tomar espumante.

Um momento de solidão o afasta rapidamente de seus afazeres, fazendo-o divagar, perguntando-se sobre o que as pessoas ditas normais estariam fazendo em uma noite como aquela. Consciente de que passa mais tempo consigo mesmo que a maioria das pessoas, às vezes, reflete sobre a vida que tem.

No fundo de sua alma, sente que já incorporou o significado de *Amor Fati* à sua mente. No estoicismo e para o filósofo Friedrich Nietzsche, trata-se da aceitação integral da vida e do destino humano mesmo em seus aspectos mais cruéis e dolorosos, aceitação que só um espírito superior é capaz.

Amar o destino não é algo fácil, pois implica que Ean aceite o fato de ser solitário, mesmo sentindo que isso parece se intensificar cada vez mais em sua vida, por vezes, deixando-o confuso sobre se realmente deve aceitar tal fato.

Por outro lado, percebe, cada dia mais, de forma imperativa, que necessita passar bastante tempo só, pois sente que todo o mistério que o envolve precisa de uma resposta. Para seu alívio imediato, sempre se lembra de uma frase que lera em um livro a qual dizia que ninguém que construiu algo de valor neste mundo teve vida fácil e que as grandes mentes da humanidade tiveram uma vida solitária, muitos deles popularmente chamados de gênios incompreendidos.

Sentir-se um gênio não é exatamente o que está dentro de si, mas sente que veio ao mundo para muito mais do que apenas viver e trabalhar. Sente que sua passagem por aqui deve ser eternizada por todos os livros que pretende escrever, tornando-se um grande escritor. Certa feita, achava uma audácia pensar dessa forma, como se fosse alguém tão importante.

Aos seus trinta e três anos, acredita que o que será realmente importante para o mundo é a sua obra e que ele é apenas um instrumento utilizado pelo universo para essa grande contribuição. De forma alguma, acredita que esteja sendo audacioso demais, apenas é isso que sente dentro de si.

Não se culpa mais pelo fato de estar tão ausente da vida das pessoas, pois sabe que sua marca na eternidade depende de estar só na maior parte de seu tempo e que está tudo bem ser assim. De outra forma, pessoas que estão rodeadas também têm suas crises de identidade e podem se perguntar sobre o quanto suas vidas são decadentes.

A vida é feita de escolhas, jamais poderemos ter tudo aquilo que queremos. Sua dedicação aos livros exige que esteja distante da vida das pessoas. Da mesma forma, aquelas que estão rodeadas muitas vezes acabam não conseguindo realizar os sonhos de suas vidas, visto que mal conseguem dedicar tempo a si mesmas.

Ideal seria o equilíbrio, mas e quem nessa vida consegue tê-lo?

Apesar da clareza de pensamento que a filosofia lhe proporciona, por vezes, surgem muitas questões ainda não respondidas em sua vida e, por mais que ele busque repostas, muitas outras aparecem, mantendo-o em uma busca eterna por respostas que podem nem existir.

Ean necessita estar só e, com frequência, cansa-se da companhia das pessoas em poucas horas, começando a ficar irritadiço. Afastando-se, recarrega as baterias sociais que, normalmente, esgotam-se rapidamente. Equilibrar a necessidade de solitude com a vida de jornalista, em certos momentos, faz com que ele queira desistir da profissão e focar somente em seus livros.

Por certas vezes, sente que cansa de sua própria companhia, ficando levemente irritado. Contudo, conhecendo-se profundamente, já sabe que o antídoto é deixar suas atividades de lado por um momento, dar uma volta pelo apartamento ou, se possível, sair à rua. Recupera-se logo, pois sabe que não pode fugir de si mesmo, então quanto mais se aceitar e se acolher, maior sua força interior.

Muitos se assustariam com o seu comportamento e lhe sugeririam uma ida ao psiquiatra, mas ele já não se incomoda com isso, pois sabe que da mesma forma que tem seus defeitos, quem lhe aponta o dedo pode ter muitos mais e isso lhe serve como consolo pela pessoa que é.

Sua segurança sobre sua personalidade não permite que se importe com opiniões alheias, tampouco faz questão de ter alguém que não seja verdadeiro por perto, pois acredita que a vida merece ser compartilhada com pessoas com valores semelhantes e essas são poucas.

Sua obsessão por conhecimento acabou destruindo toda sua vida afetiva, tornando-o tão concentrado nos seus objetivos profissionais que qualquer um que surja em seu caminho com o objetivo de desviá-lo, rapidamente é descartado. Ean não permite que tomem seu tempo afastando-o de seus sonhos.

Sempre que algo ou alguém se interpõe em seu caminho, costuma questionar-se se a presença de tal pessoa, desejo ou sentimento o leva para mais perto de seus objetivos ou se o afasta. Caso seja coerente com seus objetivos, é aceita, caso contrário, descarta-o sem pensar duas vezes.

CAPÍTULO 33

Livre de seu trabalho por alguns meses, Ean tem todo o tempo do mundo para se dedicar às suas investigações paralelas, visto que ainda não contou tudo o que sabe a Jakub.

Na sua linha do tempo construída na parede de seu quarto em seu novo apartamento, estão todos os eventos que têm se passado recentemente. Tomou precaução para não se esquecer de nenhum deles.

O pesadelo, o ataque na saída do teatro, o... Espera aí! Acho que me esqueci de algo muito importante do ataque com a granada. O número romano XVII. Como pude?

Rapidamente, toma seu computador em suas mãos, abre o buscador e encontrar algo sobre o número que lhe parece fazer muito sentido.

O número XVII representa a *morte* em italiano, quando rearranjado da palavra VIXI, que significa "eu vivi" e é comumente encontrado em tumbas romanas...

— *Será que é uma coincidência ou faz algum real sentido? Aquele dia do sequestro, três escadas pelas quais eu passei somavam números de degraus que envolviam o número sete.* — murmura curioso. — *Caramba, são muitas pistas envolvidas em coincidências por meio de números, sequências, imagens e referências!*

Por Ean ser uma pessoa bastante introspectiva, possui uma desenvolvida habilidade de análise e observação e sabe que as pistas podem se encaixar, sendo mais do que coincidências ou aleatoriedades. Sua mente sempre está preparada tanto para decifrar algo com sucesso quanto para não chegar à conclusão nenhuma, neste caso, evita frustações quando espera pouco de algo ou alguém.

Antever um possível fracasso é algo que Ean aprendeu com o conceito *premeditatio malorum* — a premeditação dos males —, que é um exercício da filosofia estoica em que se imagina coisas que podem dar errado ou serem tiradas de nós. Assim, ajuda-nos a nos preparar para os inevitáveis contratempos da vida, pois nem sempre conseguimos o que é nosso por direito, mesmo que o tenhamos conquistado. Nem tudo é tão limpo e direto quanto pensamos que possa ser. Portanto, quando se planeja algo, deve-se considerar tudo o que pode dar errado e, se assim acontecer, o sofrimento será menor ou, com muita sorte, inexistente.

Orgulhoso de seu trabalho, afasta-se da parede para um panorama geral da linha do tempo recém-construída.

— Eu já fiz um trabalho que Jakub não faz ideia, organizei todos os acontecimentos como se fosse um detetive real. O meu único desconforto é que o delegado pode descobrir. Eu estaria encrencado! — exclama contentemente receoso.

Ean costuma celebrar suas pequenas conquistas com simples recompensas como ir a um café, beber um espumante ou simplesmente trazer sua mente para o momento presente e internalizar as boas experiências pelas quais está passando. Isso o motiva a seguir em frente, visto que, para um solitário, tudo pode ser mais difícil, pois nem sempre é possível ter alguém que possa motivá-lo.

— Vou tomar um espumante bem docinho e admirar a minha parede sob a penumbra que se abate sobre minha vida, mas que me faz perceber as coisas com mais clareza. "*Jamais esperar algo de outra pessoa, isso é uma fonte de felicidade*" — afirma para si mesmo em voz alta.

O próximo passo é começar a descrever os eventos em um caderno, contando uma pequena história com começo e meio, mas ainda sem fim. Isso o ajuda a compreender os fatos com mais clareza, aliando-os à linha do tempo. Volta-se à Lista de EEE.

Por que não escrever um livro sobre isso?

Na cozinha preparando o espumante, desloca-se em meio às luzes baixas de seu apartamento, onde raramente utiliza luzes de teto, pois as considera muito agressivas aos seus sutis olhos verdes e ofuscam a sua criatividade, a qual é estimulada pela melancolia da meia-luz.

No caminho para o seu quarto, para diante de uma janela no corredor e observa a noite por meio da vidraça que, frágil, passa uma sensação de segurança inexistente, já que até um corvo pôde quebrá-la.

Em meio às luzes da cidade, apenas o vazio se apresenta diante de seus olhos, nada mais. Nenhuma pessoa, gato ou cão perambulam. Só o silêncio e o vazio se fazem presentes neste momento, assim como em grande parte de sua vida.

O vazio não significa algo que não possui nada, mas que, de certa forma, é algo que pode ser contemplado reflexivamente para trazer significado à vida. Admirar o vazio é proporcionalmente igual a não fazer nada, pois, quando não se faz nada, também se faz algo. Fazer nada é fazer alguma coisa, assim como observar o vazio é observar alguma coisa. O significado está nos olhos de quem vê.

Distraído por sua mente, seus olhos vagam da ponta dos pináculos no alto da Igreja de Nossa Senhora diante de Týn aos paralelepípedos que abundam a praça mais bonita de Praga, na Cidade Velha, aos três cantos visíveis que formam uma pirâmide escaneada por seus olhos e transformada em planta arquitetônica pela sua imaginação.

Um lapso de consciência o traz de volta ao seu momento e se percebe com um copo de espumante em sua mão direita e uma garrafa na esquerda. Retomando os seus movimentos, desvia o olhar da janela focando-o no caminho que o leva até seu quarto que o aguarda para acolhê-lo como se fosse o mais seguro refúgio que possui.

Sentado à sua cadeira, sozinho banhado à meia-luz, reflete sobre o quão significativa é a sua vida. Sua conclusão é que uma vida dedicada a si mesmo pode ser a mais completa que se pode viver, como, da mesma forma, a mais vazia. Isso já não lhe afeta psicologicamente como antes, mas apenas o faz pensar se deveria viver de forma diferente e se isso o faria feliz. Contudo, outra forma de vida parece-lhe não fazer sentido algum.

Uma passada de olhos pela linha do tempo traz um possível paradoxo à sua mente.

Como todos esses eventos podem ter algum significado se uma pessoa cética como eu não crê em coisas que não podem ser explicadas?

Entre um gole e outro, procura organizar os próximos passos. Acredita que deve chamar Jakub e mostrar-lhe tudo o que possui, mas que isso o colocaria em apuros. Por outro lado, pensa que deve sair à rua e investigar os fatos por si mesmo procurando descobrir o que realmente é a SUMG.

Sem falar com Jakub, pouco sabe como anda a investigação policial, mas tem certeza de que eles não sabem muito, pois, se assim fosse, o delegado já teria vindo buscá-lo para um novo depoimento, já que Ean não respondera à sua mensagem e tudo ficou por isso mesmo, abafada pelo evento da granada.

CAPÍTULO 34

Sem bater, alguém destranca a porta e sobe as escadas. Sons de passos agressivos se intensificam e batidas impacientes são metodicamente desferidas contra a porta do apartamento.

— Que diabos é isso? — pergunta-se assustado.

Sem esperar, uma força bruta derruba a porta e agressivamente o pega pelo pescoço. São três brutamontes com vestes negras e cabeça de cachorro, nunca vistas antes.

— Ean esteve aqui? Você desvendou algum código para ele? Conte-me ou acabo com você já. — ordena agressivamente.

Empalidecido, o inteligente decodificador luta para se livrar das amarras que o prendem à cadeira.

— Quem são vocês? O que querem?

— Vou perguntar mais uma vez: você desvendou algum código para Ean Blažej? Fale, seu infeliz de uma figa.

Impaciente, defere-lhe um soco na boca do estômago, fazendo-o se retorcer, como se estivesse sendo eletrocutado.

— Sim, ele veio aqui com uma pilha de papéis, mas me deu apenas uma folha. Eu desvendei e ensinei a ele como a codificação fora feita. Ele foi embora, não ficou aqui mais de vinte minutos. Eu juro que não sei de nada do que está escrito naqueles papéis. Por favor, não me machuque.

Sem piedade, com um silenciador, executa-o em segundos. Saem porta afora e desaparecem no meio da escuridão.

Enquanto isso, na SUMG, uma cúpula de emergência é iniciada, visto que Ean já estava desvendando o significado dos escritos usurpados.

Isso certamente lhe era uma grande vantagem, estando um passo mais próximo de expor a sociedade.

— Senhores, a situação é caótica, pois acabamos de confirmar que Ean já conseguiu desvendar como ler os documentos que roubou de nós. Infelizmente, ele se mudou de seu apartamento e não fazemos ideia de onde esteja. Já está desaparecido há dois dias. — afirma o Cinocéfalo Mor.

— Senhor, permita-me. Na outra reunião, eu havia sugerido que deveríamos sequestrá-lo e acabar com ele, pois, se ele descobrir nossos planos para a nova sociedade, pode acabar com tudo e, inclusive, conosco.

— Exatamente por isso que estamos aqui neste momento para declarar oficialmente que a Sociedade Ultrassecreta Misantrópica Global da República Tcheca está em estado de alerta máximo, devido à ameaça apresentada por Ean Blažej. A partir de agora, todas as subsedes perdem qualquer poder de decisão cabendo somente à sede nacional, sob acompanhamento da ordem global, tomar qualquer atitude em retaliação à nossa ameaça. Estamos sendo guiados pela sede mundial, como dito, e dela temos apoio para capturar Ean Blažej e toda e qualquer outra pessoa que saiba algo sobre nós, visto que não podemos ser expostos, pois isso seria o fim de todos nós.

— E quais são os planos para este estado de alerta máximo?

— Primeiramente, todas as instalações da SUMG no país estão sob vigilância máxima. Segundo, executaremos o Plano de Prevenção de Catástrofes SUMG (PPC-SUMG), o qual se constitui de, literalmente, caçar Ean e reaver todos os papéis, assim como encontrar todas as pessoas que sabem algo sobre nós e, da mesma forma, capturá-las. — conclui o Cinocéfalo Mor. — Tenham muito cuidado, pois sabemos que ele é uma pessoa inteligente e certamente está traçando planos para nos expor. Obrigado pela atenção de todos.

Acometido de um cansaço pesado, Ean decide dormir. Antes verifica o celular, ciente de que pode estar grampeado.

Apesar de não estar trabalhando, a rotina de sono se mantém da mesma forma, pois ela lhe possibilita que esteja com energia o suficiente para continuar suas investigações de forma saudável, evitando que enlouqueça, algo que normalmente acomete os solitários.

De certa forma, já espera que a SUMG venha atrás dele, mas acredita que, por ora, está seguro em seu novo apartamento. Sabe o quão importante é manter-se escondido, não possuindo ainda autorização de Jakub para sair à rua.

Com isso, corre dois riscos. O primeiro é ser descoberto ao sair escondido e o segundo é ser capturado pela SUMG, mas nenhum dos dois ainda parece o bastante para que ele siga as ordens. Ean sabe que, se contar tudo a Jakub, pode significar o fim de suas investigações, pois sabe que será detido e de dentro de uma cela pouco pode fazer.

Seu maior risco, na verdade, é a sociedade que, além de capturá-lo, pode dar um fim à sua vida e isso jamais poderia acontecer, visto que Ean não tem ninguém que possa continuar com a investigação. Teme que tudo estaria enterrado, assim como ele próprio.

Deitado no sofá, reluta em se dirigir à sua cama. Por um momento, reflete sobre tudo o que está fazendo, mas como tem sido ultimamente, não consegue chegar à conclusão alguma sobre como prosseguir. A única coisa de que tem ciência é que deve descobrir o que realmente é a SUMG, pois sabe que, se fugir do país, não estará seguro em lugar algum. Sua única segurança é expô-los.

Contudo, mas que isso, na verdade, Ean quer saber quais os planos da SUMG, visto que possui poucas informações a respeito e que delas pouco pode depreender em um contexto geral. A partir de agora, transforma seu plano em sua missão de vida, sem ter ideia de quanto tempo vai durar e aonde isso tudo o levará.

Com muita sorte, acredita que conseguirá desvendar todos os mistérios, conectando todos os fatos à sociedade, descobrindo o que buscam.

São 23h00, com olhos esbugalhados, deitado no sofá, mais uma vez não sabe se irá dormir. Procura evitar qualquer tipo de remédio para insônia, visto que tem receio de se tornar dependente, o que pode prejudicar sua saúde.

Seu dia vindouro o espera para uma continuidade em suas investigações. Antes de fechar os olhos, lembra-se de mais uma vez realizar o exercício estoico *Premediatio Malorum.*

CAPÍTULO 35

Sacudido por um miniterremoto, Ean acorda. Seu celular vibra descontroladamente. Ao olhar para a tela: Jabuk. Nota que são 6h59.

O que faz Jakub me ligar a essa hora da manhã? Eu não vou atender uma chamada a essa hora. Se isso for realmente importante, vai me ligar novamente.

Coloca o celular na cabeceira e volta à posição de cadáver com a qual tenta se acostumar a dormir. Espreguiça-se.

Sem pressa para iniciar o dia, abre a janela do quarto com dificuldade, devido à luz penetrante que lhe fura os olhos e volta à cama. Despe-se, senta-se na cama e fica à luz do sol para absorvê-la. Quando não há sol, fica exposto à claridade do amanhecer.

Ali, aproveita para ler de vinte a trinta minutos. Assim, já pratica seu hábito de que mais tem orgulho. Depois da leitura, bebe pelo menos meio litro de água para hidratar-se e toma um banho gelado de pelo menos cinco minutos. Executa sua rotina matinal sistematicamente, de domingo a domingo.

Ean sabe que todos os bons hábitos que se adquire na vida vêm por meio da disciplina e constância. É preciso praticar aquilo que se quer incorporar e internalizar, dessa forma, os hábitos saudáveis vão sendo construídos.

Checa o cronômetro e seu tempo de leitura se aproxima de trinta minutos. Os raios de sol continuam tocando sua pele delicadamente… Outro miniterremoto chacoalha seu quarto novamente. É Jakub outra vez.

— Affe!… Bom dia, Jakub. Como está?

— Bom dia, Ean. Finalmente! Estou bem e você? Como está seu novo apartamento?

— Olha, confesso que estou curtindo muito, mas obviamente que sinto muita falta de casa.

— Imagino. Bom, te ligo para solicitar sua ida à delegacia, pois precisamos conversar e precisa ser hoje. Tem algum horário livre?

— Tenho sim. Na verdade, posso ir a qualquer hora.

— Ah, mesmo?! Como assim?

— Estou de licença do trabalho por alguns meses. Tirei um tempo para me organizar e me recompor, pois já estava há anos sem férias propriamente ditas. Além do mais, tudo o que aconteceu me fez refletir sobre a minha vida.

— Entendo. Bom, que tal às 10h então?

— Claro, pode ser. Mandarei alguém te buscar.

— Ok, obrigado. Até logo

— Até!

Ean olha para as paredes com todas aquelas imagens e escritos pendurados... Sua imaginação se perde ao longo da linha do tempo que construíra, como se algo fosse mais poderoso a ponto de tirar a sua concentração do que seus olhos veem.

Ishhh... Suspira profundamente.

Lentamente, começa a se movimentar para ir ao banho, sem muita energia cedo da manhã. Desfila nu pelos caminhos que o guiam ao encontro do banho gelado que o aguarda, pensando em como será o seu dia.

Seus pensamentos fogem de Jakub e viajam até o recôndito bosque onde estivera recentemente. Surge uma ideia de ir ao Kokořínsko, disfarçado de turista e iniciar uma jornada de investigações para descobrir onde a SUMG se esconde.

Sua curiosidade se dirige mais ao que é a sociedade do que a quem são os membros que dela fazem parte. Questiona-se por nunca ter ouvido falar da tal sociedade e fica mais intrigado quando lembra do fato de, aparentemente, ser a única pessoa, além de Jakub e Cipris a saber sobre ela.

— Por que diabos escolhem a mim, se existem tantas pessoas muito mais inteligentes por aí? Eu conheço algumas delas e nunca ninguém me relatou nada, absolutamente nada sobre a sociedade. Do nada, eu sou a primeira pessoa a descobrir sobre ela? Isso é muito estranho!

À medida que executa suas tarefas matinais, sem pressa, sempre profundamente reflexivo, busca respostas, mesmo sabendo que nem tudo possui explicação. Muitas vezes, as coisas acontecem, por serem parte de nosso destino, e cabe a nós aceitá-las ou sofrermos por elas. Aceitação ou sofrimento, uma escolha que muda sua vida.

Ovos mexidos, duas fatias de pão integral, uma porção de fruta e um café latte parecem-lhe satisfatórios para iniciar o dia de hoje, em que aproveita para mudar um pouquinho sua alimentação, mas com pensamento em comidas saudáveis.

Em seu quarto, veste-se com um par de botas pretas, calças pretas, camisa social azul-escuro e blazer preto. Sem esquecer de seus óculos de sol, verifica se tudo está em ordem antes de sair de casa.

Seu ritual de saída inclui verificar se as janelas e portas estão trancadas, aparelhos domésticos desligados e desconectados, luzes apagadas e porta trancada.

Ao chegar à saída do prédio, vê um segurança por meio das grades. Desconfiado, envia uma mensagem à Jakub, solicitando-lhe uma foto do policial que o aguarda para confirmar se a figura que se porta diante de si é confiável. Com uma reposta positiva, abre a porta, cumprimenta-o e seguem juntos rumo à delegacia.

CAPÍTULO 36

Em algum lugar de Praga, movimentações silenciosas ameaçam a vida de Ean, o qual, de certa forma, indiferente ao que se passa nas profundezas desconhecidas, segue seu ritmo de vida normalmente, por assim dizer.

— Nós já sabemos que Ean mudou de apartamento e está vivendo em outro, próximo à Praça da Cidade Velha, no segundo andar. Além disso, há três policiais plantados na entrada do prédio que, alternando-se, completam 24 horas de proteção a ele, o que dificulta consideravelmente o nosso plano.

— Com essas informações, temos que pensar em uma maneira de afastar aquele policial que estará lá na hora. Como todos sabemos, nosso plano tem que ser perfeito. Ean deve desaparecer sem deixar vestígios ou suspeitas. Certo?

— Entendido, respondem em uníssono.

— Vejam três possíveis erros na operação, só para citar alguns: 1. Ean conseguir escapar; 2. Sermos pegos pela polícia; 3. Sermos vistos sequestrando-o. Nada disso pode acontecer, por isso, estamos aqui para nos organizarmos. Ao executar nosso plano, como dito antes, ele deve desaparecer como fumaça ao vento, SEM VES-TÍ-GIOS. — repete silabicamente.

— Chefe, eu já averiguei que nosso alvo está afastado de suas funções laborais, portanto, deduzimos que esteja vivendo trancado em seu apartamento. Isso se comprova pelo fato de haver os policiais na entrada, como o senhor mesmo afirmou.

— Ok. Antes de agir, precisamos pensar em uma forma de entrarmos no prédio, inclusive dentro do apartamento para mapearmos o local. Esse seria um ato de reconhecimento do terreno.

— Eu tenho uma ideia que pode nos ajudar. — levanta a mão alguém no canto da sala.

— Prossiga, meu caro.

— Acho que podemos nos disfarçar de prestadores de serviço: internet, energia, reparos ou algo assim. Antes, vamos verificar quais empresas prestam algum tipo de serviço às instalações do prédio. Depois, escolhemos uma e aí vem o mais importante que é decidirmos como vamos proceder com a nossa entrada para mapearmos o local. Eu creio que...

— Senhor, eu discordo.

— Prossiga, por favor.

— Acredito que deveríamos, sim, entrar disfarçados, mas já executarmos o plano. Acho muito arriscado fazermos o mapeamento para, noutro dia, então executarmos nosso plano, pois ele pode desconfiar desse prestador de serviço, precavendo-se ou, até mesmo, alertando a polícia.

— Concordo que é uma preocupação substancial. Acredito que teremos que discutir muito bem como vamos colocar tudo em prática.

— ...Ean, você ainda me esconde algo? Pense bem. — diz Jakub suspeitoso.

— Veja bem, Jakub. Eu não estou escondendo mais nada. Tudo o que me aconteceu eu já te passei. — exime-se.

— Ok, tudo bem, mas, sinceramente, acho tão estranho nada mais ter acontecido, pois já faz duas semanas que você foi jogado na frente daquela igreja com documentos roubados e ninguém veio atrás deles ainda.

— Mas você sabe muito bem que eu mudei de apartamento e não saio de casa. Nem vou ao trabalho, sequer. Meu telefone está sendo rastreado por vocês. Então, o que eu poderia estar escondendo. — tenta convencê-lo astuciosamente.

— Bom, ok. — responde Jakub deveras irritado. — Como você sabe que está sendo rastreado?

— Simplesmente sei e, mesmo que não esteja, ajo como se estivesse.

Ean desvia o olhar com receio de ser descoberto ou novamente inquirido pela desconfiança recebida de Jakub que faz pouca questão de escondê-la.

— Como assim: *age como se estivesse?* — pergunta-lhe sinalizando aspas com os dedos indicadores.

Um silêncio se abate e Jakub continua a conversa.

— Bom, nós conseguimos descriptografar as mensagens que estavam naqueles documentos que você tinha amarrados às suas pernas.

— Não creio! — Ean tenta se mostrar surpreso.

— Olha, a princípio não fazem muito sentido, visto que são apenas parte de um todo. Mas continuaremos investigando. — conclui rapidamente, sem dar chance a Ean fazer alguma pergunta. — Mas, se quer saber, o mais estranho de tudo aquilo são as ideias malucas daquela tal sociedade.

O tempo passa, Ean olha para o seu celular demonstrando impaciência por estar explicando tudo novamente, mas entende que faz parte do processo da investigação. Sem saída, acalma seus pensamentos acreditando que logo estará longe da delegacia. Jakub faz questão de repassar por todos os acontecimentos, confirmando um por um, com alguma esperança de que Ean se contradiga.

— Jakub, preciso ir. — diz Ean impaciente.

— Ir aonde? Parece-me que você está de licença do trabalho e não pode sair de seu apartamento sem autorização. Que compromisso teria? — pergunta Jakub com desdém.

— Não tenho compromisso. Apenas já falei tudo o que eu tinha para falar. Só isso.

— Ok. — mira-o desconfiado. — Vou pedir ao policial que te acompanhe. Tenha um bom dia!

— Obrigado, igualmente.

Seguindo para seu apartamento acompanhado do policial, decide parar em um Starbucks para pegar um café e levar para casa, já que não pode ficar por ali. Advertido de que não deveria fazê-lo, o policial entra junto com ele, seguindo-o colado.

— Bom dia, senhor. O que deseja?

— Bom dia. Eu gostaria de um cappuccino.

— Ok. São cinco euros.

— Aqui estão!

— Obrigado, senhor. Tenha um bom dia.

— Obrigado, igualmente.

Ean segue seu caminho acompanhado de sua sombra que não o abandona nem por um segundo. Sentindo-se desconfortável, dá uma olhada para os lados imaginando uma possibilidade de se livrar dele, contudo sabe que seu desejo não pode ser atendido.

Já em seu apartamento, com seus sapatos à mão, troca-se rapidamente buscando evitar qualquer contato de suas roupas e calçados com seus móveis ou chão, visto que estava na delegacia, por onde centenas de pessoas passam diariamente, dispersando um número incontável de bactérias e germes asquerosos.

É fim de ano e Praga fica linda toda decorada, mas sendo invadida por milhares de turistas que brotam de todas as partes do mundo tentando desfrutar um pouquinho de uma das mais belas cidades do mundo. Tudo tem estado calmo, nenhum progresso nas investigações aconteceu.

Ean ama o inverno, pois nele todos ficam mais elegantes, os cafés lotam, a neve cai e a cidade fica envolta em uma névoa fantasmagórica que a deixa ainda mais bela. Praga é uma cidade onde se pode usufruir de vários momentos românticos, no sentido amplo da palavra. É possível amar alguém, a própria cidade ou a si mesmo muito mais profundamente no inverno.

CAPÍTULO 37

Noite de sexta-feira, um frio calamitoso esvazia as ruas, mas enche os cafés e restaurantes. Ean é invadido por um súbito desejo de sair à noite, visto que não há mais policial algum guarnecendo a porta do prédio onde vive, percebe-se verdadeiramente livre, também pelo fato de que nada mais acontecera em relação à SUMG.

Dirige-se ao Kozlovna Apropos, a dois minutos da Klementinum, um restaurante típico tcheco, onde, ocasionalmente, costuma ir. Senta-se a uma mesa mais alta, estilo bancada. Observa ao seu redor e vê o espaço quase lotado. Na parede, em cor cinza chumbo, um bode de metal, aparentemente, em um suporte de madeira, observa os convidados com seus chifres longos e sua barbicha, parecendo uma estátua.

Ali, sem muita pressa, solitário em seus pensamentos, é atendido pelo garçom, o qual lhe entrega o menu. Decide-se por provar frango francês com batatas rústicas e salada de alface com um toque de molho de mostarda. Um pouco desconfortável por estar rodeado de tantas pessoas desconhecidas, come com pudor. Sente-se satisfeito por sua escolha, visto que o prato está saboroso.

Testando seus limites, decide tomar um café com leite. Ao recebê--lo, em um branco pires e xícara, observa o escrito *Piazza Doro Espresso*, supondo significar *Expresso Praça de Ouro* ou, quem sabe, *Expresso Quadrado de Ouro*. Imediatamente se lembra das vezes em que esteve na Itália. Um saudosismo invade seu peito causando um gosto de nostalgia em seu café.

Sem mais delongas, decide por sair para uma caminhada pelos arredores, visto que está em uma via movimentada que, a esta hora da noite, ainda possui alguns transeuntes que circulam pelas ruas despretensiosamente alheios ao frio que os envolve como um manto que cobre todas as partes do corpo.

Decide-se por seguir para a Ponte Charles, que fica a uma quadra. À sua mente, surgem várias memórias de quando passava por ali todos os dias indo e vindo do trabalho. Logo no começo da avenida de estátuas, detém-se, encosta-se no parapeito e observa a cidade pipocada de lâmpadas de várias cores, formatos e tamanhos, consideravelmente coloridas, visto que é época de Natal.

Alinhadas, algumas pessoas também parecem fazer o mesmo. Uma senhora elegante, coberta de preto com um cachecol vermelho intenso aveludado, observa o infinito da noite que, aparentemente, desperta-lhe bastante curiosidade já que dele não desvia os olhos. Observando-a de cantinho, Ean se questiona sobre quem ela poderia ser ou o que fazia ali sozinha. Várias explicações surgem em seus pensamentos.

Doutro lado, um casal apaixonado ri baixinho de olhos vidrados um no outro que, por vezes, escapam às luzes da cidade. Pensativo, tenta imaginar como seria sua vida se tivesse alguém. Acredita que seria uma pessoa diferente, talvez mais sociável, porventura, mais feliz. Não passando de suposições, volta seu pensamento à fria realidade da penumbra fantasmagórica sobre a ponte que acompanha o rio e se perde por entre os prédios.

Ean ama a noite tanto quanto o inverno. Acredita que sua essência notívaga reside no desconhecido, naquilo que poucos buscam. O conforto da escuridão lhe cabe como uma luva. Tudo é mais misterioso, sutil, emotivo e confortável durante a noite. A sua alma se torna inquieta ao cair do sol, pois muitas coisas são mais interessantes, quando não se pode vê-las, mas somente ouvi-las ou senti-las. Aquilo que habita a escuridão lhe é tão enigmático quanto o que habita o seu interior. Certezas inexistem para Ean, seu ceticismo dá passagem a questionamentos aos quais repostas não há.

Repentinamente, um grito sibilante em meio às luzes bruxuleantes de Praga desperta sua atenção. Ean gira sua cabeça, quase 180 graus, buscando descobrir de onde vem aquele som que o percorre de ponta a ponta como se ricocheteasse em seu cérebro atingindo seu crânio com um esbofetear agressivo.

Sem nada descobrir, olha novamente para os lados, mas nota que ele é o único a estar confuso com o ocorrido, quando passa a desconfiar de que fora algo de sua cabeça e que tal grito não existiu. Um pouco desconfortável, concentra-se novamente no horizonte com olhos longínquos de alguém que parece estar sempre em busca de algo, mas que nunca o encontra.

Aos poucos, a ponte vai se tornando deserta, mas Ean persiste ali. É quase meia-noite, o silêncio da cidade é subitamente quebrado por passos apressados. Com seus ouvidos aguçados, percebe que as solas dos sapatos são de madeira, devido ao ruído ritmado que emanam ao se chocar com os paralelepípedos, cada vez mais retumbantes.

Com olhos fixados em Ean, quatro homens robustos vindos dois de cada lado aproximam-se. Sentindo o perigo no ar, guiado pela emoção, instinto natural mais imediato da condição humana, fica alerta, não vê uma saída que não seja se jogar no rio ou, de alguma forma, tentar descer pelo parapeito da ponte, escondendo-se embaixo dela, em um dos seus arcos.

À primeira vista, constata que seria muito difícil conseguir se proteger ali. Então, em um ato de desespero, remove seu casaco. Consciente dos riscos de se afogar ou se congelar, pula dentro do rio, sem fazer ideia da profundidade. Seu corpo despenca sugado pela gravidade. Rapidamente, os robustos homens chegam aonde Ean estava parado. Olham em meio à escuridão, nada veem, além do casaco de Ean jazendo aos seus pés.

Desesperado, afundando, busca se acalmar, pois sabe que nas gélidas águas turvas e correntes a calma é essencial para sua sobrevivência. Em meio à escuridão, emerge e consegue se agarrar em uma das estruturas de madeira logo abaixo da ponte. Olha para cima e vê quatros vultos observando curiosamente em sua busca. Com lanternas, eles focam desesperadamente para todos os lados.

Ean mantém-se escondido e sabe que tem pouco tempo para se salvar. Em um ato de desespero, solta-se da madeira e começa a nadar em direção à margem por onde entrou na ponte.

Uma parada na próxima estrutura de madeira o faz olhar para cima novamente em busca de seus algozes. De repente, um raio de luz encontra seus olhos ofuscando sua visão. Esconde-se imediatamente por detrás de um barrote de madeira de resistência duvidosa. Percebe que os homens seguem em direção à Torre de Pólvora de onde Ean viera e para onde retorna.

Com astúcia, deduz que eles irão sair da ponte e descer ao lado de baixo para tentar encontrá-lo ao se aproximar da margem. Ciente do perigo, nada rapidamente, sobe um muro e refugia-se dentro de um bar. Logicamente, chama a atenção de muitos curiosos que não costumam ver alguém subindo pelas paredes à noite saindo de dentro do rio gelado.

Um dos garçons o vê. Ean decide pedir ajuda.

— Senhor, por favor, ajude-me. Eu estava sentado no parapeito e caí dentro do rio. Não sei como consegui me salvar. — mente descaradamente.

— O senhor está bem? Quer que eu chame um médico?

— Não, estou bem sim. Por favor, eu preciso de roupas imediatamente, pois estou congelando. Ajude-me.

— Claro, claro! Me dê um momento.

Encharcado, tremendo de frio, vai ao banheiro, começa a se despir acreditando que o calor do ambiente aquecerá seu corpo. Não consegue raciocinar muito bem. Sente que seus músculos estão se retesando. Seu pavor parece intensificar a dor lancinante que está sentindo.

— Senhor, toma esta toalha. Aqui estão as roupas. Desculpe, mas são as únicas que temos... — O garçom franze os olhos e morde os lábios ao entregar-lhe as peças.

Ao desdobrá-las, Ean percebe que é um uniforme de chefe de cozinha, todo branco, inclusive com o chapéu. Um pouco incrédulo, analisa-as, e começa a vesti-las imediatamente.

— Senhor, muito obrigado por sua ajuda. Prometo-lhe que devolverei todas as peças intactas.

— Não se preocupe, pois temos várias outras. Pode ficar como presente, se quiser.

Sentindo-se um pouco zombado, agradece-lhe. Ao sair do banheiro, nota os homens robustos parados do lado de fora do restaurante. No mesmo instante, é invadido por um temor que faz sua espinha dorsal palpitar como se fosse seu coração quando bate aceleradamente.

— Acho que vou ficar mais um pouquinho aqui no restaurante para me aquecer, entende? — explica ao garçom.

— Sim, senhor, pode ficar à vontade. Lá fora está muito frio e o senhor precisa se aquecer mais. Vou voltar ao trabalho, se precisar de algo, me chame. Meu nome é Brotero.

— Obrigado pela gentileza. Nem sei como lhe agradecer.

— Não tem de quê. Até logo.

Em um misto de alívio e sofrimento, sente-se convencido de que está salvo. Acredita que não será descoberto pelos possíveis assassinos que o perseguem. Envolvido por um manto de gratidão, olha-se no espelho confiante.

Ao sair do banheiro, percebe um dos homens falando com outro garçom, possivelmente perguntando-lhe se vira alguém saindo do rio. Esperto, o garçom os despista, pois percebe que eles não são quem realmente dizem ser. Com suas fisionomias assustadoras, todos os olham desconfiados.

Um momento depois, vão embora, mas Ean ainda permanece no banheiro escondido. Agora aquecido, decide sair discretamente, despede-se de Brotero, mais uma vez agradecendo-lhe. Para um disfarce completo, coloca o chapéu de cozinheiro e deixa as suas roupas no restaurante, pois pretende retirá-las noutro dia, ao devolver o uniforme.

Temeroso, segue para seu apartamento, copiosamente, sem olhar para os lados, mas atento a tudo. Ao cruzar a Smetanovo Nábř, umas das artérias da capital tcheca, vê Jakub encostado em uma parede conversando com uma mulher.

Com receio dos apuros em que estaria se for descoberto, olha para o chão, sobe à esquerda em direção à ponte, atento. Já havia tido muitas emoções para uma noite de sexta.

CAPÍTULO 38

Refletindo sobre a noite anterior, Ean se questiona sobre como conseguiu escapar dos quatro brutamontes que o perseguiam.

Eles eram quatro e, simplesmente, deixaram-me ir. Devo considerar o fato de aquela vestimenta de chefe ter sido a cartada final na minha fuga, pois sem ela eu dificilmente teria conseguido fugir deles — reflete com satisfação. — *ou será que era apenas um susto?*

Longe de seu apartamento antigo há meses, mas enraizado em seu novo habitat, sente-se paradoxal. Retornar ou ficar é uma questão que se tem feito muito presente em seus dias. Sua maior razão para ficar é toda a investigação construída em seu quarto. Seu maior empecilho é a ciência de que não se sente nenhum pouco seguro em seu antigo apartamento.

Com os olhos fixados em sua parede, recita os acontecimentos em voz alta como alguém que tenta memorizar a tabuada na escola.

Aonde isso tudo vai me levar? O que ainda falta que eu não estou percebendo? Será que eles ainda estão atrás de mim?

São muitas perguntas sem respostas que o deixam muito inquieto como se estivera tendo uma crise existencial, na qual a mente se transforma em um turbilhão de perguntas que, quase na sua totalidade, carecem de alguma resposta plausível que possa orientá-lo a algum destino.

Mais uma vez com tudo revisado e recitado, senta-se desajeitadamente em sua cadeira presidente com a qual sempre buscou manter uma postura correta e saudável ao utilizar o seu computador. Sem muitas perspectivas, reavalia tudo aquilo que está em seu campo de visão, questionando-se sobre o tempo que está dispendendo com algo que pode não o levar a lugar algum.

Na sede global da SUMG, as preocupações continuam afloradas quanto à ameaça de Ean, mesmo passados alguns meses, em consonância com a SUMG da República Tcheca, a qual é diretamente supervisionada pelo Cinocéfalo Grand Mor, o todo-poderoso que comanda a entidade em escala global.

Kryštof Tadevosjan, um homem alto, aproximadamente 1,90, nascido na parte oriental da Rússia, possui traços claros de um russo nato. Seus cabelos curtos e ralos, olhos azulados e nariz uniforme ao corpo, fazem-no um homem elegante, sempre vestido com ternos pretos, alternando a camisa e gravata com preferência para tons escuros; não gosta de cores claras. Aos seus sessenta e sete anos, não está neste mundo para agradar ninguém e nunca sorri para estranhos, mas, quando o faz, um sorriso em formato de meia-lua se desenha em sua face demonstrando duas cavidades, uma de cada lado dos lábios. Sem imperfeições faciais, parece alguém que foi generosamente poupado pelo tempo.

Tadevosjan é um homem de poucas palavras, não tolera conversa afiada, prefere ouvir e refletir mais, dizendo somente o necessário, característica de uma pessoa sábia, na sua visão cinzenta do mundo. Detentor de muito conhecimento, busca transmitir aos seus pares tudo aquilo que julga construtivo e reter tudo aquilo que julga destrutivo. Com olhar fixo, costuma amedrontar as pessoas à primeira vista, mas, ao abrir a boca, transpassa sutilidade na voz, sempre com uma linguagem impecável, estilo Shakespeare. Pela importância da posição que ocupa, com frequência viaja pelo mundo. Dessa vez, chega a Praga.

Seu trijato Dassault Falcon 8X, a 800 km/h, inicia procedimento de pouso no Aeroporto Internacional de Václav Havel. Ao se aproximar, um estrondoso ribombo chacoalha as cercanias do aeroporto cortando os ares em meio a uma névoa densa.

Tadevosjan está um pouco ansioso devido à urgência que o traz ao país, pela primeira vez, nos mais de dez anos que comanda a SUMG. Vindo de algum lugar distante, não sabido, devido às recônditas e misteriosas instalações da sede mundial da SUMG, o Cinocéfalo Grand Mor se vê diante de um momento delicado, pois nunca passara por algo semelhante ao longo de sua incumbência. No plano de voo, consta a sua origem em Baku, capital do Azerbaijão, mas isso é apenas uma falsificação para evitar qualquer especulação.

Sem objetivos de chamar a atenção, uma SUV preta o aguarda na pista, para transportá-lo até a sede da sociedade no país europeu. No caminho, faz uma ligação.

— Já estou em Praga dirigindo-me ao destino. Necessito que você fique à frente da sede mundial até que tudo esteja resolvido, como combinamos. Estarei de volta em breve.

Nervoso, franze as sobrancelhas apertando o polegar e o indicador, um contra cada olho ao mesmo tempo, como se pudesse retirar o estresse em que se vê envolvido.

A sede da SUMG foi preparada para a sua visita repentina, informada um dia antes. Seguranças brotam de porta em porta portando fuzis Kalashnikov, com calibre sete, 62x39mm, poderosa arma criada em 1947 por Mikhail Kalashnikov. Além disso, todos com coletes à prova de balas, fones de ouvido, entre outros adereços que dão a impressão de que estão preparados para um ataque nunca visto.

A SUV preta corta as rodovias em velocidade moderada de oitenta quilômetros por hora a pedido do ilustre passageiro que o solicitara, devido ao seu medo de altas velocidades. Toda a vez que o motorista parece acelerar, Tadevosjan o olha fulminantemente. À sua frente, outro carro o guia e, da mesma forma, outro o segue, criando assim um escudo que o protege em seu carro blindado.

Com uma recepção à altura, o Cinocéfalo Mor o aguarda tão ansioso quanto, pois não o conhece pessoalmente, o que eleva o nível de adrenalina do momento.

Ruídos acelerados se aproximam. A agitação aumenta. Com as devidas precauções, evitando exposição, os veículos adentram as suntuosas instalações palacianas ao encontro mais célebre da história da SUMG Tcheca.

— Sr. Tadevosjan, o Cinocéfalo Grand Mor, seja bem-vindo ao nosso país. Espero que tenha feito uma boa viagem. É um prazer conhecê-lo, mesmo que as circunstâncias não sejam as mais agradáveis.

— Muito obrigado. É-me um prazer conhecê-lo também, Sr. Bedrich Havel, e sim, fiz uma boa viagem.

— Bom, não temos tempo a perder. Vamos direto à pauta.

— Claro que sim. Sigamos para o meu escritório Klementinum.

Em passos ritmados, como se fossem combinados, os dois senhores mais célebres do momento seguem copiosamente, sem interrupções. Em seus ternos negros, marcham, sem cabeças de cachorro, acessório dispensável quando se está dentro da sede, usado somente em ações secretas fora da SUMG.

CAPÍTULO 39

Alheio ao mundo exterior, Ean se tranca em seu quarto mais uma vez, insistentemente buscando descobrir o que se passa em meio ao silêncio e paz que se abatem sobre sua vida. Afinal, para ele, o silêncio carrega grandes significados, muitas vezes mais reveladores que qualquer palavra proferida ou ação executada.

Repentinamente, a campainha do apartamento ulula causando-lhe um susto agressivo que o arrepia todo, como se tivesse visto um gato preto em sua caminhada noturna.

O relógio marca 01h12. Calafrios percorrem seu corpo eriçando cada pelo que insiste em sobreviver em sua pele.

Que horário inconveniente para soar uma campainha. Ou é algo muito urgente, o que poderia ser resolvido por uma mensagem de telefone ou é algum imbecil desocupado perturbando o sossego acentuado da minha mente — reflete desconfiado, com receio de abrir a porta.

Novamente, o som estridente o faz pular da cadeira.

Mas quem diabos é a esta hora!? O que eu faço? Devo ligar para o Jakub? Caramba, isso está me dando muito medo.

Paralisado, tenta pensar no que fazer, já que, como de costume, está sozinho, mais uma vez tendo que resolver por si só.

Com uma respirada profunda, começa a se mover lentamente em direção à porta que dá acesso à escadaria que o leva à saída do prédio.

Sob a meia-luz, espia pelo olho mágico, mas só vê a escuridão. O medo se intensifica, seu coração se acelera. Sua vontade é de voltar ao quarto correndo, trancar-se e ligar para o Jakub imediatamente, mas sabe que, se ele vir, poderá acabar descobrindo o seu escritório de FBI em seu quarto.

Imóvel e irresoluto diante da porta, respira profundamente contando mentalmente até três. Um silêncio total se abate sobre o ambiente possibilitando ouvir até o som de um fio de cabelo caindo ao chão.

Todo arrepiado, gira lentamente a chave. Outra vez a campainha soa. Mais controlado, permanece imóvel. Recomeça a girar a chave novamente, mas tem a sensação de que a cidade inteira ouve o seu movimento, fazendo-o parar.

Acho melhor aguardar essa piada de mau gosto acabar!

Retira sua mão da chave, deixando-a cair ao seu corpo. Olha para o celular com o brilho de tela na intensidade mínima, como se estivesse evitando ser visto por alguém. Passam-se três minutos. Novamente, respira fundo e decide abrir a porta com um vaso de flores à mão direita acreditando que seria a arma mais eficiente que possui em casa.

Gira a chave lentamente, mas abre a porta rapidamente. Quase morre de susto, mas não vê nada. Percebe que a luz do vizinho se acende, por um momento sente um alívio.

Demoradamente, desce as escadas até a recepção, mas nada de diferente aparece em seu caminho... Ao chegar à portaria, observa tudo com cuidado.

Decide então, baseado em seu histórico, verificar a caixa de correios. Aí, sim, encontra algo que o faz sentir um sufocamento causando-lhe dificuldade para respirar. Por um momento, concentra-se e respira fundo até as funções de seu corpo voltarem.

Filha da p. Outro maldito envelope...*

Envergonhado por soltar um palavrão, algo que nunca faz, repreende-se por um instante, como se alguém tivesse ouvido o que acabou de falar.

Sob a penumbra da recepção, sente dificuldade em perceber algo diferente, além do fato de nada estar escrito na arte externa, mais uma vez.

Sem tardar, volta ao apartamento em ritmo usual, mas tomando certo cuidado para não despertar seus vizinhos.

Ao entrar, imediatamente tranca a porta e se dirige ao seu quarto... Com cuidado, abre o envelope e um bilhete com números aleatórios surge diante de seus olhos.

— Mas o que é isso? — pergunta-se ansioso.

Toma o envelope novamente em suas mãos e o põe contra a luz da lâmpada da sua mesa. Sem surpresas, vê uma Íris Sibirica desenhada, quase que invisível a olhos desatentos.

Indiferente, já esperava que seria algo relacionado à SUMG, visto que isso era tudo pelo que havia esperado nos últimos meses. Um sinal. Colocando-o na sua linha do tempo, observa os números que compõem o conteúdo, mas não compreende coisa alguma, visto que havia sido um péssimo aluno em matemática.

Para fins de compensação, aprendera a fazer cálculos de forma aguçada em sua mente. Sentia-se feliz por isso, pois é uma forma de superar seu péssimo desempenho na escola e, ao mesmo tempo, uma habilidade que a maioria das pessoas que conhece, não tem.

Sempre olha com desprezo aquelas pessoas que pegam uma calculadora para executar simples cálculos como 3 x 9; 3 + 2,5; 9 x 12; 147 – 110 ou 89/10... Isso só tem uma explicação. À pessoa falta-lhe inteligência.

Sentindo-se humilhado pelo pequeno pedaço de papel à sua frente, digita os números no buscador de seu computador e dá de cara com algo que o deixa bastante intrigado.

— *Santa Maria Maggiore... Lá vem outra mensagem subliminar para eu decifrar. não seria mais fácil me enviar uma mensagem clara?* — questiona-se levemente irritado.

Passando suas mãos pelos cabelos, como se isso pudesse ajudá-lo a resolver o enigma, começa a ler a explicação que acabara de encontrar.

A sequência de Fibonacci é uma sequência de números, na qual o número 1 compõe o primeiro e segundo termo da ordem e os demais são originados pela soma de seus antecessores. Vejamos:

1, 1, 2, 3, 5, 8, 13, 21, 34, 55, 89, 144, 233, 377, 610, 987, 1597, 2584, 4181...

Parece-lhe estranho que seu papel contenha a sequência até o número 21, deixando muitas perguntas em aberto.

— *Será que o objetivo disso é dizer que devo descobrir algo por meio da sequência em si, usando sua lógica ou apenas desvendar o mistério com os números que estão no papel?* — pergunta-se confuso. — 1, 1, 2, 3, 5, 8, 13, 21... — repete os números em vão, como se, ao fazê-lo, a resposta surgiria automaticamente.

Sentindo-se incomodado, abandona o papel sobre a mesa, vai à cozinha tomar um pouco de água espiando pela janela imaginando a possibilidade de ver algo na escuridão da madrugada que possa esclarecer suas dúvidas.

Pacientemente, volta, respira fundo, estica seu corpo, olha ao seu redor, encara os números... Sabe que nada vai se resolver se não colocar seu esforço a seu serviço. Senta-se em frente ao computador e começa a divagar pela internet acessando outros sites para ler mais conteúdos sobre a sequência de Fibonacci.

O tempo passa e as dúvidas se multiplicam...

— Como é que vou resolver isso?

Uma possibilidade lhe surge, ao se lembrar das mensagens criptografadas surrupiadas da SUMG... Escrevendo o alfabeto espaçadamente em uma folha, Ean conecta as letras aos números correspondentes.

— Como é que não pensei nisso antes? — urra de contentamento.

A B C D E F G H I J K L M N O P Q R S T U V W X Y Z

1 2 3 5 8 13 21

— Caramba, o que estas letras significam?

A B C E H M U

1 2 3 5 8 13 21

Com os pensamentos muito acelerados, a mensagem parece estar se revelando diante de seus olhos... Ean a relê várias vezes, letras e números; observa a sequência e tenta organizar tudo de uma forma que faça algum sentido objetivo.

E: Ean / B: Blažej. Perfeito... Mas e o que as outras letras querem dizer? Será que as iniciais do meu nome realmente significam algo, estão aqui para me confundir ou não têm nada a ver com meu nome... E agora?

CAPÍTULO 40

Submerso em números buscando entender o que a sequência Fibonacci significa em sua vida, Ean sente um frio repentino. Olha pela janela e vê outra noite gélida cair abruptamente em Praga, prenunciando tempestade de neve e esvaziando a cidade. Nem turistas ousam deixar o conforto de seus hotéis e apartamentos que pipocam em cada esquina.

Na Praça da Cidade Velha, preenchida pelo vazio incomum do silêncio, criaturas misteriosas brotam deslocando-se rente às construções que, por vezes, permitem-lhes camuflar-se como se fossem gárgulas discretamente salientes grudados às paredes.

A passos minuciosamente calculados, sombras se projetam sobre os paralelepípedos evidenciando a sua sinuosidade e imperfeições esculpidas pelas adversidades climáticas extremas que atingem a cidade e que são impiedosamente pisoteados por turistas e transeuntes abundantes e onipresentes, muitas vezes inconscientes.

Como se houvesse um toque de recolher, semelhante à pandemia de coronavírus, absolutamente ninguém se desloca pelas ruas neste momento, possibilitando as sombras irreconhecíveis flutuar sem obstáculos em direção ao prédio onde Ean, absorto ao mundo exterior, dispende seu tempo em sua própria companhia.

Para ele, a taciturnidade noturna pode soar um pouco perturbadora, a qual costuma preencher com a única rádio que ainda escuta, a *Antenna 1*, de Roma. Escutá-la é como beber um café delicioso, ler um livro interessante ou empreender uma viagem sonhada. Suas melodias ocupam o seu silêncio paradoxal.

Uma brisa leve misturada à neve se precipita contra a quadrática praça envolta em uma bruma nevoenta que passa a dificultar a visibilidade mesmo àqueles que ainda possuem uma visão de águia.

Com seus coturnos de couro e solas grossas, pisam maciamente ao subir a pequena escadaria que dá acesso à portaria do prédio. Ninguém, além deles, parece existir em Praga. Delicadamente, arrombam a porta principal, sem causar ruído algum, evitando que sejam descobertos. O silêncio em que agem parece ser gritante. É como se um mudo bradasse a plenos pulmões, soprando todo o ar interior, ainda assim, totalmente inaudível.

Calculadamente, alastram-se rumo ao apartamento de Ean, o qual, alheio a qualquer movimentação, deitado no sofá de sua sala, lê demoradamente.

Sincronizados, os coturnos chegam à porta, detém-se por um momento, aguçando os ouvidos objetivando desvendar qualquer movimento que esteja acontecendo dentro da habitação.

Contentes com o avanço ao alvo, comemoram discretamente sinalizando uns aos outros, preparando o bote final, do qual, alheia, a presa continua esticada no sofá como se a força da gravidade exercida sobre seu corpo estivesse impedindo-a de se mover.

Sem vistas à porta de entrada, em meio às páginas, Ean abduze para todos os acontecimentos recentes, mais uma vez. Ainda, sem conclusão alguma, questiona-se a razão de tudo estar, aparentemente, morto.

Toc, toc, toc... Batidas nervosamente comedidas despertam sua atenção que, não querendo fazer o mesmo, olha para o vazio de seu apartamento arregaladamente. Fecha seu livro e o coloca sobre o sofá. Aguarda mais um momento objetivando descobrir se o sonido fora verídico ou apenas fruto de sua imaginação.

Sem a coragem de mover um dedo, fica estático no sofá em um típico momento em que se pode ouvir até o som da grama crescendo no pátio do vizinho.

— Mas que diabos é isso? — murmura.

Horripilado, escuta algo que parecem ser vozes, sem distinguir de onde se originam. Aguçando seus sentidos de sobrevivência, atenta-se a cada centímetro quadrado que seus globos oculares alcançam, projetando seus ouvidos ao mais profundo instinto de sobrevivência buscando identificar qualquer ameaça.

Novamente ouve algo. Imediatamente, como uma coruja caçando à noite, gira sua cabeça em direção à porta fixando seu olhar à fechadura que parece se mover de uma forma completamente inesperada.

Repentinamente, a fechadura gira, a porta se abre. Petrificado, não crê no que vê diante de si. Um antigo pesadelo se materializa, trazendo-lhe todos os acontecimentos misteriosos à sua mente.

Sem possibilidade de reação, trava, não conseguindo expressar qualquer gesto que se assemelha à proteção de uma vida. Boquiaberto, entende que qualquer reação seria muito mais perigosa que aceitar o destino que se lhe apresenta implacável.

Cabeças de cachorros com vestes negras estáticas e confiantes, lentamente adentram seu apartamento apontando-lhe armas claramente mortais. Ean sabe que não tem chance alguma e que qualquer mínima reação em sua própria defesa poderia ser a confirmação de sua aniquilação.

— O que vocês que... querem? — gagueja retesado da ponta dos dedos dos pés ao último fio de cabelo que se projeta a mais de 1,80 de altura.

— Olá, Ean Blažej. Já faz um bom tempo que não nos vemos. Decidimos visitá-lo, pois já estávamos com saudade. — caçoa indiscriminadamente.

— Por que estão aqui?

— Já disse, sentimos sua falta. — gargalham contidamente.

Ean os observa imóvel sem saber o que dizer, já que estão zombando de sua cara.

— Nós viemos buscá-lo para te levar a um passeio inesquecível. — continua o deboche.

— Eu não vou a lugar nenhum. A qualquer momento a polícia chegará aqui, pois estou sob proteção 24 horas. — mente, tentando intimidá-los.

— Não, você não está, pois, os únicos que o vigiavam éramos nós e sabemos muito bem que nem Jakub liga mais para você e, logicamente, não sabe que estamos aqui. — fala impacientemente. — Não nos faça perder tempo. Revistem todo apartamento já. — ordena aos capangas resolutamente.

Sob a mira de um Kalashnikov, não ousa se mover do sofá tremendo de ódio por pensar que titubeou a ponto de ser descoberto novamente.

— Chefe, venha até aqui. — grita um capanga do quarto.

— Que inferno. — pragueja discretamente. — Agora estou ferrado como nunca.

Sabendo que suas chances de escapar são quiméricas, procura-se manter calmo, pois não tem possibilidade alguma contra quatro brutamontes munidos de Kalashnikovs prontos a ceifar sua vida em milésimos de segundos.

— Ora, ora. O que temos aqui? Mr. Blažej conduzindo uma investigação à moda FBI. Não poderíamos esperar menos de sua pessoa. — comenta com seu comparsa. — Deixe-me fotografar tudo isso, pois agora temos uma clara noção do que ele sabe.

Com cuidado, retira seu telefone do bolso e dispara dezenas de vezes, como se estivesse realizando um book fotográfico. Para finalizar, decide fazer um vídeo acreditando que é uma garantia caso as fotos falhem.

— Retirem tudo com cuidado preservando a detetivesca linha do tempo de Ean. Vamos levar tudo à SUMG. — ordena o chefe da operação.

Após circularem por todos os cômodos, fazendo uma varredura minuciosa, decidem por evadir-se do apartamento levando Ean e tudo mais aquilo que puderam encontrar.

— Não tente fugir, pois, como você pode ver, sempre te encontramos, mesmo depois de meses de busca. Além disso, sua fuga pode significar sua morte prematura. Isso seria uma pena, pois muito ainda te espera.

Vendado, com as mãos amarradas nas costas e a boca tapada, é arrastado para fora de seu apartamento sem chance alguma de defesa. Ligam o motor da van negra e, decorosamente, saem desaparecendo na névoa que persiste pela frígida Cidade das Cem Cúpulas.

CAPÍTULO 41

Enquanto Ean desaparece em meio à escuridão, a sede da SUMG, na República Tcheca, com a presença do Grand Cinocéfalo Mor, Sr. Tadevosjan junto ao Sr. Bedrich Havel, Cinocéfalo Mor, prepara-se para o grande evento desta noite.

Por precaução, novamente a segurança é reforçada, já que os documentos suprimidos por Ean foram o estopim de uma crise grave na sociedade, que se arrasta há meses, quase causando o afastamento do Sr. Havel das funções de presidente.

— Sr. Tadevosjan, esta noite é muito importante, pois a sobrevivência da SUMG em nosso país e, certamente, a nível global também depende do que acontecerá aqui hoje.

— Sr. Havel, estou ciente da magnitude deste acontecimento. Estou aqui para lhe ajudar com o que for necessário para garantir a nossa segurança e potencializar ainda mais a nossa sociedade.

— Sim, perfeitamente. Agora que já detemos nossa maior ameaça, tenho a certeza de que estaremos seguros, desde que adotemos os protocolos de segurança e privacidade de forma irrestrita e minuciosa.

— Exatamente!

O relógio se aproxima da meia-noite prenunciando a chegada oficial do fim de semana. Lá fora, a neve estatela-se suavemente sob os ramos das árvores suprimidas de suas folhas devido à estação do ano.

Criaturas notívagas fazem-se ouvir ruidosamente em meio ao silêncio que impera nos arredores da sede secreta da SUMG. Corujas, estrategicamente distribuídas pelos arbustos e galhos secos, piam assustadoramente em dois sons de "*hu*" curtos e profundos, seguidos de um longo "*huuuuu*".

Desagradáveis aos ouvidos humanos, lobos uivam pavorosamente como se estivessem trocando algum tipo de informação ou chamando seus pares à caça sob a lua cheia que se destaca sobre os céus escuros do Parque de Kokořínsko, nesta noite de sexta-feira.

Interrompendo o silêncio noturno, uma van se aproxima das instalações da SUMG. Um burburinho irrompe o silêncio seguido de um correr de portas. Com a cabeça coberta por uma máscara de cabeça de cachorro, Ean é arrastado para dentro. As portas se fecham e o silêncio volta a imperar nas cercanias.

Na Sala Klementinum, os últimos preparativos para a noite são organizados. Ean é levado a um quarto onde se vê livre das amarras, mas impossibilitado de qualquer fuga, visto que é trancado e a janela robustamente protegida por uma grade grossa como se fosse uma prisão medieval semelhante àquelas do Castelo de Praga. Do lado de fora, um guarda brutamontes circula.

Revirando-se na cama, Jakub passa por mais uma péssima noite de sono. Olha no celular, é 00h31. Deitado desde as 22h, irrita-se por ainda não ter conseguido dormir. Acende a luz do abajur, senta-se na cama.

— Amor, o que está acontecendo? Insônia novamente? — pergunta Claire confusa.

— Pois é, outra vez essa maldita insônia. Não consigo parar de pensar no Ean, pois já faz um tempo que as coisas se acalmaram e nós não conseguimos fazer progresso algum com as investigações. Às vezes, penso que sou um incompetente. — reclama Jakub.

— As coisas não são assim. Talvez você apenas não esteja vendo algo ainda, mas que vai surgir com o tempo. Por outro lado, pode ser que não haja nada mesmo. Sei lá, simplesmente é assim, nem tudo tem uma explicação.

— Eu sei, mas não consigo me convencer de que tudo aquilo significa absolutamente nada. Ean está naquele apartamento, ainda não retornou ao seu. Por que será? Sinto que aquela explicação de ficar onde está pelo fato de haver gostado do lugar me parece incongruente. Não faz sentido uma pessoa ter um apartamento vazio e morar em outro de aluguel. Desde a primeira vez que falei com ele, até hoje, sinto que há alguma coisa que não está me contando. Acho que devo fazer-lhe uma visita novamente. O que você pensa?

— Olha, se você acredita que uma visita possa ajudá-lo com as investigações, acredito que deve vê-lo. Você nunca pensou em passá-lo no detector de mentiras ou solicitar uma ordem judicial para revistar seu apartamento?

— Não é tão simples assim. Preciso convencer o juiz com provas substanciais. Simplesmente dizer que desconfio dele não é suficiente. Eu nem sei como consegui autorização para grampear o celular dele. E não há nada de novo para convencer o juiz.

— Hum! — balbucia Claire demonstrando desejo de encerrar a conversa.

Trrrim-trrrim... Soa o celular de Jakub. Olhando para a tela, percebe que a ligação vem da delegacia. Estando de plantão, obriga-se a atendê-lo.

— Sim. O que aconteceu?

— É o policial Luke Čech, senhor delegado. Bom, acho que aconteceu algo com Ean.

— Não seja ridículo, eu sei quem você é, não precisa me dizer seu sobrenome. — diz-lhe Jakub impaciente. — Como assim? Desembucha!

— A vizinha do primeiro andar — prossegue Luke, ignorando o mau humor de Jakub. — ligou para a delegacia dizendo que viu uma movimentação estranha no prédio por volta das 22h. Ficou espionando e disse ter visto quatro homens com cabeça de cachorro levando Ean para uma van.

— O quê?

— Isso mesmo senhor. Ela disse que demorou para ligar, pois não sabia o que fazer e se o que havia visto era realmente o que havia visto, perdão pela redundância, senhor.

— Estou indo agora ao apartamento dele. Encontre-me lá em dez minutos.

— Sim, senhor.

Desliga o telefone sentindo-se perturbado e irritado, visto que seus pesadelos com Ean parecem longe de acabar... Despede-se de sua esposa e desce as escadas rumo ao carro que o transportará até o apartamento, possível primeiro passo para a cena de um crime.

As portas se abrem, Ean se surpreende com o que vê. Três homens parados à sua frente, dois apontam-lhe armas. Um terceiro, como uma espécie de bom moço, o saúda cordialmente, com uma leve satisfação de quem gosta do que está fazendo.

— Mr. Blažej, chegou a hora. Peço-lhe que nos acompanhe. Não preciso dizer-lhe como se comportar. — olha-o desafiadoramente.

Ean somente o olha de canto, mostrando-se um pouco neurastênico, como se fosse uma criança manhosa quando recebe uma ordem, mas não sente desejo algum de cumpri-la. Sem certeza de onde está, observa os arredores atentamente... Corredor, portas, decoração, piso, móveis... Tudo aquilo que possa lhe trazer alguma referência, mas nada se mostra familiar.

Todos seguem calados até uma grande porta que fica a aproximadamente 250 passos de onde estava encarcerado. Ao abri-la, instantaneamente, a sala onde estivera da outra vez se faz presente diante de seus olhos. Uma mesa grande em formato oval feita de Amaranto, uma das madeiras mais caras do mundo, retirada de árvores das florestas tropicais da América do Sul e Central, de intensa cor violeta, em diferentes tons — proporciona belíssimos móveis que dispensam pintura —, encontra-se no centro do espaço rodeada por oito cadeiras cuidadosamente esculpidas, todas ocupadas, exceto por uma.

— Olá, Mr. Blažej, é um prazer conhecê-lo. Sou Soaisc Tadevosjan, Cinocéfalo Grand Mor, presidente mundial da SUMG. Seja bem-vindo ao nosso espaço mais uma vez. Soube que já esteve aqui antes. Lamento pelas circunstâncias em que fora trasladado, mas sabíamos que não havia opção melhor disponível no momento.

Ean o fita com certo desprezo, mas respeito, pois sente que magoá-lo não seria uma boa ideia a esta altura já que está sozinho nessa missão. Nada responde, apenas se senta na cadeira que o aguarda.

— Senhores, agradeço-lhes pela presença, especialmente a do Sr. Tadevosjan — inicia Sr. Havel. — Estamos diante da nossa maior ameaça, mas também do nosso grande trunfo, ao qual jamais tivemos antes, nomeado Ean Blažej. Possuidor de uma inteligência sublime e perspicácia rara, a ponto de ameaçar a nossa sociedade. Nesta noite, diante dos senhores, informá-los-emos sobre a nossa decisão para conter o Sr. Blažej. Como todos podem ver, ele está livre, podemos assim dizer, sem algemas e bem apresentado, graças ao bom trabalho de nossa equipe.

— Hum-hum! — pigarreia Tadevosjan, preparando-se para falar algo. — Boa noite, senhores. Obrigado pela presença, da mesma forma, lamento que seja em tais circunstâncias. Contudo, sem lamúrias, vamos direto ao assunto... Sr. Blažej, infelizmente você nos é uma ameaça nefasta, visto que sabe mais sobre nós do que qualquer outro ser humano fora de nossa sociedade. Isso nos preocupa, mas estamos aqui para oferecer-lhe uma chance de viver. — continua Tadevosjan. — O senhor Havel vai nos apresentar as possibilidades que você tem.

— Obrigado, Sr. Tadevosjan! Sr. Blažej, devido ao seu conhecimento notável, perspicácia e destreza perante às adversidades da vida e à condição, com as quais lida majestosamente seguindo um caminho voltado ao conhecimento, propomos-lhe fazer parte de nossa sociedade.

Ean arregala os olhos assustado como se estivesse recebendo uma sentença de morte, sem mencionar uma palavra.

— A sua primeira e mais agradável opção é se tornar um membro da SUMG, a Sociedade Ultrassecreta Misantrópica Global, mais conhecida como SUMG. Para isso, você passará por um treinamento e estará sempre acompanhado de dois seguranças até o dia em que vejamos que podemos confiar em você. Obviamente que não poderá mais sair da sede a partir de hoje, por motivos lógicos de segurança. Caso não aceite, infelizmente daremos um fim à sua vida, com o perdão pelo eufemismo. O que não podemos permitir é que você destrua tão sólida sociedade baseada no conhecimento que há mais de um século busca livrar o mundo dos vícios e da ignorância humana.

Com muito custo, Ean toma coragem e decide falar.

— Como é que vou abandonar a minha vida sumindo do nada? Eu nem sei exatamente o que é a SUMG? Como posso confiar em vocês? Como saber se o que planejam é simplesmente transformar as pessoas ou, sei lá, eliminá-las? Eu não tenho garantia de nada e não confio em vocês. — resmunga, impaciente.

— Sr. Blažej! — toma a palavra Tadevosjan. — Você não tem muitas escolhas: faça parte de nossa sociedade ou, infelizmente, seguiremos com a segunda opção. Veja a chance de participar da mais louvável sociedade que existe no Planeta Terra. O que pode ser mais recompensador e engrandecedor que o conhecimento? Mais que isso, fazer parte de uma sociedade que o promove incansavelmente? Não perca a oportunidade de uma vida.

Sem dizer uma só palavra, Ean permanece atônito, não acreditando no que está ouvindo. Utiliza-se de um silêncio estratégico para não se comprometer, pois aprendera a não tomar partido imediatamente, sem antes tirar um bom tempo para pensar, assim evita más escolhas.

— Sr. Blažej — toma a palavra Havel. —, levá-lo-emos aos seus aposentos e dá-lo-emos uns dias de descanso para que possa tomar a sua decisão. Pense com carinho, pois esta oferta só é feita a grandes mentes. Não nos decepcione. — finaliza Havel. — Seguranças, acompanhem-no à sua habitação.

Ean se levanta moderadamente, com certo cuidado, como se quisesse evitar a ira dos todo-poderosos sentados à mesa. Imediatamente é conduzido pelos mesmos três que o buscaram. De cabeça baixa, como se fosse um prisioneiro condenado, segue o caminho a lentas passadas.

CAPÍTULO 42

Movido a ansiosas pernadas, Jakub chega ao apartamento de Ean curioso pelo que imagina que poderá encontrar por lá. A princípio, com uma olhada generosa, nada está fora do lugar. Luke está no quarto de Ean juntando alguns papéis pelo chão, mas absolutamente nada comprometedor é encontrado.

— Olá, Luke. Há quanto tempo você já está aqui?

— Olha, em torno de uns vinte minutos, mas tudo está calmo e como você mesmo pode ver, parece que nada foi tocado.

— Mas não é possível. Que droga!

— Ah, senhor, a porta estava trancada, então eu usei meus conhecimentos para abri-la.

— Trancada? Eu preciso falar com a tal vizinha já. Me mostre quem é ela.

— Senhor, é só bater na porta do primeiro andar. Eu já falei com ela brevemente quando cheguei, mas não disse nada além daquilo que eu te contei pelo telefone.

— Ok. Vou vê-la.

Jakub olha novamente ao seu redor na esperança de perceber algo invisível aos olhos, mas bastante impaciente, dirige-se à porta e desce escada abaixo em busca da única testemunha do que se passara. Desconfiado da mulher, bate à porta.

Sem demora, a porta se abre como se estivesse à sua espera. Doutro lado, uma senhora de aproximadamente setenta anos encara-lhe com certa incredulidade. Com cabelos brancos encaracolados, pele aparentemente bronzeada, olhos castanhos e incontáveis pés de galinha em todos os centímetros de pele de seu rosto, sorri-lhe cautelosa.

— Olá, senhora, sou Jakub Svoboda, delegado da polícia de Praga. Estou aqui para conversar com a senhora sobre o ocorrido com seu vizinho.

— Entre, senhor delegado. Sou Božena Irenka. Quer um café?

— Aceito. — responde Jakub desconfortável.

— Aqui está, senhor. Gostaria de açúcar ou adoçante?

— Não, obrigado, minha senhora.

Desconfortáveis um na presença do outro, Jakub a observa duvidoso de que ela realmente possa ajudar, visto que mais parece uma senhora carente de atenção que mora sozinha, pouco sai de casa e muito menos recebe visita de seus filhos, se é que possui algum.

— Bom, eu gostaria de saber o que a senhora viu esta noite por aqui.

Hesitante, a Sr.ª Irenka deixa o delegado ainda mais desconfiado, visto que pelas circunstâncias em que vive passa a impressão de que sonhara com algo e acha que é realidade. A única pista que deixa Jakub curioso é o fato de ela mencionar que vira homens com cabeça de cachorro saindo do prédio.

— Veja bem, senhor — começa demoradamente. —, eu estava na janela da frente que dá para a porta de entrada de nosso prédio. As luzes do meu apartamento estavam apagadas, pois eu adoro circular na penumbra. A luz, seja artificial ou do sol, prejudica a pele. Além disso, a luz baixa à noite, faz com que o meu cérebro se desligue mais facilmente e, quando eu me deitar, consigo dormir mais rapidamente. Isso tem me ajudado a prevenir a…

— Sr.ª Irenka! — interrompe-a Jakub irritado. — Será que podemos nos concentrar no ocorrido? Seu vizinho pode estar em perigo e, quanto antes tivermos pistas, tão mais poderemos ajudá-lo.

— Desculpe, senhor. É que estou sempre sozinha e, quando alguém aparece, tenho muita vontade de conversar.

Jakub a ouve contidamente enfurecido.

— *Esta velha tonta só está me fazendo perder tempo.* — pensa, cheio de rancor.

— Decidi ir à janela para ver se estava nevando e vi algo muito sinistro. Fiquei toda arrepiada e não tinha certeza de que era real. Então busquei meus óculos.

— O que a senhora viu, exatamente?

— Eram quatro criaturas com cabeça de cachorro. Pela forma de caminhar, certamente eram humanos. Com eles, a contragosto, Ean ia junto.

— Por que a contragosto? — pergunta Jakub desenhando aspas no ar.

— Pois dois deles arrastavam Ean pelos braços. Dava para ver claramente de que estava sendo levado.

— O que mais a senhora viu?

— Bom, eles estavam...

Preso à fala da senhora Irenka, Jakub parecia uma criança entretida ao ouvir uma história de mistério, curiosamente atento buscando desvendar o que acontece com o personagem principal.

Olha no seu relógio e percebe que já são 02h31, exatamente duas horas depois daquele momento em que olhara seu telefone ainda em sua cama.

— Minha senhora, obrigado pelas informações. Tenha um bom descanso.

— Descansar é o que dificilmente conseguirei depois do que vi. — diz-lhe incomodada. — Boa noite, senhor.

Pouco satisfeito com o que ouvira, Jakub sobe as escadas ao apartamento.

— Luke, encontrou algo?

— Senhor, encontrei algumas anotações e esta folha atrás da escrivaninha.

— Que folha? — pergunta-lhe curioso.

...Resumo da linha do tempo dos eventos estranhos recentes (EEE)... Sociedade Secreta Misantrópica Global (SUMG)...

— Recolha-a com cuidado, pois acho que temos algo importante aqui.

Jakub começa a folhear todos os livros de Ean na esperança de encontrar algo escondido dentro... Mas sua curta paciência logo o faz desistir da missão.

— Luke, dê uma olhada dentro dos livros.

— Eu já olhei, senhor. Não encontrei nada interessante.

— Hum. Esse Ean é insuportavelmente misterioso. Diabos!

Jakub decide perambular pelos outros cômodos em busca de algo, indo à cozinha.

Aproximadamente doze metros quadrados acolhem uma mesa de madeira branca, de dois lugares, junto à parede com duas cadeiras verdes, trilho vermelho, algumas frutas no centro e um pequeno vaso de flores artificiais. — Parece uma mesa de Natal. — Uma geladeira bordô, armários de cozinha brancos, assoalho em tábua marrom-claro no formato da letra M com cinco pequenos quadros na parede branca ao lado da mesa é tudo o que vê.

Com uma porta que leva à lavandeira e um assoalho unicolor que se estende por todo apartamento, assim como as paredes brancas que se fazem presentes em todos os cômodos, o apartamento esparsamente mobiliado chama a atenção de Jakub pela organização, parecendo intocado.

— Isso é tudo muito estranho. Parece-me até que o Ean tem algo a ver com essas maluquices, pois já sofreu alguns ataques, foi sequestrado, recebeu ameaças e ainda por cima é novamente "sequestrado". — questiona-se Jakub em baixa voz mostrando certo desdém pela situação toda que não consegue compreender.

CAPÍTULO 43

Ean acorda em seu novo apartamento lembrando-se de que é sábado, seu dia perfeito para aflorar sua criatividade na escrita. Contudo, sem desejo de sair da cama, olha ao redor e vê um quarto branco, com mobília branca, cortinas brancas e um tapete irritantemente branco.

Algo chama sua atenção ao perceber a claridade do dia invadindo o ambiente. Um contorno quase que despercebido se mostra sobre as portas do guarda-roupas. Curioso, levanta-se e se aproxima. Nada mais e nada menos que a Flor-de-Lis-da-Sibéria com três pétalas se desenha na superfície de cada porta, das roupas de cama, do tapete, das cortinas e, gigante, na parede de cabeceira.

Caramba! Se havia alguma dúvida de onde eu estava, esvaiu-se neste exato momento. Preciso encontrar uma maneira de descobrir o que se esconde dentro desta SUMG e dar o fora daqui imediatamente.

De surpresa, a porta se abre. Um homem surge com um carrinho caprichosamente preparado com um lindo café da manhã. Curioso, Ean nota que há ovos mexidos com salsicha, pão de centeio, panquecas com compota de ameixa, minipasteis e uma generosa xícara de café ao leite.

— Senhor, bom dia. Sou seu garçom e me chamo Bursík. Aqui está o seu café da manhã. Se precisar de algo, basta apertar aquele botão ao lado da porta. Passo recolhê-lo daqui a uma hora. Bom apetite. — diz-lhe, cordialmente.

Uma curiosidade de espiar porta afora invade Ean que decide se aproximar da porta enquanto o criado se retira.

— Senhor, por favor. Não se aproxime da porta para sua própria segurança.

— Posso dar uma olhadinha, por favor? — pede-lhe, educadamente.

— Não!

Imediatamente, a porta se fecha e Ean vê mais uma flor desenhada na sua parte interna.

— Parece que essa flor desenhada é uma espécie de identificador de patrimônio.

Ean puxa o carrinho para perto de si e coloca sua refeição sobre a mesa que há em frente à sua cama.

— Parece tudo muito delicioso. Se eu for tratado assim todos os dias, não sei se quero voltar para casa. — caçoa da sua própria ruína, rindo controladamente.

Ean lera, em uma de suas noites de sábado, que os antigos acreditavam que o riso deforma a face e faz a pessoa parecer tola. Ao longo de sua vida, aprendera a ser contido e não ri descontroladamente, não pelo medo de ter seu rosto deformado, mas pelo fato de evitar parecer um idiota.

O riso, para ele, nem sempre significa contentamento. Muitas vezes, as pessoas riem por deboche, maldade, medo e disfarce, buscando esconder o que realmente sentem. Um riso sincero é raro e rir abertamente, com frequência, pode ser um sinal de inteligência rasa, já que grande parte das pessoas apenas ri de baboseiras.

Um riso frequente é um claro sinal de que uma pessoa não tem nada de importante com que se preocupar em sua vida. Ademais, possivelmente lhe falta uma inteligência mais contemplativa, no sentido de que quem tem sérios projetos de vida, está concentrado em seu trabalho e não vê a vida como um parque de diversões, como os tolos risonhos o veem.

No escritório secreto da SUMG, o Sr. Havel e o Sr. Tadevosjan observam curiosos toda a papelada encontrada no apartamento de Ean na noite anterior. Seus olhos percorrem cada centímetro quadrado de papel distribuídos ao longo da linha do tempo de Ean.

— Ele é muito sagaz. Certamente, cedo ou tarde, chegaria a nós. Isso é preocupante, pois logicamente existem mais pessoas assim por aí que podem nos descobrir. Temos que reforçar nosso protocolo de invisibilidade, Sr. Havel.

— Concordo, senhor. As descobertas de Ean poderiam nos levar a uma crise sem precedentes. O senhor já parou para pensar que estávamos por triz? — indaga-lhe estupefato.

— Creio que agora, com Ean fora de circulação e nosso protocolo de segurança reforçado, neutralizamos a nossa principal ameaça. Mas a minha dúvida real é se há alguém mais lá fora ciente do que Ean estava fazendo. Estou seguro de que ainda devemos permanecer vigilantes.

— Sr. Tadevosjan, vou solicitar à nossa equipe de inteligência que passe a investigar os passos de Ean e descubra se existe a possibilidade de alguém mais ter participado de tudo isso. Sabemos, a princípio, que Jakub Svoboda, delegado de Praga, teve acesso aos papeis que Ean nos suprimira, contudo, não temos conhecimento sobre o quanto ele sabe sobre nós. Solicitarei atenção redobrada.

— Sr. Havel, peço-lhe que esteja muito atento a tudo isso, pois não podemos desacautelarmo-nos. Se alguma outra pessoa sabe, deve ser imediatamente encontrada. A minha preocupação é com o delegado, pois se ele está por dentro de tudo isso, pergunto-me como impedi-lo que siga com a investigação, pois não podemos simplesmente dar um sumiço nele, pois é autoridade e seu desaparecimento seria investigado a fundo e, mais uma vez, chegariam a nós. É possível que usemos nosso protocolo chamado Autoridade Máxima. Como o próprio nome já diz, seria a solução para lidar com alguém de alto escalão. Qual sua opinião, senhor?

— Concordo quanto ao protocolo, mas antes devemos descobrir se ele sabe de algo que possa nos colocar em risco. Em caso de resposta afirmativa, teremos que colocá-lo em prática.

Indecisos sobre os próximos procedimentos, os senhores Havel e Tadevosjan seguem sua reunião bilateral secretamente protegidos pelas paredes à prova de bala e som da SUMG. Para entrar ali, é preciso passar por um alto protocolo de segurança, mas, para a sorte de Ean, ele já está dentro.

CAPÍTULO 44

Sem muito o que fazer, Ean observa seu quarto pensando em como pode escapar dali sem ser visto. Ao lado de fora, há um muro de aproximadamente dez metros de altura. Entre ele e o prédio, observa um pouco de grama e uma pequena árvore, calculando estar no segundo andar.

A porta não possui fechadura e só pode ser aberta do lado de fora por um código, tornando praticamente impossível sua fuga. O forro não possui nenhuma abertura e, aparentemente, as paredes são à prova de som. Isso significa que Ean está em isolamento.

Impaciente, começa a abrir as gavetas de sua cômoda e encontra alguns blocos de anotações em branco junto a algumas canetas. Sente-se aliviado rapidamente, pois, pelo menos, pode escrever algo para passar seu tempo. Pela sua cabeça se passa a ideia de solicitar alguns livros para a leitura, o que julga uma boa ideia, mas logo se põe a pensar se poderia irritar alguém com seu pedido.

Sabendo que não há nenhum segurança à porta, Ean pensa em possibilidades de fugir, mas não tem percepção alguma de como fazê-lo. À primeira vista, sua melhor estratégia seria dar uma pancada no garçom que lhe traz a comida diariamente, mas, com isso, logo seria descoberto. O ideal é fugir sem ser visto. Da mesma maneira que fugira de sua cela da outra vez, acredita que é sua única chance.

As horas se passam, a noite chega. Intrigado, vasculha seu quarto novamente na esperança de encontrar uma saída removendo cada quadro, tapete ou mobília, mas nada aparece. Sob a cama, um tapete peludo gigante que quase ocupa o chão inteiro, em tons claros, deixa-o intrigado, pois já vira em filmes que debaixo deles, podem existir alçapões.

Com cuidado, ergue-o buscando enrolá-lo, mas é impedido pelas pernas da cama. Olha ao seu redor e as ergue com cuidado, enrolando-o ainda mais. Já de gatas, percebe que há um recorte no chão. Ansioso, vê um alçapão que está trancado com um cadeado.

Tenta forçá-lo, percebe que a corrente está arrebentada. Levanta-o com atenção, luzes de emergência se acendem. Percebe uma escada em caracol que desce ao centro da Terra. Ouve ruídos vindos da porta. Rapidamente abaixa a tampa, estende o tapete e corre para perto da janela. Fica de pé, olhando para fora. Dá uma breve olhada para o chão para ver se tudo está perfeitamente ajustado. A porta se abre, é o garçom com jantar.

— Boa noite, senhor. Aqui o seu jantar. Hoje preparei Kuřecí kapsa. — anuncia-lhe. — Espero que o senhor goste. Bom apetite.

— Obrigado!

Ean adora esse prato tcheco que, apesar de possuir uma forte influência alemã, alguns toques tchecos o tornam um prato único e saboroso. O peito de frango é grelhado com presunto e queijo alemão. Cogumelo e salsa são costumeiramente adicionados ao recheio de queijo. Mas Ean dispensa a salsa, visto que tem ojeriza a temperos verdes.

— Tratam-me como um rei. Um quarto requintado e sempre com boa comida. O que será que estão tramando? Acho que fazem isso com o objetivo de que eu aceite ficar aqui. Sei que nada é de graça; sempre que alguém dá algo, busca uma forma de retribuição. Só preciso descobrir qual exatamente é a retribuição que esperam de mim. — diz a si mesmo diante do espelho.

Com os pensamentos voltados ao alçapão, delicia-se com seu jantar matutando ideias e possibilidades frente à sua descoberta. Sem saber onde pode parar, no momento que adentrar o túnel, regozija-se com a chance de dar o fora dali o mais rápido possível, considerando, inclusive, mudar de país.

Há dias sem se ver seu grande amigo, Leah decide enviar uma mensagem à Ean, mas não recebe resposta alguma. Por estar visitando uma amiga na Cidade Velha, resolve procurar o prédio onde mora, já que nunca o visitara ali. Com um pouco de dificuldade, chega à portaria do prédio, toca o interfone, mas ninguém atende.

A Sr.ª Irenka, percebendo a insistência, decide ir à portaria verificar o que está acontecendo.

— Olá, posso lhe ajudar? — pergunta-lhe curiosa.

— Olá, meu nome é Leah. Sou amiga de Ean e vim vê-lo. Ele não responde às minhas mensagens. A senhora sabe se ele está em casa ou se ainda está morando aqui?

Sem saber como contar a novidade, Sr. Irenka observa Leah envolta em preocupação.

— Leah, aconteceu algo com ele ontem à noite. A polícia esteve aqui de madrugada.

— Como assim? Ele está bem?

— Desculpe-me, mas eu não sei. Talvez, você possa falar com a polícia.

Buscando livrar-se do compromisso, diz-lhe que busque o delegado Jakub Svoboda.

— Obrigado, senhora. — despede-se Leah ansiosa pensando em como encontrar o delegado.

Imediatamente, Leah digita o nome do delegado no buscador e encontra o endereço da delegacia onde trabalha. Vê que fica muito próxima de onde está.

— Vou lá agora!

Tropeçando de nervosismo, dirige-se copiosamente à delegacia onde espera encontrar Jakub. Ao mesmo tempo, lembra-se das orientações que Ean lhe dera, caso ele desaparecesse. O momento havia chegado e Leah sabe exatamente o que deveria fazer com o passo a passo que recebera de seu grande amigo que, agora, mais do que nunca necessitava de sua ajuda.

Ao virar a esquina, vê o alto de um prédio gótico com um escrito "*Policie České Republiky*". Sem saber se é exatamente ali onde encontrará o delegado, apressa os passos com certa dificuldade para caminhar com seu salto quinze vermelho sobre os paralelepípedos.

Sobe os sete degraus e se dirige à primeira pessoa com ar de policial.

— Olá, senhora policial, eu gostaria de falar do Jakub. É muito importante.

— Olá, sim. A senhora está bem?

— Sim, apenas um pouco nervosa.

— Ok, vou ver se ele consegue atendê-la.

— Obrigado!

Enquanto aguarda, torna-se cada vez mais irrequieta devido ao fato de estar em uma delegacia e mais ainda pela missão que deve cumprir para que possa salvar a vida de Ean.

A policial volta, mas sem cara de muitos amigos, o que a deixa ainda mais apreensiva.

— Senhora, pode me seguir. Ele não tem muito tempo, portanto seja breve. Afinal, ele é o delegado de Praga e está sempre muito ocupado.

Tensa, caminha a passadas largas tentando ser discreta.

— Entre, senhora. Meu nome é Jakub Svoboda, sou o delegado de Praga. Como posso ajudá-la?

— Obrigado por me receber. Bom, vou direto ao ponto. É sobre Ean Blažej. Ele é meu melhor amigo. Eu estava passando próximo de seu apartamento e decidi visitá-lo, mas ele não atendia. Então, uma senhora moradora do prédio apareceu e me disse que ele havia sido sequestrado. Por favor, senhor, me explique o que está acontecendo.

— Olha, minha senhora. Na verdade, não sabemos se ele foi sequestrado. O que apuramos é que ele foi levado de seu apartamento, contudo, seu imóvel está intacto. Nem a fechadura foi forçada. Isso nos leva a crer que talvez não seja um sequestro. O caso segue sob investigação.

Leah pressentia que algo não estava bem, pois Ean não a respondia e o delegado dissera-lhe que ninguém conseguia contatá-lo.

— Senhor, veja. Preciso contar-lhe algo. Há algum tempo, Ean me deixou um envelope consideravelmente pesado. Creio que sejam papeis.

— Como assim, você crê que sejam papeis?

— Ele me suplicou para não o abrir e, caso acontecesse algo com ele, o envelope deveria ser entregue ao delegado Jakub Svoboda, no caso o senhor.

— E onde está este envelope?

— Não se preocupe, pois ele está muito bem escondido e só eu sei onde.

— O senhor pode ir comigo buscá-lo agora?

— Com certeza. Vamos já!

Jakub se levanta de sua cadeira resoluto, com certo ar de satisfação mesclado à curiosidade sobre tudo aquilo que poderá descobrir. Os dois saem porta afora apressados, como se estivessem correndo para salvar alguém, o que de fato estavam.

Com a sirene ligada, o Škoda Octavia 1.8 cinza parece deslizar pelas ruas úmidas de Praga em direção ao esconderijo que pode revelar algo muito mais além do que simples documentos.

CAPÍTULO 45

Satisfeito com o delicioso jantar, Ean aguarda ansioso pela vinda do garçom para retirar as louças, podendo assim colocar seus planos em prática. Por ser uma noite de sábado, a SUMG parece totalmente desabitada, pois nenhum ruído se ouve e tampouco recebera alguma visita durante o dia.

Deitado em sua cama, ouve passos se aproximando, mas sua preguiça o impede de procurar descobrir aonde vão. Um silêncio se faz, logo é quebrado pelo som eletrônico de digitação. Mentalmente, conta sete dígitos antes da porta se abrir. Percebe o garçom ansioso entrando em seu quarto como se procurasse algo perdido.

— Com licença, senhor, preciso recolher as louças.

— Claro, fique à vontade. Posso lhe fazer uma pergunta?

— Senhor, não acho uma boa ideia. Não temos autorização para conversar com os hóspedes sobre nada além das refeições.

— Mas é só uma pergunta simples. — insiste. — Faremos assim, eu pergunto e o senhor responde se quiser. Temos um acordo?

— Ok, seja breve. — diz o garçom desconfiado.

— É tudo sempre assim tão quieto e tranquilo aqui dentro? Não ouço ninguém, além do senhor quando vem me trazer as refeições.

— Olha! — hesitou por um momento. — Normalmente não, é que hoje é sábado e nos fins de semana poucos membros da sociedade estão por aqui. A maioria visita as famílias ou simplesmente sai para passar o fim de semana fora. Sábado à noite então, você ouve o som da grama crescendo. É muito silencioso.

— Que interessante. — exclama. — Parece-me um ótimo lugar para ter sossego.

— Amanhã, domingo, é o mesmo. Um silêncio profundo se faz presente. Preciso ir, senhor. Tenha uma boa noite. — despede-se apressado.

— Obrigado, igualmente.

Astutamente, Ean confirma sua tese de que as instalações da SUMG estão praticamente vazias nesta noite, possibilitando-lhe que entre em ação. Contudo, não faz ideia de onde vai parar e, muito menos, do que pode se passar quando descer as escadarias rumo ao desconhecido.

O relógio da parede marca 22h30. Com a tensão aumentando a cada momento, decide começar a executar seu plano a partir das 23h já que o garçom não voltará mais hoje, tampouco alguém mais brotará no fantasmagórico prédio. Sem recursos como um celular ou lanterna, precisa contar com a sorte.

Grudado à porta, tenta certificar-se de que realmente não há ninguém circulando por perto, já que prefere pecar por excesso do que por imprudência. Nenhum som, tudo se encontra no mais assustador silêncio, fazendo-lhe se sentir completamente só no mundo, mas nada muito além daquilo que já sentia em condições normais de vida.

Com um olhar aflito, confirma 23h. Confiando na sua intuição de que ninguém virá ao seu quarto, começa a remover o peludo tapete, erguendo os pés da pesada cama até que o calabouço apareça novamente.

Ao abrir a tampa, suficientemente grande para a passagem de uma pessoa de até cem quilos, as luzes de emergência da escadaria caracol se acendem preanunciando nada mais do que degraus que podem levar Ean a qualquer lugar. Tudo pode acontecer; no fundo, não se sente preparado, mas sabe que não pode recuar.

Jakub estaciona seu carro em frente a um prédio antigo de três andares, em Zizkov, antigo bairro de trabalhadores de Praga, localizado atrás da principal estação ferroviária da cidade. Irrequieto, abre a porta imediatamente.

Conhecendo o ser humano a fundo, Ean desconfia de que Jakub esteja movido mais pela curiosidade e ossos do ofício que por preocupação com a segurança dele, pois assim é a maioria das pessoas. Parecem demonstrar grande apreço quando um semelhante está em perigo, mas, lá no fundo, apenas querem saber o que está se passando. Usam a preocupação como cortina de fumaça pela curiosidade de descobrir algo para fofocar. Em profundidade, raros são aqueles que têm real apreço e zelo.

Leah se sente nervosa, pois não tem certeza se está agindo corretamente, porém, diante da sua aflição, acredita que é a melhor saída, já que segue os conselhos de Ean... Apressados, adentram o prédio e começam a subir as escadas. Por dentro, uma aparência de abandono com a tinta das paredes se esfarelando, cartazes velhos e rasgados pendurados, certo acúmulo de sujeira nos cantos, vidros rachados, escadaria larga.

— Você mora aqui? — Pergunta-lhe Jakub agoniado, quase que sem fôlego subindo as escadas do segundo andar.

— Não. — responde-lhe sem dar explicações.

De sua bolsa, Leah tira um molho de chaves. Insere a primeira, mas não consegue abrir. Tenta novamente com outra chave e assim segue até que, na quinta tentativa, a chave se encaixa e a porta se abre.

— Que saco, nunca acerto a chave de primeira. Entre! Siga-me.

Sem encostar a porta, Jakub a segue por um curto corredor que os leva a uma sala, aparentemente, de visitas. Com poucos móveis, o espaço parece não ser frequentando por uma família, é como se fosse mais característico de alguém solteiro ou viajante estilo mochileiro.

No alto da parede, atrás da estante, Leah remove uma pintura da parede equilibrando-se sobre uma banqueta.

— Segure-a, por favor.

Com cuidado, remove um envelope grosso em tom amarelado com traços semelhantes um papel presumivelmente antigo.

— Pegue-o e me alcance a pintura de volta, por gentileza. Obrigado.

Jakub se senta no sofá amarronzado visivelmente desgastado. Abre o envelope com cuidado, como se estivesse protegendo algo quebrável. De dentro, retira um calhamaço de papeis. Ao tentar folheá-los, percebe que estão grudados em um barbante.

— Ajude-me, por favor.

Segurando a primeira folha, pela ponta do barbante, possibilitando que vá desenrolando as próximas, Leah se percebe diante de uma linda do tempo. Ao estenderem-na pelo chão, alcança quase três metros de comprimento.

— Caramba. Estou estupefato. Ean sabia muito mais do que havia me dito. Tenho certeza de que se eu juntar tudo aquilo que ele me passou não chega a um terço dessas informações. Ele te contou alguma coisa disso?

— Sim, eu sabia algo, mas chegou um momento em que ele me entregava os papeis e me pedia para guardá-los. Ficava me dizendo que era melhor eu não saber de mais nada, para a minha segurança. Pela nossa grande amizade, aceitei fazê-lo como solicitado.

— Eu sempre senti que ele me escondia algo. Olha isso! Se eu soubesse de tudo isso, provavelmente ele não estaria desaparecido agora. Vai saber lá o que fizeram com ele. Ele desvendou até as mensagens criptografadas que usa um sistema de substituição de letras que lembra o atbash que utiliza o alfabeto hebraico. Isso é impressionante!

— Leah — chamou-lhe Jakub olhando em seus olhos e colocando sua mão direita sobre seu ombro —, preciso que você mantenha a mais absoluta discrição sobre isso, não comentando com ninguém. Tenho convicção de que sua vida está em perigo neste exato momento, portanto vamos à delegacia agora.

Apressados, descem as escadas sem olhar para trás, mas com os olhos atentos a tudo. Como precaução, Jakub leva sua arma empunhada até que os dois estejam trancados dentro do carro. Leah carrega os documentos.

— Temos que pensar na possibilidade de você sair de seu apartamento imediatamente. Vou pensar em como podemos escondê-la. Quando você sair da delegacia, já estará acompanhada de um policial.

— Meu senhor!

Tarde da noite, Cipris deixa o *The Times of Praha* como telefone em punho colado à orelha ligando para Jakub. Preocupado por não conseguir falar com Ean, sente que algo de ruim está passando.

— Olá, Jakub. Como você está?

Sem nem o cumprimentar, Jabuk o adverte seriamente.

— Cipris, venha imediatamente à delegacia. Tenho algo urgente que não posso passar por telefone.

— Que aconteceu?

— Venha à delegacia agora!

Assustado, olhando para todos os lados, dirige-se a seu carro, entra e se tranca apressadamente. Coloca sua mochila no banco do carona e seu celular no bolso, mas não antes de dar uma olhada nas mensagens para ver se Ean o respondeu, mas nada.

Insere a chave na ignição acendendo os faróis. Ao girá-la para ligar o motor, seu carro explode pelos ares. A força da explosão sacode a vizinhança, salpicando bolas de fogo a vários metros atingindo inclusive as vidraças do jornal. Tudo acontece em segundos.

Imediatamente, transeuntes feridos entram em desespero, gritam pensando se tratar de um ataque terrorista. Pessoas brotam nas janelas dos edifícios próximos tentando descobrir o que se passa.

No mesmo instante, chamadas inundam as linhas dos serviços de emergência da capital e curiosos se aproximam apontando suas câmeras de celular pouco se importando com a miserabilidade da morte humana que se mostra da forma mais cruel.

Aos berros, pessoas gritam afirmando que é um ataque terrorista, outros tantos correm desolados buscando proteção. Sirenes se aproximam ruidosamente até ensurdecer quem está na cena de guerra em frente ao *The Times of Praha*.

Jakub fica sabendo e, sem pensar, deixa Leah na delegacia, entre em seu carro, gira a chave na ignição. Um lapso de memória o atinge, fazendo-se questionar aonde está indo. Recobra sua consciência e se dirige, furiosa e velozmente, à cena catastrófica.

Ao chegar, confirma o cenário de destruição com pedaços de entulho num raio de trinta metros, vidraças quebradas, lixeiras viradas, pessoas feridas, ambulâncias, desespero, pedidos de socorro, muito choro e um carro completamente destruído. Vê um corpo carbonizado nas ferragens.

Ao ver a sede do jornal, põe as mãos na cabeça temendo pelo pior. Procura vestígios para descartar ou confirmar sua tese. Com o coração acelerado, olhar detetivesco, presta atenção aos detalhes. Aos seus olhos salta uma placa de um carro. Nota que é da República Tcheca, visto que possui as letras CZ, indicando *Czech*. Também percebe que é de Praga, pois vê o número 1, seguido da letra A, indicando os carros da capital e região metropolitana.

Liga à delegacia solicitando verificação.

— Senhor delegado, o carro está registrado em nome de Cipris Liška. Não é o diretor do *The Times of Praha*?

— Filha da p*! Que m*!

— O que disse, senhor?

Desliga o telefone, coloca-o no bolso, olha os arredores atônito.

CAPÍTULO 46

Na recôndita sede da SUMG, o Sr. Havel descansa em seus aposentos. Já é meia-noite. Seu celular vibra, desviando-lhe a atenção de sua leitura.

— Senhor, perdão por telefonar-lhe a esta hora.

— O que deseja? Seja breve!

— Ligo para informar-lhe que o alvo um está eliminado. Estamos trabalhando no próximo.

— Obrigado pela informação. — responde cordialmente.

Ao desligar a chamada, uma sensação de alívio percorre seu corpo, relaxando-o. Retorna à leitura à meia-luz. Seu quarto está banhado em tons de luz dourada emanados da trinca de abajures que se distribui estrategicamente formando um triângulo, lembrando as três pétalas da Flor-de-Lis-da-Sibéria. Na parede, em alto relevo, a mesma flor se desenha reforçando o seu compromisso com a sociedade.

Um homem arguto, o Sr. Havel gosta de sua própria companhia. Não é diferente de qualquer outro intelectual. Sem dedicação e isolamento, não se pode ter um conhecimento profundo e reflexivo da vida, o máximo que se pode é viver superficialmente julgando a vida como injusta; o que, na verdade, é um equívoco, acredita. Um profundo conhecimento é sempre acompanhado de melancolia. O que realmente lhe importa é que a sabedoria permite um homem a ser quem ele realmente é, sem máscaras. Quem não se aprofunda, leva a vida como uma peça de teatro, protegido por máscaras usadas estrategicamente para cada situação, com medo de se mostrar quem realmente é, pois não sabe lidar com julgamentos e não possui autoconfiança suficiente, a qual aflora por meio do autoconhecimento.

Não muito distante dali, Ean estufa o peito, respira profundamente criando a coragem de dar o primeiro passo rumo ao mistério.

Olha para o relógio, respirando fundo outra vez. Feita de concreto, a escada é muito silenciosa. Conforme desce, as luzes vão se acendendo. Nada além da quietude e uma infinitude de degraus encontra ao se locomover cautelosamente.

Para acalmar a ansiedade, conta o número de lâmpadas e degraus, desviando a atenção do descontrole mental que se intensifica. Por um momento, detém-se, pois nota que as lâmpadas à sua frente não se acendem, fazendo-o hesitar. Sem objetivo de retornar, continua descendo passo a passo até perceber uma luz bruxuleante dançar na parede como se fosse uma pessoa dançando ao redor de uma fogueira em um ritual místico a uma entidade onipresente e oculta. Um monte de caixas e livros velhos escondem a entrada da escada, desafiando-o a transpassá-los.

Cuidadosamente, chega a uma sala ampla, com cara de biblioteca do submundo, dando a impressão de que a bagunça que ali se apresenta se perpetua há anos. Livros e mais livros, desorganizadamente empilhados sobre mesas como se estivessem à espera de serem catalogados. Um cheiro forte de produtos de limpeza impregna-lhe as narinas, fazendo-o concluir que fora recentemente limpada, alertando-o de que o ambiente não é abandonado e que, a qualquer momento, alguém poderia surgir.

Inundado de estantes de metal forradas de livros, Ean percebe uma porta doutro lado do espaço. Ao se aproximar, nota que ela não está trancada. Suspira aliviado buscando um ímpeto de coragem para colocar a mão na fechadura arredondada, instantaneamente percebendo uma Flor-de-Lis-da-Sibéria com três pétalas lindamente esculpida na madeira da porta e na própria fechadura.

Olha para trás. A luz bruxuleante continua. Vira-se e gira a fechadura lentamente. Na mesma velocidade, abre a porta e diante de seus olhos surge um corredor imenso com luzes acesas ao chão mostrando o caminho a se seguir. Requintadamente, move-se. O silêncio impera. Um pânico parece invadi-lo. Para por um momento, respira fundo e prossegue. Chega a um pequeno salão arredondado, o qual leva a várias portas todas identificadas com letras aleatórias. Observando-as, percebe que as palavras estão criptografadas da mesma forma que os documentos que usurpara.

Com um pouco de esforço, faz a substituição mental das letras em questão pelas correspondentes. Em uma das portas, lê a palavra *DIRETORIA*, em parênteses, aparece *CINOCÉFALO MOR*.

— *O que há de tão secreto aqui que tudo está escrito de forma criptografada.* — sussurra para si mesmo. — *Isso parece tão misterioso que se eu descobrir o que é e revelar ao mundo ficarei famoso.* — pensa invadido por um breve desejo de fama mesclado ao ego.

Na outra porta lê *RECEPÇÃO.* Ao lado *BIBLIOTECA.* Continua girando seu pescoço até chegar a uma porta que chama sua atenção. Aparentemente, mais reforçada e lacrada por um painel eletrônico com leitura ótica. Instantaneamente, conclui que o caminho de sua fama é por ali.

— *É aí que eu preciso entrar!*

Nos arredores do *The Times of Praha*, Jakub procura encontrar testemunhas da bomba apocalíptica que abalou as estruturas da Cidade Velha e ceifou a vida de Cipris. Caminhado com dificuldade entre os destroços cruelmente espalhados, percebe algo no chão refletindo as luzes conforme move sua cabeça.

Ao se aproximar, nota um broche arredondado de metal com uma flor de três pétalas entalhada na superfície. Abaixa-se e o observa curiosamente. Solicita a uma auxiliar que faça os devidos procedimentos de registro e recolha o objeto, mas antes tira uma foto com seu próprio celular, considerando o caso de desaparecimento da prova.

Com a cena mais calma, conversa com curiosos encontrando algumas testemunhas que afirmaram ver Cipris saindo do jornal falando ao celular; em seguida, viram o carro ir pelos ares.

No fundo, ele sabia o que havia acontecido ali e quem estava diretamente envolvido. O seu problema era encontrá-los. Mais impotente ainda se sentia pelo fato de que o celular grampeado de Ean não lhe trouxera absolutamente nada que pudesse ajudá-lo.

CAPÍTULO 47

Leah, cansada de esperar, pede autorização para ir para casa, mas é impedida.

— A senhora precisa ficar, pois está sob proteção. O policial que irá lhe acompanhar já está chegando, aguarde mais um pouco. Gostaria de um café ou chá?

— Café, por favor. — responde visivelmente incomodada. — Posso pelo menos ligar para o meu pai?

— Sim, mas use este telefone aqui, não o seu celular. É para a sua segurança e de sua família também.

Sem pestanejar, a policial se afasta em busca do café. Leah fala com seu pai que já está preocupado, pois ainda a aguarda acordado.

Não muito distante, Jakub ainda vasculha a cena explosiva em busca de algo que o ajude a decifrar o que está acontecendo, mas a conexão com Ean já lhe parece óbvia, pois Cipris não tinha nenhum antecedente criminal e tampouco registrara algum boletim de ocorrência durante sua vida.

— Ouçam-me todos — Jakub chama a atenção de seus subordinados subindo o tom de voz. —, comuniquem-me imediatamente a respeito de qualquer descoberta inusitada ou que pareça óbvia demais.

Com o celular em mãos, manchetes de jornais pipocam em sua tela. As televisões e rádios fazem transmissões ao vivo com especialistas opinando sobre a possibilidade de ataque terrorista. Repórteres curiosos brotam nos arredores querendo uma palavrinha do delegado que os ignora.

"*Urgente: Cipris Liška, diretor do The Times of Praha, morre em possível atentado terrorista*".

"Breaking news: explosão de bomba em carro mata o diretor do The Times of Praha".

"Agora: possível ataque terrorista mata Liška, diretor do The Times of Praha".

"Atentado terrorista na Cidade Antiga de Praga mata Cipris Liška, diretor do The Times of Praha".

Jakub ainda não havia feito nenhuma declaração oficial, pois a sua ideia era gravar um vídeo explicando a situação e enviá-lo aos meios de comunicação, assim evitaria repórteres fazendo-lhe mil perguntas e inflamando mais terror ainda na população.

Já com caminho traçado e sabendo onde deveria entrar, Ean decide retornar ao quarto para pensar em um plano que lhe permitirá adentrar a misteriosa sala.

Pé por pé, volta ao depósito de livros. Ao encostar a porta, ouve vozes se aproximando vindas de onde estivera. Sem tempo de subir as escadas, esconde-se atrás de uma prateleira de livros no mesmo instante em que a porta se abre.

Tranquilamente conversando, um homem e uma mulher, uniformizados com macacões pretos, dirigem-se a uma das mesas onde estão as pilhas de livros. Sem ousar qualquer movimento, Ean fica paralisado torcendo para que não seja pego e que não resolvam subir as escadas.

— Nós temos que catalogar todos estes livros nesta próxima semana. Creio que há uns duzentos somente sobre esta mesa. — afirma a mulher com voz abafada.

— Sim. — responde o homem. — Teremos muito trabalho.

Percebendo que os dois vieram apenas trazer umas caixas, Ean se sente aliviado em vê-los sair rapidamente e encostar a porta. Por via das dúvidas, decide permanecer mais um tempo escondido, pois poderiam retornar a qualquer momento.

— Que diabos fazem aqui a esta hora? Mulheres? É a primeira que vejo uma aqui. Isso é muito estranho. Eu não havia pensado antes, mas a sociedade é majoritariamente masculina.

Novamente em pé, desloca-se apressadamente em direção à escada. Cada aposento tem uma escada secreta direta a uma sala de livros para evitar que as pessoas ali, em *retiro*, encontrem-se fora do espaço e percam seu tempo com conversas inúteis. O objetivo da estadia é isolamento em busca de conhecimento.

Nos pés da escada, dá uma olhada geral para a sala como se buscasse fotografá-la em sua mente para usar as informações a seu favor. Sobe os degraus silenciosamente evitando passos bruscos. Ao chegar ao topo, verifica se o quarto está vazio; já dentro do seu aposento, arruma-o atenciosamente sem deixar vestígio algum de sua aventura noturna.

CAPÍTULO 48

Deitado em sua cama, Ean questiona-se sobre como acessar a sala secreta, onde possivelmente encontrará os segredos mais sórdidos da SUMG. Refletindo sobre o fato de ter descoberto a passagem, pergunta-se se o colocaram neste quarto propositalmente esperando que a descobrisse. Caso fosse, certamente o estariam monitorando.

Com essa hipótese, decide que precisa ser mais cauteloso e buscar uma forma de seguir com seu plano. Os desafios são grandes, pois não tem ideia de onde e do que pode encontrar, menos ainda do que pode acontecer se for descoberto. Contudo, na situação em que se encontra, promete para si que não vai sair dali sem descobrir tudo aquilo que se esconde e quem está por trás de tudo e com qual objetivo.

Na delegacia, Jakub elege uma sala mais privativa para manter a discrição sobre as investigações. Agora, trabalha arduamente para descobrir o que aconteceu com Cipris, além da busca por Ean.

Contente pelo fato de o desaparecimento de Ean estar anônimo, reúne seu pessoal. São 02h47 da madrugada e seu descanso de domingo já fora por água abaixo.

— A situação é muito caótica e perigosa. — diz aos subordinados. — Como vocês sabem, já temos Ean desaparecido, agora o hollywoodiano episódio com Cipris. Temos que trabalhar duro. Lembrem-se de que o caso de Ean precisa ser mantido em sigilo. Não temos certeza, mas creio piamente que existe alguma ligação entre os dois casos. Não pode ser uma coincidência.

— Senhor, como faremos? Vamos dividir a equipe e cada uma investiga um caso? — pergunta-lhe uma policial novata.

— Sim, vamos dividir as equipes, cada uma terá um responsável que deve se reportar diretamente a mim. A minha cabeça está em jogo, pois sei que a qualquer momento vou receber uma chamada do Sr. Věroslav Šimek, nosso presidente, pois a explosão abalou o país inteiro e está nas manchetes dos principais jornais do mundo. Sabemos muito bem que a Europa está sendo assolada por uma onda de terrorismo e todos os jornalistas já tratam este caso de hoje como mais um. Aguentem firme, pois a pressão será grande. Mãos à obra.

Enquanto seus subordinados se retiram da sala, Jakub arruma um espaço sobre a mesa e coloca a papelada encontrada. Às suas costas, um grande painel guarda a linha do tempo que culminou com o desaparecimento de Ean.

Inferno! Minha vida já tava uma droga antes e agora com isso tudo, tô ferrado mesmo. Minha mulher já quer a minha cabeça faz tempo, agora o presidente vai querer. Minha única saída é resolver os dois casos, mas o casamento não sei se salvo — reflete desanimado. Sentado em sua cadeira, passa as mãos pelos cabelos tentando aliviar a tensão.

Leah ainda o aguarda com as pernas cruzadas e, impacientemente, chacoalhando o pé direito como se isso aliviasse seu estresse e canalizasse suas emoções para fora de si.

— Leah, a senhora está liberada para ir à sua casa. Como eu lhe disse, um policial irá acompanhá-la e ficará por lá. Lembre-se de tomar cuidado, pois, como eu também já falei antes, sua vida pode estar em risco. — adverte-a Jakub.

— Sim, senhor. Por favor, me informe sobre Ean. — implora Leah.

— Sim! Outra coisa. Se o Ean entrar em contato com você, me fale imediatamente. Entendeu? Não esconda nada, pois estará infringido a lei. Espero ter sido claro. Tenha uma boa noite.

Sem dar tempo para Leah respondê-lo, vira as costas e volta à sua sala. Seus olhos esbugalhados por falta de sono prenunciam olheiras pelos próximos dias.

O dia amanhece e os raios do sol invadem o quarto impiedosamente. Ean tenta cobrir sua cabeça para dormir um pouco mais, mas se sente sufocado. Preguiçosamente, levanta-se e se senta na cama por alguns minutos. Acostumado a estar fazendo algo todo o tempo, pensa em como será seu dia trancado sem sequer um livro para ler.

Abre a persiana. Um céu azul sobre sua cabeça o faz se sentir miserável, como se tivesse chegado ao fundo do poço. Um sentimento de derrota invade seu coração, pensa em tudo o que fizera na sua vida e sairá vivo dali. Sem poder abrir a janela, percebe que o vidro é blindado. Se existia alguma chance de sair por ali, não existe mais.

Mais uma vez ouve o painel eletrônico. A porta se abre e um delicioso café da manhã desliza sobre rodas quarto adentro. Curioso, aproxima-se atraído pelo *Bom dia* do garçom, mas sem sentir desejo de ser recíproco. Rapidamente, sai e Ean se sente mais miserável ainda, como uma flor morrendo por falta de água.

CAPÍTULO 49

O domingo amanhece silencioso em Praga. Jakub continua na delegacia, trancado em seu escritório, dormindo sobre a mesa. Apesar da baderna da noite, tudo parece calmo demais para as fortes emoções que vivenciou.

Aos poucos, os ruídos da cidade começam a se intensificar, mas, antes que isso, um som estridente e repentino o acorda.

— Alô — atende com uma voz sonolenta.

— Sr. delegado Svoboda, sou Věroslav Šimek, o presidente da República Tcheca. Como o senhor está? Precisamos conversar urgentemente.

A imponência do nome e cargo que acabara de ouvir fazem-no tremelicar.

— Sim, senhor. Sou eu, Jakub. Como posso lhe ajudar? — respondeu como se fosse um filho sendo repreendido pelos pais.

— Precisamos conversar agora, pois a cidade de Praga está um caos e todos estão com medo. Estou muito preocupado e preciso agir imediatamente antes que comecem a pipocar na mídia que o presidente está sendo omisso. Você sabe como é a opinião pública... Por mais que se trabalhe corretamente, você é normalmente massacrado e, de forma alguma, agrada a todos.

— Sim, claro. Onde nos encontramos?

— Preciso que venha ao palácio presidencial. Até logo.

Sem chance responder algo, como um soco, o telefone se desliga. Jakub sente muita tensão, pois sabe que aqueles dias de que nenhum policial gosta chegaram. Dias de pressão do presidente e da opinião pública.

Sem perder tempo, entra em seu Škoda Octavia 1.8 cinza, respira fundo e gira a chave na ignição.

Entediado, sentindo-se um pouco cheio pelo café da manhã que devorara, Ean se deita em sua cama. Reflexivo, acredita que sua grande chance de sair dali está prestes a acontecer; para isso, seu plano meticulosamente traçado em sua mente, precisa ser colocado em prática.

A oportunidade é quando o garçom virá recolher as louças do café da manhã, já que ele é a única pessoa a quem Ean tem acesso e, de certa forma, parece um pouco inseguro passando a impressão de que pode ser facilmente enganado.

Ean nunca brigara fisicamente com alguém, exceto quando era criança, época em que explodia como uma dinamite ao ser confrontado, porém isso pouco vezes acontecera, para sua sorte, pois poderia ser soqueado facilmente.

Novamente, as teclas do painel eletrônico estão sendo pressionadas. Com os ouvidos colados à porta, Ean decide se afastar e esperar o garçom adentrar seu quarto para dar início aos ataques coordenados que planejara.

A porta se abre, o garçom entra e a tranca, seguindo as regras de segurança. Cordialmente, de dentro do banheiro, Ean o saúda. Enquanto recolhe as louças, distraído, Ean reclama do seu chuveiro que não está esquentando.

Ao sair de lá, solicita-lhe, educadamente que verifique.

— Eu sei que o senhor é o garçom, mas será que poderia dar uma olhada no meu chuveiro? Ele não está esquentando. — implora-o.

Mirando-lhe cético, assente. Ao entrar no banheiro, Ean se aproxima por trás e o empurra violentamente com o seu pé esquerdo, fazendo-o com que caia sobre a pia, escorregue e bata a cabeça no vaso sanitário, caindo desacordado.

Por via das dúvidas, o amordaça e amarra suas mãos às suas costas. Rola seu corpo para debaixo da pia, permitindo que a porta obtenha seu ângulo de fechamento. Retira a chave da porta, perguntando-se a razão de haver uma chave ali. Tranca-o e a coloca no bolso. À porta principal, arrasta a escrivaninha, bloqueando-a, impossibilitando qualquer um de adentrá-lo.

Sentindo-se apreensivo, olha-se no espelho como se estivesse constrangido pelo que acabara de fazer. Sem muita coragem de se olhar nos olhos, desvia seu olhar para a porta do banheiro.

— Estou certo de que irão demorar para dar a falta dele e, mesmo que o façam, duvido que saberão onde buscá-lo. Ademais, o quarto é a prova de som, então terei tempo suficiente, suponho. — diz a si mesmo buscando reforçar a ideia de que a hora chegou.

Imediatamente, começa a remover o tapete, abre o alçapão. Olha para a parede, o relógio marca 09h13 de uma manhã de domingo. Vira-se e começa a descer os degraus, à medida que avança, uma dança de luzes vai se acendendo e iluminando seu caminho e, ao mesmo, apagando-se às suas costas.

Ao chegar aos pés da escadaria, observa a montanha de detritos que se acumula a seus pés. Ultrapassa-a e segue continuamente até a porta que o leva ao corredor que o transportará à diretoria, onde precisa entrar.

Por um momento, lembra-se de Pavel, seu amigo conhecido que desvendara os documentos criptografados. Ao longo de alguns encontros secretos, ele ensinara a Ean muito truques de criptografia, com os quais seria possível, inclusive, desvendar quase qualquer teclado eletrônico. Lembra-se também da primeira vez em que estivera detido ali quando, ao ser levado à sua cela, notara que todas as portas continham um painel eletrônico e que, portanto, possuíam um código numérico. Ean havia se antecipado.

Durante meses, Ean procurou palavras nos documentos que usurpara, as quais poderiam, de alguma maneira, serem criptografadas e transformadas em senhas para abrir as tais portas. Seguindo sua intuição, trabalhou com a mesma ferramenta de criptografia que usara antes, adaptando-a. Para chegar a possíveis códigos de abertura das portas, Ean escrevia os números de zero a vinte e seis em uma linha. Na linha debaixo, escrevia as letras do alfabeto. Assim, teria os números de zero a vinte e seis na primeira linha e as letras de A a Z na outra. Mesmo que a substituição é, tradicionalmente, feita por outras letras, Ean usou números, pois os teclados são apenas numéricos.

Depois, trocava as letras por números. A sigla da sociedade *SUMG* equivale aos números 18-20-12-6. Sabendo que a senha poderia não ser tão fácil, após obter os números, invertia-os. Então, nesse caso, passava a ter o código: 6-12-20-18. Destarte, fez muitas combinações, mas sabia que apenas teria a possibilidade de usar três delas, visto que as portas seriam bloqueadas automaticamente, caso nenhuma das tentativas fosse bem-sucedida.

Como sempre fazia em sua vida, mais uma vez deveria confiar em si mesmo. Sem embargo, a possibilidade de acertar a senha era uma em um milhão. Tinha ciência disso, mas seu instinto de sobrevivência lhe dizia que um dia ele voltaria à SUMG e de sua inteligência e intuição, dependeria a sua vida. Mais uma vez, em um importante momento de sua existência, estava só.

Com ouvidos atentos, além de contar com a sorte de abrir a porta, precisa de uma dose extra para não ser pego por câmeras. Para amenizar a sua ansiedade, não há nenhuma à vista. De frente para a temida porta, suas mãos tremem, pois, além de toda a tensão, não sabe o que encontrará lá dentro. Dá uma olhada ao redor e, hesitante, começa a digitar a primeira senha:

14-19-13-4-12-8-2-4-7-13-14-2

Os números invertidos correspondem às letras que formam a palavra CONHECIMENTO.

Aperta o botão verde. Quase morre de aflição. Segundos se passam, nada acontece. Conclui que esta não é a senha. Querendo desistir, olha para o segundo código. Lembra do garçom em seu banheiro e sabe que não existe volta. Precisa acessar a sala secreta. Inala um ar profundo e começa a digitar novamente.

0-8-5-14-18-14-11-8-5

FILOSOFIA é a palavra que descriptografou. Demorados segundos se passam, nada além de silêncio em meio à penumbra que invade o ambiente dando destaque às cores do teclado eletrônico diante de si.

Sua última chance. Lembra-se dos filmes a que sempre assistia em que, normalmente, a última tentativa costuma dar certo. Sabe que é tolice, mas resta ter fé de que o mesmo vai se passar neste momento. Um paradoxo para uma pessoa cética com Ean, ter fé em algo. Mãos rijas, engole a secura de sua saliva que desapareceu de sua boca, pisca nervosamente, como fazia Pavel quando estava desvendando algo.

CAPÍTULO 50

Descontrolado, Jakub chega ao imponente Castelo de Praga, onde é a sede da presidência da república. Ao identificar-se, é imediatamente autorizado a entrar. Sem tempo de estacionar, avista o presidente ansioso pela sua espera, no pátio. Respira fundo.

Jakub faz o sinal da cruz, desce do carro, dirige-se ao presidente que faz cara de poucos amigos. Aproveitando a bela manhã de domingo, céu azul e temperatura agradável, Šimek o convida para que se sentem em um banco nos jardins do castelo.

— Sr. delegado, de antemão, digo-lhe que sei a pressão pela qual está passando. O mundo todo está de olho em nós, principalmente Bruxelas que está exigindo explicações urgentes, pois acredita que qualquer país da União Europeia pode ser atacado a qualquer momento. Sabe como são malucos! Eu também estou sendo pressionado e, como lhe disse por telefone, se não agirmos, sobrará até para mim, causando uma crise no governo. Você sabe muito que na hora das eleições vão esfregar isso na minha cara.

— Sr. presidente — gagueja Jakub. —, estamos fazendo o máximo possível para apurar o que aconteceu ontem. Eu passei a noite toda na delegacia trabalhando e assim continuarei hoje. Existe uma coisa que preciso contar ao senhor e que estamos mantendo sobre sigilo.

— Sem meias palavras, delegado. Diga!

— O senhor conhece Ean Blažej, diretor de jornalismo do *The Times of Praha*?

— Sim, sei quem é. É aquele que foi jogado de uma van na frente da igreja. O que tem ele?

— Bom — pigarreia Jakub. —, ele está desaparecido desde a noite de sexta-feira. Foi sequestrado, mas estou em dúvidas se foi realmente isso, pois a porta de seu apartamento não foi arrombada. Parece que quem o levou tinha a chave ou o próprio Ean abriu a porta. Contudo, a vizinha disse que o viu ser arrastado por quatro figuras para uma van que o esperava do lado de fora do prédio. Desde então, não conseguimos contato com ele.

— Vejo isso com muita preocupação, pois esse tal de Ean trabalha com Cipris, não?

— Sim e não. Ean estava de licença, pois estava passando por momentos difíceis. Senhor, o que vou lhe contar é confidencial.

— Prossiga...

Sob os gentis raios de luz, a conversa se seguiu por quase 30 minutos em meio a exigências e sutis ameaças do presidente. Šimek, de certa forma, usufrui do conhecido conceito de *soft power* ou poder brando, muito utilizado nas Relações Internacionais entre os países para influenciar outra nação por meios culturais ou ideológicos, ou seja, de uma maneira suave, sem imputar violência, como fazem as guerras. Ele, de maneira alguma, quer ver sua reputação ser jogada na latrina sendo acusado de ingerência, ainda mais agora que sabe sobre o desaparecimento de Ean e a respeito da misteriosa linha do tempo, assim como dos documentos criptografados que possuía.

Trancada em seu apartamento, Leah verifica o telefone frequentemente preocupada com o desaparecimento de Ean. Relê as mensagens que haviam trocado na esperança de descobrir algo. Nada ressalta aos olhos.

Mentalmente, repassa todos os encontros que tiveram desde o dia em que Ean contara-lhe sobre o pesadelo que tivera e o fizera acordar com a cara no chão de sua sala. Não sabendo se poderá ir trabalhar na próxima semana, fica imersa em dúvidas e certa ansiedade. Seus olhos lacrimejam.

De volta à delegacia, Jakub observa a linha do tempo. De certo modo, muitos eventos ainda lhe parecem misteriosos e a dúvida paira no ambiente.

O que será que Ean tem com Kokořínsko? Isso é muito estranho, pois é o único lugar de fora da capital que aparece nessa papelada toda... O celular dele perdeu o sinal na saída norte que, coincidentemente, também leva ao parque...

De repente, Jakub faz uma conexão aparentemente tola, culpando-se por não a ter estabelecido antes.

A informação que tenho é de que Ean calculara uma viagem de pouco mais de 1h quando fora sequestrado. Isso bate perfeitamente com a distância a este local — aponta o dedo ao mapa como se estivesse mostrando a alguém. — *Como eu não vi isso antes?*

Com um bloco de anotações em mãos, começa a traçar a sua própria linha do tempo.

CAPÍTULO 51

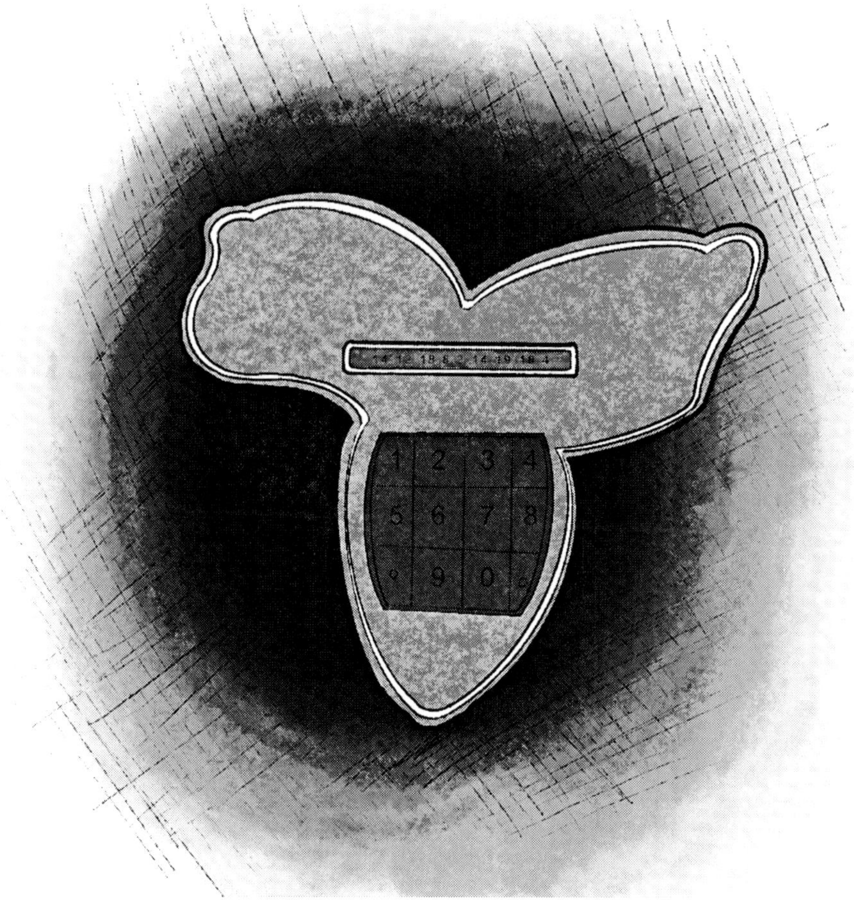

14-12-18-8-2-8-14-19-18-4

Diante de sua última chance, Ean hesita antes de pressionar o botão verde que o permitirá ou não adentrar a sala. Novamente se lembra do garçom e do fato de que não tem outra saída que não seja dar o fora dali o mais rápido possível.

Ao pressionar o botão de confirmação, inacreditavelmente, a porta começa a se abrir lenta e automaticamente, dando a impressão de que pesa toneladas. Ean espia a sala que está envolvida em uma penumbra com luzes amareladas distribuídas em painéis plafon ao longo de sua extensão.

Lembra-se da noite em que invadira o ambiente pelo teto roubando alguns documentos. Vagarosamente entra. Cauteloso, olha para todos os lados e nada, absolutamente nada aconteceu, além de a porta se abrir. Nenhum ruído, alarme ou luzes esboçaram algum sinal. Fecha a pesada porta às suas costas.

Toda construída em tons de madeira, a sala é suntuosa e demonstra o poder da SUMG, mas destoa da facilidade de acesso que Ean tem tido. Uma vez dentro da sede, é basicamente possível acessar qualquer sala se tem-se inteligência e intuição, o que não lhe falta. Mais uma vez se lembra dos ensinamentos de Pavel.

Aproxima-se da mesa do Cinocéfalo Mor, observa tudo com muita atenção. Sobre ela, um laptop de treze polegadas com a tampa aberta, dando a impressão de que alguém havia saído, mas logo voltaria. Um porta-canetas com vários lápis e canetas de cores vermelha, azul e preta e uma chave de lembrancinha de viagem da cidade de Praga pendurada em uma delas, juntos de uma agenda fechada, uma lâmpada de mesa flexível e uma pilha de livros no canto direito ocupam quase toda a extensão da tábua de Amaranto em diferentes tons violeta.

Em formato retangular, dos quatro cantos, sobem colunas em estilo romano que ligam o chão ao opulento teto esbranquiçado com detalhes em ouro que correm em linhas perpendiculares cobrindo toda a superfície estrategicamente distribuídas objetivando equilibrar os detalhes do ouro com o branco do teto e o violeta das madeiras que compõem toda a mobília.

Cobrindo todas as quatro paredes, encontram-se estantes forradas de livros dos mais variados tamanhos e formatos, falando principalmente sobre filosofia estoica. Aparentemente, nenhuma outra porta existe, além daquela pela qual passou.

Seu bolso vibra, Ean enfia a mão e pega o celular do garçom. Ean usou a digital dele para acessá-lo e desativar o bloqueio. Assim, com acesso total ao aparelho, lê uma mensagem de um grupo intitulado *Cozinha.*

Alguém chamado Lucienne pergunta onde ele está. Ean pensa em uma mensagem que possa despistá-los.

Me senti mal e tive que vir descansar. Já tomei remédio e vou dormir agora. Creio que estarei bem para o horário do almoço.

Com essa mensagem, acredita que ninguém irá procurar o garçom em seu quarto. Colocando o telefone novamente no bolso, locomove-se lentamente pela sala com olhos e ouvidos atentos. Nada de especial chama a sua atenção, mas acredita que, em algum lugar por detrás daqueles livros todos, há alguma porta secreta.

Abaixa-se e olha por debaixo da mesa na ânsia de encontrar algum botão que possa permitir-lhe alguma passagem. Retira as gavetas da mesa e encontra no fundo de uma delas, um botão muito discreto. Contudo, não faz ideia do que aconteceria ao pressioná-lo. Pensa na possibilidade de abrir uma desejada porta, soar um alarme ou até mesmo na autodestruição da sala. Sua imaginação sempre considera todas as possibilidades, por mais remotas que possam ser.

Lembrando-se da situação em que se encontra, não há uma alternativa. Hesitante, decide levantar e investigar mais detalhadamente buscando algum outro botão ou porta secreta. Rapidamente, começa a remover alguns livros para ver o que há por trás, mas se dá conta de que levaria horas fazendo aquilo.

Volta-se à mesa, abaixa-se e, tomado por um ímpeto insano, pressiona o botão. Ouve um clique vindo do lado oposto à entrada. Alguns segundos depois, uma estante começa a se mover, dando espaço a uma parede branca com outro teclado e, para seu azar, um escaneador de retina.

Ao mesmo tempo em que se aproxima da porta, sente suas chances de abri-la diminuírem como se fossem fogo sobre a palha. Sem muitas esperanças, decide enviar uma mensagem de áudio à Leah, solicitando-lhe que entre em contato com Jakub, imediatamente.

Oi, Leah. Eu estou em perigo, mas ainda estou bem. Por favor, envie a seguinte mensagem ao Jakub urgente: Jakub, preciso de sua ajuda. Eu fui sequestrado pelos mesmos elementos da outra vez e acho que estou no mesmo lugar. Creio que fica no parque Kokořínsko, mas não sei onde exatamente. Eu consegui fugir do apartamento onde eu estava sendo mantido e estou em uma sala, certamente é do chefe disso tudo. Não sei quanto tempo tenho e nem como sair daqui, mas estou tentando descobrir o que escondem. Espero que consiga me ajudar. Não consigo puxar a localização no aparelho!

Voltando-se à porta, percebe que embaixo do teclado existe um espaço para introduzir uma chave. Com um olhar investigativo, aproxima seu rosto tentando examinar que tipo de chave seria. Ao que tudo indica, é uma normal. Antes disso, tenta digitar o mesmo código de acesso que abrirá a porta principal.

Atônito, ouve um estalar. Uma voz sussurra: *aproxime-se para a identificação pela sua retina.* Isso significa que o código funcionou e que está a um passo de possíveis grandes descobertas.

De repente, tem a impressão de ouvir sons de digitação de teclado eletrônico da porta da biblioteca. Voa para debaixo da mesa em Amaranto, pressiona o botão e a porta misteriosa se fecha. Tudo fica silencioso quando a porta principal começa a se abrir vagarosamente.

— Mas que diabos é isso? — apavora-se.

Emudecido, sons de solado de sapato se aproximam lentamente da mesa puxando a cadeira e preparando-se para sentar-se. A segundos de ser descoberto, mira sua mão direita nas partes baixas, golpeando com toda sua força. Ouve um urro e um homem se retorcendo em sua frente. Levanta-se rapidamente e chuta-o na boca do estômago repetidamente.

Procurando algo para amarrá-lo, encontra uma fita adesiva que caíra de uma das gavetas. Ata as mãos do ser às costas e passa a fita adesiva inúmeras vezes ao redor de sua boca. Inofensivo, o homem geme ferozmente. Ean nota que se trata do Cinocéfalo Mor, Sr. Bedrich Havel, e fica mais preocupado.

Contudo, em meio a todo esse alvoroço, está aí sua chance de acessar a sala, pois já sabe que encontrou os olhos de que precisa para a leitura de retina. Resolve passar a fita adesiva ao redor dos pés do homem, impossibilitando que consiga chutar ou correr. Pressiona o botão. Começa a arrastá-lo pelos pés em direção à porta, sem dificuldade.

— Desligue todas as câmeras daqui e dos corredores. Agora mesmo. — ameaça-o Ean.

— Elas já estão desligadas, pois estão em manutenção hoje. É por isso que você chegou até aqui, caso contrário teria sido pego, seu imbecil desgraçado.

— Cale a boca!

Digitando a senha ansiosamente, espera a porta se abrir. Na sequência, ergue o homem para que seus olhos alcancem o leitor. Ao fazê-lo, nega-se a abri-los. Como forma de coação, Ean ameaça chutar suas partes novamente, mas não surte efeito. Então, forçosamente, abre uma das retinas, lutando contra a força do Cinocéfalo Mor.

Aproxime-se para a identificação pela sua retina

Ean quase crava seus dedos dentro dos olhos do homem forçando-o a abri-los. Depois de três tentativas, consegue abrir. Relutante, o homem cai aos seus pés gemendo de dor e cuspindo ódio pelos olhos, ficando ali mesmo tentando se livrar das amarras.

— Agora me passe o código do pager!

Sem esperar, Ean o chuta novamente no estômago. O senhor Havel urra de dor... Mal conseguindo falar, resmunga que o aparelho está no bolso do seu paletó. Ean o pega, digita o código final, passando pela terceira etapa de verificação.

CAPÍTULO 52

Boquiaberto, Ean olha para a sala de paredes brancas e vê uma enorme Flor-de-Lis-da-Sibéria em alto relevo na parede oposta à entrada. Em tom lilás, a flor chama a atenção de longe pelo seu tamanho e beleza, parecendo uma pintura pós-impressionista de Van Gogh, pura e solitária.

Com aproximadamente cinquenta metros quadrados, a sala possui diversos cofres embutidos nas paredes. Ao se aproximar, percebe que estão trancados e que não possuem teclado, nem acesso à chave. Em tamanho minúsculo, no canto inferior esquerdo de cada cofre, Ean vê um leitor de retina. Imediatamente, já sabe como abri-los.

Pesadamente esculpidos em aço, os cofres em cor branca se somam ao número de setenta e sete. Lembra-se de outras combinações com o número sete que vira, como os degraus das escadas. Contudo, todos esses números ainda não lhe fazem sentido. Volta-se ao Cinocéfalo Mor.

— Sr. Havel, preciso de sua ajuda novamente. Caso não queira colaborar, arranco seus olhos com minhas mãos. — diz-lhe, como se estivesse fora de si.

Raivento, Sr. Havel mira Ean como se pudesse matá-lo com um olhar. Envolto em uma adrenalina nunca sentida antes, Ean se aproxima tomando-o com suas mãos grandes, encarando-o assustadoramente.

— Você gostaria de ter seus olhos arrancados? Estou disposto a tudo para abrir estes cofres! É bom que o senhor esteja na mesma sintonia.

Com dificuldade, Ean aproxima o olho esquerdo do Sr. Havel e a mágica acontece. Sem tardar, em uníssono, todos os cofres se abrem. Maravilhado, gira seu corpo 360 graus contemplando todo aquele conhecimento que estava diante de si que, possivelmente, revelaria o mistério em que sua vida mergulhara.

Esticando as mãos para pegar os documentos do cofre um, nota que tudo está criptografado. Desde a capa até a última folha. Cada um contém um arquivo que, aparentemente, podem ser perfis de pessoas que fazem parte da sociedade. De cofre em cofre, vê o mesmo, como se um cofre fosse clonado setenta e sete vezes.

Ao se aproximar do fundo, nota um pequeno painel eletrônico escondido nos contornos da retumbante flor. Com um olhar mais atento, percebe que é outro leitor de retina. Sem pensar, fulmina Sr. Havel, correndo até ele para arrastá-lo e abrir a outra sala misteriosa.

Relutante, Sr. Havel se debate como se estivesse sendo dragado pela sucção de um aspirador de pó gigante. Sem desistir, arrasta-o ruidosamente, coloca-o de pé e o força a abrir os olhos para a leitura. À sua frente, a flor começa a se mover dando acesso a uma sala semelhante a uma biblioteca com sete grandes cofres distribuídos estrategicamente.

Por um momento, o olhar de Ean congela no número sete. Seu cérebro se desliga, como se fosse apertado por um botão. Seus olhos vão além da superfície, penetrando a parede, fazendo-o se lembrar de uma entrevista que realizara com uma numeróloga, há alguns meses.

...Na China antiga, o sete era associado ao lado masculino, o Yang. Também, há sete dias da semana, sete cores no arco-íris e sete notas musicais. Na numerologia, o sete simboliza o mistério, o ocultismo e a busca por uma sabedoria que vai além do lugar comum. Sete também são os caminhos da evolução espiritual: humanidade, fé, amor, conhecimento, lei, forma e vida. São sete os livros da saga de Harry Potter e as maravilhas do mundo.

O sete exala uma forte energia crítica e autocrítica. Isso faz com que as pessoas regidas por ele demandem demais de si próprias, possivelmente afetando o relacionamento com outras pessoas, inclusive amoroso e profissional. Os nativos da casa sete têm muita sede de conhecimento natural e são conhecidos por serem mais propensos a sentirem e agirem melancólica e solitariamente.

Quem é regido por esse número geralmente é mais reflexivo, intelectual e voltado ao seu interior. Ele é considerado o número perfeito, pois é o único número que não é múltiplo e nem divisor de nenhum outro algarismo entre 1 e 10.

Um gemido desperta-o, voltando seu olhar ao moribundo senhor aos seus pés... Outra vez, a leitura de retina é necessária para o desprazer do Sr. Havel que é impiedosamente arrastado. Relutante, tenta se desvencilhar dos braços de Ean, mas leva um chute potente em seu estômago contorcendo-se de dor. Caído, Ean o ergue com a força do ódio, colocando seu olho no ângulo apropriado para a leitura. Uma mensagem soa.

Aproxime-se para a identificação pela sua retina

Ao fazê-lo, já na terceira tentativa, Ean respira aliviado ao ver todos os sete cofres se abrirem concomitantemente. Mais uma vez nota que os documentos estão todos criptografados, amaldiçoando Sr. Havel.

Mas que m! Qual é a razão de tanto segredo? Para ler isso, no mínimo é preciso de alguma tecnologia de leitura inteligente, pois lê-los mecanicamente levaria meses, talvez anos!*

Ean resolve tirar as amarras da boca do Sr. Havel, tentando saber qual é a forma de leitura, apesar de saber como desvendar, não tem tempo suficiente.

— Como vocês leem isso? Não é possível que toda vez que necessite dos documentos, o senhor pegue uma caneta e escreve o alfabeto realizando a substituição das letras. Isso é inviável.

— Você nunca vai saber o que está escrito aí então, pois não vou te dizer como os lemos. A qualquer momento, alguém vai entrar por aquela porta e você vai se ferrar, seu filho da p*. Quando sair daqui eu mesmo vou me encarregar de acabar com você.

— Sim, senhor. Quando você sair, mas ainda está preso. — debocha.

— Se quer descobrir algo, acho bom se sentar na minha mesa e começar e transcrever já. Boa sorte!

— Veremos quem vai se ferrar!

Impaciente, Ean se afasta e toma os documentos em suas mãos novamente. Pensa na possibilidade de desvendar os escritos de alguma forma com o pouco tempo que lhe resta. Percebendo que é uma missão quase impossível, atira os documentos dentro do cofre com uma força bruta carregada de raiva.

Ao fazê-lo, um som de oco ressoa pelo ambiente. Detém-se por um momento tentando descobrir o que foi aquilo. Toma os documentos em suas mãos novamente e os arremessa da mesma forma cofre adentro. O mesmo som se produz. Sem perder tempo, retira-os e, com os nós dos dedos, bate cuidadosamente na parede de fundo do cofre com o seu braço esquerdo esticado.

Percebe que o som se reproduz. Sua intuição lhe diz que há algo escondido. Busca uma maneira de remover o cofre, mas sem sucesso, olha novamente para o Sr. Havel que jaze imóvel no chão. Outra vez tenta puxar o cofre e ouve um som de clique.

Força-o para fora e, lentamente, a pesada caixa de aço desliza em sua direção. Pesando algo em torno de vinte quilos, Ean o toma em seus braços e o larga cuidadosamente no chão. Levanta-se, olha o oco e percebe uma luz morta clareando uma pequena pilha de papeis que estavam atrás do fundo falso.

CAPÍTULO 53

O telefone de Jakub vibra mostrando o recebimento de uma mensagem instantânea de Leah ao mesmo tempo em que digita sua senha de acesso ao aparelho. Ao lê-la, senta-se passando suas mãos nos cabelos como se estivesse reagindo a algo ruim que se passara.

Sua teoria de que há algo de podre em Kokořínsko acaba de se confirmar em meio a uma espécie de nirvana em que a delegacia se encontra, como se tudo estivesse resolvido e fosse apenas mais um dia normal. Muitas salas vazias, poucos telefonemas e uma ninharia de pessoas circulando nas entranhas do antigo prédio gótico.

Escondidos em suas salas, os policiais se debruçam sobre os casos que perturbam a mente do delegado, o qual se sente com a corda no pescoço pela pressão que vem sofrendo da opinião pública e, mais esmagadoramente, da presidência.

Ao acessar os mapas por satélite, Jakub analisa tudo que lhe aparece na sua tela, desde uma vila a uma inofensiva construção isolada. Devido ao tamanho da área, parece-lhe impossível encontrar alguma pista que o leve ao paradeiro de Ean.

Voltando-se aos papeis e à linha do tempo, sobrevém-lhe a ideia de tomar uma lupa à mão, algo que ainda não havia feito. Com atenção, curva-se e começa a observar possíveis detalhes forjados naquela miscelânea de papeis de todos os tamanhos.

Ao passar a lupa sobre uma linha cinza, Jakub nota algumas letras, aparentemente invisíveis, visto que estavam escritas a grafite. Tomando uma folha e um lápis em sua mão direita, começa a transcrever as letras, chegando a três palavras, entre as quais, o seu nome.

HRAD – KOKOŘÍNSKO – JAKUB

Estupefato, ao ver o seu nome, sente um arrepio, como se fosse algum tipo de mensagem sobrenatural. Ainda, havia a palavra HRAD, que em tcheco significa CASTELO que, junto à palavra KOKOŘÍNSKO, auxilia enormemente no refinamento de sua busca, visto que a República Tcheca possui mais de dois mil castelos, sendo o país que mais possui esse tipo de construção no mundo. Isso demandaria um enorme esforço de Jakub e sua equipe.

Observando as palavras, debruça-se sobre a mesa se lembrando da criptografia dos documentos usurpados por Ean. Por um momento, acredita que, além do óbvio, existe alguma mensagem mais profunda naqueles três vocábulos, algo para o qual se alertara pela sua experiência profissional. O óbvio pode não ser tão óbvio.

Com cara de mistério, busca rearranjar as letras em busca de uma resposta, aparentemente, simples, como o nome do tal castelo. Para agilizar o seu trabalho, digita *castelos em Kokořínsko* no buscador. Em torno de dez castelos e ruínas surgem. Cuidadosamente, copia-os para uma folha e passa sublinhar as letras que são correspondes nos três vocábulos com os nomes encontrados. Mais de 30 minutos se passam.

Mas que droga! Acho que não há combinação nenhuma. Talvez eu esteja vendo ou imaginando coisas demais.

Ampliando sua busca para castelos da região, um nome salta-lhe aos olhos: Houska. Em uma rápida pesquisa, confirma ser um castelo abandonado. Novamente compara com as palavras encontradas nos escritos de Ean percebendo que todas as letras contidas no nome, batem: HRAD HOUSKA. Animado com a possível solução do mistério, vê algumas informações que o murcham instantaneamente; o castelo é um dos mais assombrados do mundo. Jakub esconde um terrível medo de qualquer fenômeno que se aproxime das palavras paranormal ou sobrenatural.

Tomando os documentos em mãos, Ean nota que estão todos descriptografados. Tal simples fato fá-lo relaxar. Um sinuoso riso surge em seu rosto ao mesmo tempo que um sinuoso descontentamento brota na face do Sr. Havel.

Curioso, começa a ler em voz alta para a irritação do Cinocéfalo Mor que jaze impotente...

Sociedade Ultrassecreta Misantrópica Global (SUMG)

A Sociedade Ultrassecreta Misantrópica Global (SUMG) habita lugares notórios na área do conhecimento, cultura e artes. Ela é totalmente secreta e apenas sabem que ela existe aqueles que são seus membros. Os demais apenas ouviram falar dela, mas carecem de provas de sua existência, assim como muitos ouvem sobre os alienígenas, mas jamais puderam vê-los. Ela foi criada no ano de 1900. Seu fundador e local de origem são desconhecidos, mas sua filosofia baseia-se fortemente no filósofo alemão Arthur Schopenhauer, um misantropo, que abominava a condição degradante da espécie humana.

Seus membros são altamente sigilosos e estão infiltrados nas mais diversas áreas, como saúde, ensino, política e esportes. Eles são completamente proibidos de falar sobre a sociedade fora das instalações da sociedade secreta. Qualquer um que o faz é eliminado.

O fato de ser uma sociedade ultrassecreta deve-se aos seus objetivos, os quais, em último grau, procuram a aniquilação da atual espécie humana por considerá-la escrava de seus vícios mundanos e incapaz de pensar por si só, submersa em infelicidade e procrastinação. Segundo os apontamentos da SUMG, 98% da população mundial encontra-se nessas condições de alienação, afundadas em uma zona de conforto levando-se à autodestruição e à extinção dos recursos naturais. Essas pessoas estão envoltas pelas trevas, imperícia e incultura, vivendo sob o manto da ignorância e alienação transitando pelos caminhos sombrios que levam aos mais ermos confins do obscurantismo humano.

— Procuram a aniquilação da atual espécie humana? Mas que diabos é isso? — pergunta-se chocado.

A razão das vestes dos membros

Os membros da SUMG obrigatoriamente seguem um código de vestimenta envolto em simbolismo. A capa preta que cobre o corpo todo simboliza a ocultação da ignorância humana. A cabeça de cachorro, retratando um cinocéfalo — Monstro Híbrido com corpo de Homem e cabeça de Cachorro — representa a inteligência e cordialidade do cão, que pode docilmente aprender, assim como o ser humano pode optar por uma vida baseada no conhecimento ou na ignorância. Juntas, vestindo o corpo ereto de um homem, elas representam a força licantrópica, ou seja, de um lobisomem, o qual tem origem na mitologia grega, por Licaon, um rei mítico de uma região da Grécia chamada Arcádia. Ao contrário dessa mitologia, na qual a licantropia era considerada uma maldição, na SUMG, ela é vista como uma força brutal contra a ignorância e vícios mundanos.

O símbolo

A Flor-de-Lis-da-Sibéria significa sabedoria, esperança e confiança.

A cor lilás é a cor da filosofia que é de onde vem a sabedoria necessária para a vida.

— *Não acredito! Finalmente, tenho a prova de que era a SUMG que estava por trás de todos os ataques a mim.* — pronuncia chocado olhando nos olhos do Sr. Havel, que continua fulminando um ódio visível no olhar. — *A maldita flor que eu vi tantas vezes!*

Com os olhos vidrados, faz mais descobertas chocantes que o levam a pensar sobre a necessidade de agir imediatamente detendo os objetivos nefastos da sociedade, pois, se aquilo tudo realmente é verdade, a salvação da humanidade repousa nas mãos do solitário jornalista.

É uma sensação de impotência em meio a tanto poder que possui neste momento. Ean poderia, simplesmente, enviar fotos de todos os documentos à sua amiga Leah, solicitando-lhe que os envie à imprensa em seu nome. Isso seria o assunto do momento no mundo todo. Já consegue imaginar as manchetes.

Jornalista tcheco revela documentos secretos de uma sociedade que prevê aniquilar a população do Planeta Terra

Ean Blažej, um corajoso jornalista tcheco salva a vida de bilhões de pessoas

Sociedade Secreta planejava aniquilar 98% da população da Terra

Seus olhos refletem um brilho disfarçando o medo que sente diante de tanta responsabilidade pela vida de tantas pessoas e pela sua, visto que é o único que sabe da catástrofe que está sendo premeditada.

Os pilares da sociedade

Fundada sob o pilar do culto ao conhecimento, a SUMG é uma sociedade que existe longe da vida dos humanos cotidianos por ser ultrassecreta e apenas aberta a membros que passam por um rigoroso teste que tem dez anos de duração, em várias etapas.

A sociedade condena veementemente qualquer espécie de vícios mundanos, como alcoolismo, fumo, futilidades e fofocas, pois acredita que um ser humano íntegro não se deixa levar por comportamentos vis.

É uma sociedade livre de crenças religiosas, pois acredita que uma espécie que é guiada por alguma entidade superior vivendo sob suas regras não pode ser livre e nem seguir seu próprio caminho, muito menos pensar por si, pois está presa a regras que devem ser respeitadas sem serem questionadas.

Na filosofia estoica, base da SUMG, não há um deus reconhecido como poder supremo, absoluto, transcendente e inacessível à razão humana. Mas, sim, o Universo, o Todo é o Deus. O indivíduo é uma partícula desintegrada e destacada do Universo, assim, ao morrer, ele espera reintegrar-se e reabsorver-se no universo. Além disso, no estoicismo, existe o ceticismo baseando-se na ideia de que não é possível ter certeza de existência dos deuses, contudo, não devemos deixar de venerá-los, justificando-se esse paradoxo no pragmatismo, pois é útil e conveniente fazê-lo.

O sexo não é permitido entre membros dessa sociedade, muito menos com membros externos, pois eles acreditam que, ao fazê-lo, impurezas de toda ordem, assim como doenças são transmitidas e uma ordem pura jamais aceita isso. Contudo, o prazer é permitido somente por meio do toque ao próprio corpo, preservando, assim, a saúde.

Ao virar a página, percebe que não há mais nada escrito, mas se lembra da informação que lera nos documentos criptografados: *nunca deixar todos os documentos juntos.*

CAPÍTULO 54

Quase meio-dia, Jakub decide sair da delegacia, já que se encontra ali há mais de 24 horas, sem banho, sono ou alimentação adequada sob grande pressão que sugou todas as suas energias.

— Luke, vou para casa. Preciso descansar, pois não me aguento em pé.

— Ok, chefe. Bom descanso.

Jakub abre a porta de seu carro olhando os arredores com a impressão de que está sendo vigiado. Senta-se e engole duas pílulas de cafeína, pega seu celular, acessa o mapa e digita Castelo de Houska. Liga o motor e dispara pelas ruas de Praga em busca do desconhecido, sem certeza de que terá coragem suficiente para cumprir sua missão.

Apressado, Ean pega o telefone do cozinheiro e começa a tirar fotos de todas as páginas, enviando-as a um número secreto que possui em um aparelho escondido em seu apartamento na Cidade Velha. Habilidosamente, abre os outros cofres buscando pelo fundo oco e, pouco a pouco, vai descobrindo mais detalhes arrepiantes sobre o plano malévolo da SUMG.

O processo para fazer parte da ordem

Para fazer parte da ordem, os futuros membros são convidados por meio do Cinocéfalo Mor. São apenas convidadas pessoas ilibadas que pensam e agem de forma independente, sem deixar-se influenciar por fatores externos e que possuem um passado ligado ao profundo conhecimento. Sendo assim, seriam 2% da população mundial que, atualmente, têm a possibilidade de ser membro.

O que é uma pessoa alienada, que jamais fará parte da sociedade, segundo o código da SUMG?

Alienados são todos aqueles que vivem para satisfazer seus vícios e não conseguem questionar a realidade em que vivem, aceitando-a passivamente como se fossem marionetes; acordam todos os dias apenas para satisfazer suas vontades pessoais, sem um propósito de vida. São os dependentes emocionalmente, aqueles que não conseguem controlar seus impulsos sexuais, são escravos de seus desejos mundanos e vícios como fofoca, preguiça, gula, egocentrismo, ganância, vaidade, dependência química, alcoolismo, fumo, entre outros que, diariamente, sucumbem a essas cóleras e não conseguem delas se libertar, na sua maioria, por falta de determinação em vencer o comodismo e afastar-se da zona de conforto. Assim, como o sucesso pessoal em meio a uma vida plena é para poucos, a ordem também o é.

Como é o processo de formação para um membro pleno à ordem?

Uma vez convidado pelo Cinocéfalo Mor, o futuro membro deve passar por um teste que tem a duração de dez anos. Tudo começa pelo fato de aceitar o conhecimento como princípio básico de vida. Na sequência, uma banca composta por conhecedores notórios da vida baseados na filosofia estoica apresenta-lhe uma lista de livros que variam de tópicos básicos como valores humanos, conhecimento de mundo e vida em sociedade. Então, o futuro membro deve apresentar-lhes, por meio de um seminário, um livro lido a cada quinze dias. Nesse momento, ele explana sobre os conhecimentos adquiridos na leitura, como eles lhe serão uteis a partir de agora e, por fim, mas não menos importante, como ele os aplicará na sociedade e em sua vida. Esse processo inicial tem duração de três anos, então, nesse tempo, ele terá que ler setenta e dois volumes. Caso queira, pode ler mais livros, mas todos devem contribuir de alguma forma com o conhecimento desse futuro membro.

No próximo triênio, o futuro membro passa a ler livros sobre filosofia estoica e inteligência emocional, da mesma forma, deve apresentar dois seminários mensais à banca, nos mesmos moldes do primeiro triênio, totalizando setenta e dois volumes ao fim do período. No último triênio, o futuro membro passa a ler livros sobre as religiões do mundo. Do mesmo modo, a cada quinze dias, deve apresentar um livro lido sobre os mesmos moldes. Todo e qualquer livro que não conste na lista pode ser lido como atividade extra. Nesse caso, é preciso observar dois pontos. Primeiro, o livro deve contribuir com o conhecimento do futuro membro. Segundo, deve ser aprovado pela ordem para, então, ser usufruído.

No último ano de formação, com 216 livros lidos, o futuro membro passa por um processo de purificação, no qual medita boa parte de seu dia, escreve textos sobre os conteúdos aprendidos e regularmente faz apresentações a um público específico para que possa treinar a oratória e o desenvolvimento pessoal difundindo conhecimento. Neste ano, ele também está elegível a fazer sugestões que venham a contribuir com o processo de formação de novos membros que incluem novos livros que podem ser lidos e novas formas de apresentar o conhecimento à banca e aos demais.

Ao longo desses dez anos, é expressamente proibido mencionar algo sobre a sociedade fora dela e seguir qualquer religião, pelo fato de que a religião, normalmente, aliena as pessoas e as impede de agir e pensar por si mesmas. Porém, se um futuro membro seguir uma religião e provar que tem a capacidade de pensar por si mesmo e executar suas tarefas sem medo de punições que sua crença lhe propõe impor, ele pode ser considerado para a ordem. Ademais, é obrigatório aprender a controlar os impulsos sexuais, livrar-se completamente dos vícios mundanos já mencionados, aprender a alimentar-se de forma saudável e exercitar-se, ao menos, três vezes na semana.

Em síntese, o futuro membro é somente elegível à ordem, caso se encaixe nos cinco quesitos abaixo:

1. Ter corpo e mente saudáveis;
2. Pensar e agir por si só;
3. Ser um buscador de conhecimento e leitor diário;
4. Ser uma pessoa direita, responsável e respeitosa;
5. Manter-se distante de todo e qualquer tipo de vício e alienação.

— Sr. Havel, o que exatamente a SUMG pretende com isso tudo? Se eu estou entendendo bem, a sociedade quer exterminar 98% da população do planeta. Isso só tem um objetivo, dominar a todos os 2% restantes e construir uma nova sociedade baseada nas leis que vocês criaram?

Ean se aproxima, tira-lhe as amarras de sua boca. Em uma espécie de alívio, Sr. Havel, sem energias para demonstrar irritações, observa Ean dentro dos olhos.

— Sim, os reais planos da sociedade são aniquilar quase toda a população e construir uma nova ordem global baseada no culto ao conhecimento filosófico estoico.

A Ean, resta uma dúvida primordial ao sucesso do plano que, mesmo após vasculhar todos os documentos, não encontrou a resposta.

— Como vocês pretendem aniquilar essa porcentagem da população? Os documentos não dizem nada a respeito, apesar de o plano, tenho que confessar, parecer muito eficiente e bonito no papel: *uma sociedade baseada no conhecimento*, lê em tom de deboche.

— Isso você nunca saberá. Pelo menos de mim não, pois prefiro a morte a revelar-lhe como faremos. Como sei que você não tem coragem de matar uma pessoa, eu ficarei vivo e você não saberá como pretendemos criar nossa sociedade. Digo mais, logo alguém vai entrar por aquela porta e isso tudo vai acabar. Juro que, quando eu colocar as minhas mãos em você, vou esmagar seu cérebro sem piedade alguma para que não saia vivo daqui. — diz-lhe com os olhos mareados salivando ódio.

— Se algo acontecer comigo, todos esses documentos serão enviados à imprensa. Por qual razão o senhor acha que eu estava fotografando todas as páginas? Acha que gosto de fotografar folhas de papel? Enviei todas as imagens a um contato de telefone de minha confiança que está preparado para agir a qualquer momento, basta um comando deste celular que tenho em minhas mãos. — desafia-o resolutamente.

Sem palavras, Sr. Havel apenas o olha com desprezo.

CAPÍTULO 55

Veloz, o Škoda Octavia 1.8 cinza cruza as estradas em direção ao Castelo Houska. Impaciente, Jakub olha o mapa de minuto a minuto como se não conhecesse o caminho o suficiente para guiar-se por conta. Cortando os campos, chega à aldeia de Blatce, no distrito de Česká Lípa, pequena comunidade de aproximadamente cem habitantes que fica na região de Liberec, onde se encontra o castelo.

Um olho no mapa e outro na estrada, aproxima-se serpenteando as pequenas rotas pelas quais seu carro passa subindo a colina que, impiedosamente, transporta-o para mais mistérios. Logo à frente, uma construção antiga brota. Um castelo do século 13, construído entre 1280 e 1290, em estilo renascentista gótico. A construção possui uma sala central abobadada, um pátio interno, uma capela com uma nave quadrada com pinturas e murais góticos e outras construções adjacentes.

Para a sua surpresa, um senhor aparece repentinamente, dizendo-se ser o cuidador do local.

— Olá, senhor. Como está? O que deseja?

— Olá, sou delegado Jakub de Praga. O senhor é responsável por este local?

— Sim, procuro mantê-lo e receber os turistas, mas o castelo está quase caindo, quero dizer, muito antigo. Afinal, está aí há mais de 700 anos. Me chamo Lipka.

— Realmente, impressionante! — exclama com certa frustração. O senhor notou movimentações atípicas por aqui nos últimos dias? Alguém utiliza o castelo para algo, além dos turistas?

— Olha, não notei nada de anormal, com o perdão da piada e...

— Como assim? — corta-o Jakub.

— Você nunca ouviu falar das histórias e lendas que rondam o castelo? São cabeludas! Você quer entrar para uma visita? Pois assim posso lhe mostrar e explicar-lhe.

— Caso não haja outra maneira de me explicar...

— Não tenha medo. São apenas histórias. — tenta tranquilizá-lo.

Lentamente, os dois caminham em direção à entrada do castelo. Jakub tenta disfarçar o seu nervosismo.

— Uma lenda antiga diz que o castelo é uma fortaleza medieval que foi construída para ser o portão do inferno. Quando construído, ficava no meio do nada. Não havia água por perto, cidade e nem rotas de comércio, ou seja, sem nenhuma importância estratégica. Alguns acreditam que seu propósito era manter o demônio preso.

Parado à porta, Jakub ouve com atenção, tomado por calafrios e os pelos eriçados.

— Demônios?

— Na virada do século 13, residentes relataram estranhos acontecimentos nas densas florestas de Houska. Histórias de um poço sem fundo e demônios alados emergindo de suas profundezas à noite, eram comuns. A lenda diz que o duque local, objetivando livrar o castelo dessas histórias arrepiantes, trouxe prisioneiros de uma prisão próxima oferecendo-lhes a liberdade, caso entrassem em um buraco, uma espécie de poço, e voltassem reportando o que viram lá embaixo.

— Essa história está ficando ótima... E o que eles descobriram?

— Bom, um deles se ofereceu para descer em troca da liberdade. Então, amarrado a uma corda na cintura, começou a descender. O duque, pasmo, perguntava-se se ele iria conseguir alcançar as profundezas, em virtude da demora para chegar às entranhas. De repente, a corda começa a chacoalhar e o prisioneiro grita desesperadamente implorando por ajuda. Começam-no a puxá-lo rapidamente. Ao chegar ao topo, todos ficam chocados com o que veem.

— Sinceramente, não acredito muito nessas coisas... Nunca conseguem provar essas histórias. O prisioneiro morreu? Virou um demônio alado?

— Bom, isso também é verdade... Não, nenhuma das duas opções. O jovem prisioneiro se tornara um homem velho. A lenda diz que ele estava tão perturbado pelo que vira lá embaixo que se isolou do mundo e morreu dois dias depois.

Uma lufada de ar raspa na pele de Jakub como se alguém houvesse soprado deliberadamente. Virando-se para certificar de que ninguém estava atrás, nota uma névoa cobrindo as copas das árvores, sendo transportada por um leve vento gélido.

— Está tudo bem, senhor delegado?

— Senti apenas um breve frio. Pode continuar, por favor.

— Por dentro das paredes de pedras forradas de janelas, no pátio interno, mais precisamente, pássaros caem mortos ao sobrevoar o espaço. Os locais acreditam que a energia sombria que emana do castelo os mata.

Dentro do castelo, Jakub parece se sentir sufocado e mais arrepiado que antes ao notar dezenas de cabeças de animais penduradas pelas paredes.

— Todas essas cabeças penduradas são de animais caçados nas redondezas. Acredite-me, eles são bem inofensivos. Se você quiser algo sinistro de verdade, vamos ao porão.

Hesitante, Jakub retarda os passos, mas não pode recuar, visto que, para um delegado, mostrar-se com medo de histórias de assombração seria uma humilhação.

— Este porão é conhecido como o Escritório do Demônio, sendo o cômodo mais profundo do castelo construído com as paredes mais grossas.

Uma breve olhada aos arredores, Jakub nota paredes escuras, com armas medievais e caveiras penduradas, assim como macabros objetos de decoração todos em tons escuros. Um verdadeiro lugar assombroso.

— Este outro espaço é a capela foi construída para proteger as pessoas dos demônios que habitam as profundezas do castelo. Ela foi dedicada ao Arcanjo Miguel, sobre o qual se acredita ter liderado um exército contra as forças do mal. Você pode notar que as referências ao demônio estão em todos os lugares... Aqui nesta parede, você pode ver o Centauro, metade homem, metade cavalo. Em 2016, a Biblioteca Nacional de Praga descobriu treze mil livros sobre bruxaria e ocultismo aqui, que estavam dentro de um cofre nazista. Era uma coleção de Heinrich Luitpold Himmler, um dos principais líderes do Partido Nazi, aficionado por fenômenos sobrenaturais e rituais pagãos.

— Cofre nazista? O que o nazismo tem a ver com este local?

— Logo após o exército de Hitler tomar controle da Checoslováquia, em 1939, sob seu comando, as forças nazistas se apossaram do castelo para investigar os fenômenos. Contudo, acreditava-se que os nazistas pretendiam criar alguma espécie de arma ou exército sobrenatural. Derrotados, não alcançaram seu objetivo. Anos depois, corpos de soldados alemães foram encontrados enterrados no castelo. Acredita-se que foram mortos para ocultar as pretensões nazistas com o local.

Não tendo encontrado absolutamente nada, Jakub se sente perdido com as referências de Ean ao local. Por um momento pensa que não passa de uma piada. Entretanto, sabe que pode estar lhe faltando capacidade intelectual de compreender o que está acontecendo.

— Senhor, a situação é a seguinte. Recebi uma denúncia de que alguém estaria sequestrado neste local. — fala tensamente sabendo que poderá se dar mal. — O senhor tem certeza de que não viu absolutamente nada de estranho? Movimentações atípicas? Algo assim?

Sr. Lipka tartamudeia fazendo Jakub pensar que ele pode ser o tal sequestrador, já que a propriedade parece grande e Jakub apenas viu o castelo e nem tem certeza se passou por todos os cômodos. *Poderia haver alguma porta secreta* — pensa.

— Olha... Aqui não há nada de estranho, mas... Pelo menos eu não vi nada. Entende? Eu garanto que não há nada, mas nunca se sabe.

— Como assim, "nunca se sabe"?

— Bom, não temos conhecimento de tudo. Não sabemos tudo. Isso que quero dizer. Se o senhor não acredita em mim, solicite um mandado e pode revistar minha propriedade. — desafia-o convincente.

— Não vai ser preciso! — exclama decidido.

CAPÍTULO 56

Já com centenas de fotos enviadas, Ean olha no relógio e nota que já são 11h17. Logo irão ao seu quarto servir o almoço. O telefone vibra, uma mensagem aparece na aba superior.

— Sr. Bursík, gostaria de saber se o senhor virá para nos ajudar na distribuição do almoço. Já está quase tudo pronto.

Sem reação imediata, Ean titubeia olhando os arredores, como se estivesse buscando alguma inspiração para responder à mensagem.

— Acho que não vou responder ainda. Assim, vão pensar que o Sr. Bursík está dormindo.

Sr. Havel continua estirado no chão sentido seus braços dormentes, com cara de poucos amigos. Com olhos fuzilantes, mira Ean pensando quando vai se livrar das amarras e esganá-lo com suas próprias mãos.

A única preocupação de Ean é encontrar a outra parte dos documentos que falam sobre como o plano da SUMG seria executado. Antes de decidir o que fazer, lê a parte final das centenas de páginas encontradas

Hierarquia

A hierarquia da SUMG é composta pelo Ultra Grand Cinocéfalo, que é o chefe maior — equivalente a um presidente em um país democrático — que comanda a ordem global da sociedade e tem o poder de vetar ou aprovar qualquer decisão vinda de seus inferiores. Devido ao seu status, ele não costuma comparecer às reuniões, salvo casos em que a ordem global possa estar em perigo.

Na sequência, vem dois Grand Cinocéfalos, que são equivalentes a vice-presidentes e são eles que comandam as reu-

niões em grau de igualdade ouvindo os demais, argumentando e tomando decisões. Eles são responsáveis por subcomandar a ordem mundial, um para o hemisfério sul e outro para o norte. Somente dirigem-se ao Ultra Grand Cinocéfalo em casos em que não conseguem chegar a uma decisão em comum.

Após, estão os Cinocéfalos Mor que comandam as sociedades em cada país e estão autorizados a fazer solicitações, tomar decisões locais e estabelecer subsedes em cidades nos países que representam. Eles jamais podem dirigir-se ao Ultra Grand Cinocéfalo, para isso, devem consultar os dois Grand Cinocéfalos diretamente.

A obrigatoriedade e seriedade em respeitar a ordem sem infringir qualquer regra se deve ao fato de que, por ser uma sociedade que busca o conhecimento acima de tudo, todos os membros têm a plena ciência de que regras devem respeitadas. Destarte, o desrespeito à ordem é considerado uma falta gravíssima que exalta a ignorância e equivale à prisão perpétua.

O desrespeito à ordem deve-se, sobretudo a dois casos. O primeiro é de que o membro não está sabendo lidar com o princípio básico da sociedade, o de usufruir do conhecimento que lhe é passado. O segundo caso é rebeldia e isso, em hipótese alguma, é tolerável, pois o conhecimento supõe obediência à ordem com cada um se colocando em sua posição.

O relógio já passa de 11h30 e Ean sabe que seu tempo está terminando. É hora de tomar uma atitude e decidir como sair vivo dali. Depois de tudo o que fez, a morte é seu destino certo, se permanecer nas mãos da sociedade.

De repente, encontra uma solução temporária. Arrasta o Sr. Havel para dentro do cofre e o tranca impiedosamente. Sai, fecha a primeira porta voltando à sala dos setenta e sete cofres. Tranca a porta principal, dirige-se à mesa e aperta o botão possibilitando que a estante de livros volte ao seu lugar.

— Vão demorar horas para encontrá-lo trancado dentro daquele cofre. Até lá, preciso dar o fora daqui. — pensa resoluto.

Encosta a cadeira na estante e a sobe cuidadosamente, passo a passo. Abre o alçapão, mas antes dá uma olhada geral na sala para verificar se tudo está organizado... Entra pelas tubulações, exatamente por onde passara quando estivera preso ali pela primeira vez. Com a tampa do alçapão fechada, agora precisa pensar em qual direção ir. Mais uma vez, a preciosidade do tempo se mostra. Cada segundo conta.

Insatisfeito, Jakub procura dar alguns passos ao redor do castelo vigiados de perto pelo Sr. Lipka. Presumivelmente, nada digno de nota surge em seu caminho.

— Senhor delegado, acho que devemos encerrar sua visita por aqui. Tenho alguns afazeres que não podem esperar.

— Ok, senhor. Agradeço-lhe pela sua atenção e pelas belas histórias de hoje, elas vão me ajudar a dormir muito bem. — graceja. — O senhor não faz ideia do quanto estou precisando de uma boa noite de sono. Até breve!

Sem dizer uma palavra, Lipka vira as costas e se dirige para uma construção ao lado, a qual parece ser sua casa. No meio do caminho, volta sua cabeça fixando seu olhar em Jakub que desvia seus olhos tremelicando.

Esse cara é muito peculiar. Tenho certeza de que esconde algo. Vou descobrir. Preciso de um mandado judicial para revistar este lugar, pois o mais interessante pode ser invisível aos olhos e é disso que eu preciso.

CAPÍTULO 57

Ean para por um momento e pensa sobre os documentos a que ainda não teve acesso, pois não faz muito sentido sair dali sem o principal que é descobrir qual é o plano da SUMG. Se ele se for sem essas informações, seu trabalho terá sido praticamente em vão.

Seu grande infortúnio é que não tem a mais vaga ideia de como obtê-los. Porventura, nem estejam guardados neste mesmo local. A única solução plausível seria obrigar o Sr. Havel a falar, mas Ean não tem mais acesso a ele e, mesmo que tivesse, não saberia torturá-lo.

Diante de um impasse sem aparente solução, pensa que deve voltar à sala, esperar alguém entrar nela e sequestrá-lo, semelhantemente ao que fizera com o Cinocéfalo Mor. Porém, há o perigo de que mais de uma pessoa entre; se isso acontecesse, dificilmente teria alguma chance.

Ainda, poderia chantageá-los ameaçando-os de divulgar todos aqueles documentos caso fizessem algo com ele, mas isso de pouco serviria para descobrir a outra parte da papelada e certamente fracassaria, pois sua ideia é insubstancial. No fim das contas, seria morto também.

...E se essa outra parte dos documentos está armazenada em algum meio digital? Seria a minha grande oportunidade de descobrir tudo. É claro, isso faz muito sentido. O fato de deixar toda aquela documentação guardada nos cofres deve ser apenas um disfarce para ninguém pensar que a outra parte pode estar digitalizada. Afinal, estamos no ano de 2024.

Do mesmo modo, o desafio para saber onde estão armazenados, invadir o sistema e acessá-los é um grande obstáculo a Ean que não tem dom inato para o uso da tecnologia. O que imagina é que estão muito bem protegidos em uma rede interna de computadores, portanto, sua única maneira de desvendar o mistério é acessar os bancos de dados da SUMG.

Vozes dentro da cabeça de Ean sempre lhe dizem que uma situação que parece não ter solução o é pelo fato de alguém não haver dedicado tempo suficiente para encontrá-la. A solução e o problema coexistem, mas normalmente o problema surge antes, de supetão. Se não existe solução aparente, talvez seja interessante reconsiderar o problema, pois ele pode não existir de fato.

Trim-trim-trim... Como um telefone fixo antigo, soa o celular de Jakub. Ao tomá-lo em suas mãos ansiosas, nota que é um número desconhecido, o que o faz ponderar...

— Alô!

— Jakub, é o presidente. Preciso falar com você com urgência. Esta linha é segura. Como andam as investigações e que você já descobriu? — pergunta-lhe apreensivo.

— Senhor presidente, não tivemos muito progresso. Nada sobre Cipris, mas algo sobre Ean.

— O quê? Fale de uma vez!

— Descobri algumas pistas ocultas na papelada de Ean que me trouxeram ao castelo de Houska, mas...

— Houska? Que m* que existe aí além de escombros?

— Veja bem, senhor. Eu estou saindo daqui agora, não descobri nada, mas tenho certeza de que o cuidador esconde algo. Preciso de um mandado judicial imediatamente para revistar toda a propriedade.

— Deixe isso comigo, vou consegui-lo agora mesmo e já te envio. Espere um momento.

Enquanto Jakub aguarda na linha, ouve um burburinho... Em menos de um minuto seu telefone bipa.

— Pronto já está aí! Quem está com você agora?

— Ninguém!

— Não se atreva a entrar na propriedade sozinho. Peça reforços agora. Entendeu bem?

— Sim, senhor!

Jakub se surpreende com a agilidade do presidente e com a sua capacidade de ordenar, fazendo-o se sentir como se fosse o último dos subordinados, esquecendo-se de que tem algum poder como delegado.

Sem querer criar alarde, Jakub liga para Luke ordenando-lhe que venha ao local imediatamente trazendo mais dois policiais. Da mesma forma, ordena-o que mantenha silêncio sobre a ação, pois não quer a imprensa no seu pé, já que está tendo o suficiente.

Sente-se desgastado pela pressão do presidente e da mídia. Sites de notícias, emissoras de televisão e de rádio enviam-lhe mensagens incessantemente querendo algo para satisfazer suas audiências. Jakub já pensou em trocar de telefone, visto que, ao que tudo indica, o mundo todo já tem seu contato. Se não conseguia dormir antes, sabe que muito menos agora.

Ean decide retornar à sala, pois sua única chance de expor a sociedade é agora. Cuidadosamente, abre o alçapão, espia a sala que se encontra vazia. Pisa sobre a estante, descendo prateleira por prateleira, como se fosse uma escada. Com o pé esquerdo no encosto da cadeira, baixa a perna direita pisando sobre o assento. Em segundos, sente o chão firme da sala do Cinocéfalo Mor.

Mira os arredores. Tudo está em silêncio e intocado. Abre as gavetas da mesa novamente na esperança de encontrar outro botão que o leve a uma suposta sala de computadores onde encontrará aquilo de que precisa. Nada além daquela que move a prateleira de livros dando acesso ao cofre.

Sobre a mesa, quase que escondido sob algumas folhas de papel, percebe que há um controle remoto, mas não vira televisão alguma na sala. Pega-o e o observa. Desconfia de que seja mais do que aquilo que aparenta. Começa a apertar os botões, mas nada acontece. Segue pressionando-os, um a um. Aperta um botão retangular cinza com um círculo vermelho dentro de um quadrado branco, assemelhando-se à bandeira do Japão. Segundos depois, ouve um chiado parecendo freios de um caminhão. A estante às suas costas, que dá acesso ao alçapão, move-se parede adentro, posteriormente se deslocando para a esquerda. A sala mais tecnológica que jamais viu em sua vida surge diante de seus olhos.

CAPÍTULO 58

— Olá, Sr. Lipka. Voltei com o mandado de busca. Não é nada contra o senhor, mas é assunto de polícia.

Confiante, Jakub lhe entrega o documento mostrando-lhe que a partir de agora não pode impedi-lo de visitar a propriedade.

— Uau! Como conseguiu isso tão rapidamente? — pergunta-lhe incrédulo.

— Isso é a polícia da República Tcheca, muito eficiente. — sorri de canto.

A construção adjacente ao castelo tem formato de L, é onde fica a casa do cuidador e um galpão para suas ferramentas junto a um espaço para receber os turistas que se arriscam a conhecer as assombradas instalações do antigo castelo.

— Vamos lá! Luke, venha comigo. Vocês dois entrem pelo outro lado. Vasculhem TU-DO. — diz-lhes, silabicamente.

Sem muito o que fazer, o Sr. Lipka, contra sua vontade, senta-se em um banco ao sol para aquecer a pele. Por dentro, já ferve de ódio.

— Como se atrevem a pensar que eu escondo algo? Que faço algo de ilícito? Acham que sou criminoso? Que audácia! Só quero ver o momento que vão vir até mim dizendo que não encontraram nada.

Desejosos por encontrar algo, uma questão de honra para o delegado, reviram o local. Os minutos vão se passando, mas nada suspeito se encontra. Jakub se dirige ao castelo novamente. Ao vê-lo, Sr. Lipka desafia-o zombando de sua cara.

— Tem certeza de que quer fazer isso sozinho?

Jakub o olha com certo desprezo.

— *Que filha da p* abusado* — pensa, sem dizer-lhe absolutamente nada, virando a cara.

Jakub jamais poderia recuar, apesar de transparecer medo em seu olhar... Com cuidado, caminha pelo castelo, passando pela capela, aposentos chegando à porta do escritório do demônio. Hesitante, espera Luke chegar para descer as escadas.

— Anda, Luke. Estou com pressa. Venha comigo para ver o espaço mais sinistro de todo este local. Aqui é o escritório do demônio, o ponto mais profundo do castelo. As pessoas acreditam que este local foi construído para manter o demônio preso e que, quando os pássaros sobrevoam o vão aberto do pátio, caem mortos, devido à má energia que emana daqui de dentro.

— Você acredita nestas coisas? Eu já ouvi assombração emitindo alguns ruídos horripilantes quando...

— Quer calar a sua boca?! — ordena-lhe Jakub agressivo. — Já estamos numa p* de castelo assombrado e você vem me contar histórias de assombração? Se quer saber, eu não gosto dessas coisas e prefiro me manter longe disso. Não sei se existem ou não, mas, se existem, prefiro não saber. Entendeu?

— Calma, chefe!

Em silêncio, observam os arredores tentando buscar aquilo que aparenta ser normal no ambiente, se é que algo ali pode ser considerado assim.

— Olha esta mesa de escritório no centro! Não te parece que ela é diferente de tudo aqui?

— Como assim?

— Veja! Tudo aqui é velho, antigo, deteriorado, mas esta mesa parece tão conservada. Dá a impressão de que foi posta há pouco tempo. Repare bem nela!

— Olhando bem de perto, posso concordar.

— Ajude-me a removê-la!

Neste mesmo instante, o Sr. Lipka brota na porta do escritório.

— Caramba, senhor, que susto. Poderia avisar que estava aqui. Aliás, nem deveria estar aqui, pois estamos trabalhando e o senhor deve permanecer lá fora.

— Só vim ver se estava tudo bem. Não tentem remover esta mesa, pois aqui tudo é histórico, sagrado e vocês podem acabar danificando algo ou evocando o demônio. — diz seriamente.

Jakub olha para Luke desconfiando da advertência. Soa-lhe como se algo escondido ali pudesse comprometer Sr. Lipka... Olham novamente para a porta e não há mais ninguém ali. Desaparecera como se fosse fumaça.

— Agora sim é que vamos mover isso daqui. Se falou isso é porque deve estar escondendo alguma coisa... Ajude-me aqui, Luke.

Ao colocar as mãos sob a mesa para movê-la, Luke sente uma protuberância na aba inferior onde tocam as pontas de seus dedos da mão esquerda.

— Espera aí. Acho que há algo aqui embaixo que eu senti quando tentei erguê-la.

Abaixando-se juntos, percebem um botão aparentemente bastante desgastado, como quando uma tábua áspera se torna lisa diante do toque frequente.

— E agora que fazemos, Jakub? Você está preparado para isso?

— Preparado para quê? — pergunta-lhe irritado.

— Pressionar o botão, ora bolas, responde-lhe resoluto. Não sabemos o que pode acontecer e, dependendo do que for, como lidaremos com o que podemos descobrir?

— Acho que você está se precipitando. O que é que pode haver aqui de tão preocupante?

— Isso só saberemos se pressionarmos o botão. Você tem outra ideia?

— Não. Apenas não acredito que haja algo aqui além deste botão, por mais usado que aparenta ser. Deve apenas abrir alguma sala secreta.

— Se existe uma sala secreta, então por que o Sr. Lipka não falou sobre ela?

— Bom, não sei. É uma boa pergunta.

— Então, certamente deve haver algo comprometedor aí. É óbvio.

Indeciso, Jakub olha para o botão novamente, empunha sua arma ordenando Luke a fazer o mesmo.

— Vou pressionar isso. Fiquemos atentos!

Com a mão esquerda no botão e olhos em tudo, Jakub o pressiona lentamente como se estivesse sentindo dor ao fazê-lo... Imediatamente, a porta principal se fecha.

CAPÍTULO 59

Ao seu redor, Ean se espanta com a tecnologia do espaço. Sente-se em um daqueles filmes em que telas de computador se projetam no ar permitindo interação por meio de toques que ligam mapas, gráficos e mostram toda a informação necessária ao investigador.

Na sua frente, 12 telas de 21 polegadas mostram imagens de vários locais. Ao se aproximar, percebe que uma das câmeras foca a entrada de seu antigo prédio, onde ainda possui seu apartamento. Outra foca a rua e a entrada do *The Times of Praha*. Olhando uma por uma, percebe que eles têm olhos na delegacia, na Ponte Charles, no Castelo de Praga, na Praça da Cidade Antiga, entre vários outros lugares que Ean rapidamente reconhece.

De minuto a minuto, as telas mudam. Agora, as instalações internas da SUMG surgem nas telas, aparentemente vazias. Um monitor mostra que já são 11h47 da manhã de domingo. Ean se preocupa, mas volta a se distrair com tanta a tecnologia.

À esquerda, vê um computador com um descanso de tela e uma mensagem: *Gerador de códigos*. Mas abaixo, aparece a palavra *enter*. Ao pressionar a tecla, um código de seis dígitos aparece, mas Ean não tem ideia do que fazer com ele. Pressiona *enter* novamente, o computador lhe dá acesso à área de trabalho.

Na tela, programas de um computador normal, como de qualquer pessoa, aparecerem, exceto um: *Intranet*. Ao digitar o código, uma nova tela surge solicitando outra senha de acesso. Tremulando, sua ideia imediata é digitar o código com o qual acessou a sala do Cinocéfalo Mor: *14-12-18-8-2-8-14-19-18-4*

— É impressionante como consigo acesso a tudo isso! Parecia que isso seria impossível. Como pode aparentarem tanta segurança e serem tão frágeis? Há algo de podre no Reino da Dinamarca. — balbucia Ean diante da tamanha facilidade com que tem se deparado.

A frase expressa o fato de que, na história, o vilão não só matou, mas matou seu rei e seu irmão, tomando a esposa de seu irmão para si. É um crime que vai além da imaginação humana. A Ean, parece que todo o vento favorável que lhe sopra no momento pode voltar-se contra ele em forma de tempestade.

Sem saber onde procurar algo, começa a fazer buscar na barra de pesquisa do próprio computador, digitando frases aleatórias que possam encontrar alguma pista sobre o maligno plano da SUMG.

PLANO DE ANIQUILAÇÃO DA POPULAÇÃO DA TERRA

DESTRUIÇÃO DO PLANETA TERRA

COMO DESTRUIR 98% DAS PESSOAS DO PLANETA

COMO ACABAR COM A POPULAÇÃO DO MUNDO

PLANO PARA A RECONSTRUÇÃO DO PLANETA TERRA

CONHECIMENTO PARA RECONSTRUIR O PLANETA

SUMG: PLANO DE ANIQUILAÇÃO DA POPULAÇÃO MUNDIAL

Decepcionado, não encontra arquivo algum... Sem pensar em desistir, continua digitando possíveis títulos em busca do plano.

E se o nome do plano está criptografado? E se nem está num arquivo de texto? Como vou descobrir isso?

PROGRAMA DE EXTINÇÃO DE INDIVÍDUOS DO GLOBO TERREAL

Ao digitar a palavra *programa*, um arquivo com um nome sofisticado surge à tela intrigando Ean. Ao tentar abri-lo, percebe que é necessária uma senha. Abaixo do espaço para inseri-la, a seguinte mensagem o preocupa:

Você possui apenas três tentativas. Se você errar as três senhas, o programa será bloqueado por 24 horas.

E agora, que diabos faço. Sinceramente não acredito que tenham colocado a mesma senha com que acessei a sala, muito menos a do cofre... MAS vou tentar, pois tudo está sendo óbvio hoje.

14-12-18-8-2-8-14-19-18-4

A senha inserida está incorreta. Você tem mais duas tentativas

Nervoso, Ean dá uma olhada aos arredores tentando encontrar algo que possa ajudar-lhe. Nada além de máquinas tecnológicas e monitores de computador estão no seu campo de visão. Volta-se à tela para uma segunda tentativa.

Ao invés de números, decide inserir letras. Percebendo que são aceitas, começa a pensar em palavras que possam ser usadas para as duas tentativas que lhe restam. As possibilidades que lhe veem à cabeça são várias: SUMG, ESTOICISMO, FILOSOFIA, CONHECIMENTO, INTELIGÊNCIA... Contudo, todas parecem-lhe tão óbvias, mas possíveis ao mesmo tempo, visto que são apenas três possibilidades de acerto, mas já lhe restam duas.

Com os olhos grudados na tela, percebe que há uma Flor-de-Lis-da-Sibéria de plano de fundo, levemente traçada, quase que invisível... Já que o espaço para caracteres não é limitado, talvez a senha possa ser uma frase.

Flor de Lis da Sibéria

Ean a digita sem utilizar os hifens, mas lhe falta a coragem de dar *enter.* Contudo sabe que precisa das informações para sair dali, pois elas podem salvar sua vida.

Após uma profunda respirada, com os pulmões cheios de ar e inundado de uma aparente coragem da qual não costuma usufruir com frequência, tecla. Uma nova tela se abre e o que vê não lhe causa surpresa alguma. São páginas e páginas de textos criptografados.

Que m! Como é que vou fotografar tudo isso? São centenas de páginas... Deixe-me ver se consigo enviar por um e-mail.*

Após um momento de pura angústia, encontra o espaço para digitá-lo, porém não consegue enviá-lo. Sua outra possibilidade é copiar para um dispositivo móvel com a esperança de um dia conseguir descriptografar.

Olha ao seu redor, revira as gavetas e encontra um cartão de memória. Ao inseri-lo no computador, nota que já possui uma cópia do mesmo arquivo. Retira-o e o enfia no bolso.

Não posso sair daqui com apenas uma cópia disso, pois se isso não abrir ou se eu perder, meu esforço se vai para água abaixo.

Novamente, acessa a caixa de envio e nota que há a opção de colocar um número de telefone. Então digita os números de seu telefone e o de Leah também, clica *enviar.*

Arquivo enviado com sucesso aos dois dispositivos.

Importante: lembre-se de que para acessá-los, você precisará de uma nova senha que será enviada ao seu pager

Mas que p é essa? Senha? Mas que inferno! Eu nem tenho essa droga de pager.*

Sem mais tempo, Ean tira algumas fotos da sala, deixando-a rapidamente. Dirige-se à mesa do Cinocéfalo Mor e pressiona o botão fechando-a. Imediatamente, sobe sobre a cadeira e se estica para alcançar as prateleiras penetrando o alçapão. Fecha-o e respira fundo, sentindo-se seguro por um momento.

— *Pelo menos, acho que tenho algo diferente daqueles documentos que já li. O problema será acessar tudo isso, pois eu não tenho a maldita senha, muitos menos o maldito pager.*

CAPÍTULO 60

Jakub e Luke, apavorados, observam a porta se fechar sem dar-lhes chance alguma de escapar. Segundos depois, a mesa inicializa um leve movimento para frente, em direção à porta que acabara de se fechar. Sob o espaço em que antes ela permanecia imutável, surge uma espécie de alçapão de vidro que mostra uma escada suntuosa em caracol que desce ao centro da Terra. Atônitos, observam a passagem misteriosa que se manifesta diante de seus olhos.

— Cacete! Acho que o demônio tem um escritório muito moderno! — exclama Luke.

Jakub continua mudo diante daquilo que seus olhos não querem acreditar que existe. Para ele, ainda com a arma em punho, um novo enigma parece verter à sua frente, sem dar-lhe pista alguma do que está por vir. Ao mesmo tempo, diz-lhe que a sua missão parece longe de terminar. Quanto mais escava, mais incógnitas se constroem em sua mente.

— O que faremos? Precisamos de reforços! Cadê seus colegas que vieram com você?

— Não faço ideia de onde estão. Será que o Sr. Lipka os pegou?

Ao cogitar tal possibilidade, Luke se horroriza juntando-se à falta de coragem de Jakub de abrir o alçapão e descer pelas escadas iluminadas em tons amarelo-ouro com velas bruxuleantes que dançam formando horripilantes formas nas paredes esculpidas diretamente nas rochas.

Olham para todos os lados em busca de uma saída, mas a penumbra que se abate no ambiente parece prenunciar momentos assustadores que exigirão a coragem que Jakub nunca tivera ao enfrentar fenômenos ditos paranormais. Luke se agacha aproximando sua mão direita lentamente do puxador que ergue a estrutura de vidro impressionantemente transparente.

O telefone de Jakub vibra fazendo-o colocar sua mão no bolso da jaqueta. Ao vê-lo, percebe que sua bateria está prestes a acabar deixando-o preocupado.

— Luke, pegue seu celular. Preciso ligar à delegacia e solicitar reforços para ontem.

— Eu o deixei carregando dentro do carro, pois estava quase que sem bateria quando eu cheguei.

— Você está falando sério? Como é que vem atender a uma ocorrência sem nenhum meio de comunicação nas mãos? Você é burro ou o quê?

— Opa! Não sou burro não. De que serviria um celular em meu bolso sem bateria? Pelo menos ele pode ser rastreado se for preciso. Já o seu celular no seu bolso, sem bateria, nem para isso serve. — retruca irritado.

Com olhar de poucos amigos, calado, Jakub volta a observar o alçapão com a arma empunhada.

— Vou chamar o Sr. Lipka. Se ele não vir, saberemos que tem culpa no cartório... Sr. Lipka, estamos trancados aqui dentro. Abra a porta, por favor!

Um momento de silêncio, mas nada de ele aparecer. Jakub se aproxima da porta, tenta abri-la, mas o faz em vão.

— Esta porta é feita de aço e certamente não foi colocada pelo demônio! Há algo aqui escondido. Quem é que colocaria uma porta desse tipo se não tivesse nada a proteger? Desgraçados!

Jakub grita novamente, mas ninguém aparece. Absolutamente ninguém aparenta ajudá-los. Ao verificar seu celular com um fio de esperança, constata que a bateria já se acabou, deixando-os à mercê do próprio destino.

— Nós temos que abrir este alçapão e descobrirmos o que há lá embaixo. Não podemos ficar aqui esperando uma boa alma aparecer para nos salvar. Não acha?

Jakub olha para Luke como se quisesse socá-lo.

— Sim, temos! Que outra saída temos? — Jakub responde irritado.

Com as armas em punho, aproximam-se novamente da tampa de vidro de aproximadamente um metro e vinte centímetros de diâmetro erguendo-a com força. Ao fazê-lo, um ar gélido começa a tomar conta do escritório.

— Este ar gelado me faz lembrar daqueles episódios de seriado em que o demônio gelifica o ambiente fazendo com que as pessoas expilam vapor pela boca e nariz branqueando as superfícies de vidro. Isso é muito sinistro. — comenta Luke.

Impaciente, Jakub apenas o olha pensando em como agir daqui para frente, já que estão sós e suas vidas só dependem de si mesmos, sem esquecer da missão a que vieram ao Castelo de Houska.

CAPÍTULO 61

Sem saber para onde ir, Ean começa a engatinhar pelo duto de ar, espiando de alçapão em alçapão até encontrar um lugar onde possa descer e, possivelmente, escapar da SUMG. Apesar de sentir que sua liberdade está próxima, ao mesmo tempo, sabe que, ao fugir, certamente será caçado à morte. Escapar dali não necessariamente significará liberdade.

Pelos diversos aromas invadindo as suas narinas, percebe que está engatinhando sobre a cozinha, o que o faz sentir água na boca, visto que já está na hora do almoço e sequer teve o lanche da manhã. Dá uma espiada pelas grades e percebe que há três cozinheiras, o que lhe parece fácil para descer e dali fugir, pois a cozinha deve ter acesso rápido à rua.

Decidido, abre o alçapão e rapidamente cai de pé sobre uma das mesas, sem dar chance de preparo às trabalhadoras que se assustam, soltando gritos de pavor devido à surpresa que cai dos ares. Com uma faca em mãos, Ean as ameaça ordenando que fiquem em silêncio.

— Onde fica a saída? — pergunta-lhes nervoso, fora de si.

Sem dizer uma palavra, apontam para a esquerda de Ean onde há uma porta sem identificação alguma. Sem ter certeza de que falam a verdade, sua única opção é seguir confiando de que estará longe dali em poucos minutos. Ao passar pela porta, nota uma longa escadaria que o leva vários degraus acima.

Desorientado, segue, mas julga estranho estar subindo escadas tão íngremes. Parece-lhe que está indo a qualquer lugar, menos à saída. Ao chegar no topo das escadas, ouve uma sirene disparar e um aviso sonoro: atenção, todas as portas serão lacradas em dez segundos.

Sem pensar duas vezes, salta pela porta chegando a um pátio onde há alguns caminhões estacionados. Alguns homens aleatórios, possivelmente motoristas dos veículos, observam Ean desesperado, mas nada fazem para intervir. Vendo um grande portão aberto, dispara em direção a uma estrada, imediatamente embrenhando-se na mata buscando esconderijo.

Imediatamente, dois seguranças armados aparecem na mesma porta inquirindo aos motoristas se haviam visto alguém sair por ali. Tomados de um pavor instantâneo pelos Kalashnikovs que lhes apontam, indicam a direção que Ean tomou, como se disso dependessem suas vidas.

Os espectadores da cena observam espantados o que se desenrola diante de seus olhos. Não fazem ideia do que está acontecendo. Pelas suas feições faciais, demonstram total desconhecimento do que há dentro daqueles portões.

— Mas que porcaria é essa? — grita aos companheiros um grandão de aproximadamente dois metros de altura e um de diâmetro, de aparência viking. Outros começam a correr para seus caminhões atormentados pelo tamanho das armas que veem.

Apressadamente, os brutamontes correm portão afora, mas não encontram vestígio algum. Ean corre pela floresta, hora abaixando-se atrás dos arbustos, hora levantando-se ao seu 1,80, correndo desesperadamente. De repente ouve tiros percebendo que vem em sua direção.

Corre em direção a um descampado atravessando uma rodovia deserta embrenhando-se novamente em uma mata densa. Ao longe, ouve seus algozes gritando zangadamente ao telefone, possivelmente solicitando reforços e passando as coordenadas para a caça. Sem opção, que não seja correr pela sua vida, Ean encontra uma casa abandonada, adentrando-a velozmente.

Espiando pelas frestas, nota-os a aproximadamente um quilômetro de distância, aparentemente perdidos, olhando para todos os lados, sem irem em uma direção específica. De repente param, logo desaparecem por detrás de grandes árvores. Assustado, Ean sabe que ainda não é hora de sair dali.

Jakub e Luke decidem descer as escadas com as armas apontadas para qualquer ameaça que possa surgir no caminho. Logo chegam a um hall de entrada com uma secretária que solta um grito ao vê-los se aproximar.

— Não ouse chamar alguém. Desligue o telefone. — ordena-lhe Jakub, apontando-lhe sua arma.

Tremendo, a secretária, toda vestida de um lilás forte, com um broche em formato de uma Flor-de-Lis-da-Sibéria, coloca o telefone, lentamente, no gancho, temendo ser alvejada. Atrás dela, em letras gigantes, Jakub lê SUMG.

— Finalmente chegamos à maldita sociedade secreta. Quem diria que nas profundezas de Houska existiria algo tão distinto e tão escondido. Como pode?

Jakub se aproxima dela, amarrando-lhe as mãos às costas e roubando seu crachá. Abre uma porta atrás da recepção e a arrasta para dentro prendendo-a a um pilar de concreto que fica no centro da saleta que tem ares de almoxarifado.

Luke permanece na recepção salvaguardando o local à espera de Jakub. Em estilo arredondado, a recepção possui confortáveis sofás dispostos estrategicamente formando três grandes pétalas da Flor-de-Lis--da-Sibéria em tons de lilás com branco. Ao fundo, uma grande parede de vidro se volta a um jardim artificial artificialmente iluminado com um pequeno lago centralizado.

Do local, saem três grandes portas, todas somente abrem com uso de um crachá, o qual já fora providenciado por Jakub. Luke observa a escada por onde desceram temendo que alguém pode estar atrás deles, mas se reconforta sabendo que está com Jakub, o qual, rapidamente, sai do suposto almoxarifado buscando ansiosamente pela presença de Luke.

— Vamos entrar por esta porta. Ela me disse que leva às entranhas da sociedade, local a que nem ela tem acesso, segundo o que me disse.

Ao passar o crachá, nada acontece. Jakub tenta mais uma vez, mais outra e a porta não se abre. Tenta forçá-la, mas, devido ao seu peso, é totalmente imóvel. Irritado, chuta-a, novamente não se move, calcula um vidro temperado de oito milímetros. Decide voltar para falar com a recepcionista, seguido por Luke

— Escuta aqui, senhorita! Por que diabos aquela porta não abre?

Remove a fita adesiva de sua boca, esperando uma resposta satisfatória.

— Todas as portas estão trancadas, pois houve um alarme escala cinco, pouco antes de vocês chegarem.

— O que esse alarme escala cinco significa?

— Significa que há uma invasão, um ataque às instalações ou algo que comprometa a sociedade como um todo.

— Como que abro aquela maldita porta?

— Não há como abri-la. Eu juro! Ela ficará trancada por mais uns dez minutos. Este alarme tranca todas as saídas por quinze minutos, então há mais uns dez. Exceto a entrada pela qual vocês chegaram.

Jakub decide tapar sua boca novamente, deixando a recepcionista ruiva, cabelos cacheados, olhos verdes e 1,90 de altura, aproximadamente, emudecida e imobilizada.

Voltam à recepção. Jakub vasculha sobre a mesa e encontra um carregador de celular. Conecta-o na esperança de conseguir algum contato com a delegacia. Minutos depois, ao ligar o aparelho, percebe que não há sinal na sua linha telefônica.

CAPÍTULO 62

Tenso, como os músculos retesados, Ean espia através de um vidro, movimentando-se de uma janela a outra dentro da habitação abandonada, procurando descobrir se alguém se aproxima.

Ao verificar que ninguém está por perto, abre a porta frontal e, rapidamente, põe-se a correr na direção oposta ao castelo, embrenhando-se na mata densa novamente. Ao mesmo tempo em que foge, sabe que é melhor se perder que retornar ao castelo, onde sua vida corre perigo.

Esbaforido, para por um momento em busca de ar. Ao silenciar-se, ouve vozes ressoantes que se aproximam ansiosamente. Sem mais esperar, volta a correr em meio aos arbustos tropeçando em um cipó que o catapulta ravina abaixo causando-lhe esfoliações e um corte repugnante no antebraço esquerdo.

— Ai, meu senhor! Era só o que me faltava. — escaramuça irritado. — Escapei de tudo aquilo ileso e justamente no momento final, quase livre, começo a me machucar!

Abruptamente, levanta-se, olha para os lados e corre em uma fuga desesperada, pois a única certeza que tem é que será morto se for capturado. Jamais o deixariam ir sabendo tantos segredos e mesmo seria uma ameaça constante se ficasse preso na SUMG.

Em meio ao apocalipse que se abate sobre a SUMG, Sr. Tadevosjan é evacuado rumo ao aeroporto de Praga, de onde decola sem saber notícias do Sr. Bedrich Havel que, possivelmente, deve estar sendo sufocado pelas quatro paredes do cofre.

O protocolo da SUMG exige que o Ultra Grand Cinocéfalo, função que o Sr. Tadevosjan ocupa, seja imediatamente distanciado de qualquer situação de perigo. Por mais que desejasse ficar e gerenciar a ameaça de perto, o juramento que fizera ao assumir a presidência da SUMG não o permite. Ele deve ser protegido, mesmo que a sociedade desmorone, pois é detentor de todo o conhecimento a respeito e tem a capacidade de reconstruí-la. Ele é como um espécime raro que deve ser preservado a todo custo.

No telefone, sentado em seu jato, Sr. Tadevosjan fala apressadamente exigindo que seu ouvinte encontre o Sr. Havel o mais rápido possível e que o transporte a um local seguro, mas mal sabe que um evento catastrófico mudará o curso da SUMG para sempre.

— Sr. piloto, decole agora. Temos que ir!

— Sim, senhor. Aperte seu cinto.

Sem alternativa, irrequieto, o senhor todo-poderoso se senta, ajustando-se para desaparecer céu adentro. Iniciando os procedimentos de decolagem, a opulenta aeronave taxia na pista do Aeroporto Internacional de Praga, tendo driblado os procedimentos de vistoria para evitar levantar qualquer suspeita que a impedisse de partir.

Aceleram-se as ruidosas turbinas, passando a se deslocar velozmente pela pista alçando voo a poucos metros de seu fim, deixando o Ultra Grand Cinocéfalo receoso. Na subida, ao girar para erguer-se sobre as nuvens, após um minuto de voo, tragicamente, o jato explode transformando-se em uma bola de fogo, caindo ao solo como fogos de artifício descontrolados.

Da vidraça do terminal, passageiros gritam apavorados proliferando o trágico acontecimento a todos. O pânico toma conta do local. Aviões que se preparavam para decolar recebem ordem de permanecer em solo. Todos começam a comentar sobre a explosão que matara Cipris tentando conectá-la ao mais recente desastre que acabaram de testemunhar.

Em choque, muitas pessoas começam a chorar, outras desistem de suas viagens. O aeroporto se transforma em um caos, com passageiros ansiosos por todos os cantos. Aeronaves enfileiradas para decolar permanecem imóveis zangando os passageiros, pois muitos ainda nem sabem o que realmente acabara de se passar.

A calamidade se espalha pela Europa. Minutos depois, voos começam a ser cancelados e outros que estavam em procedimento de pouso são informados de que devem pousar imediatamente no aeroporto mais próximo ao da capital ou retornarem ao local de origem. Algo semelhante ao que acontecera em 11 de setembro de 2001, nos Estados

Unidos, onde milhares de voos foram ordenados a pousar o mais rápido possível, devido ao grande receio de outros aviões explodirem como aqueles nas Torres Gêmeas.

Os canais de televisão passam a divulgar o acontecido aterrorizando ainda mais a população. O presidente do país recebe a notícia em choque. Ele precisa se preparar para um discurso público buscando conter o novo caos, de proporções continentais, que se soma à morte de Cipris. Šimek sabe que sua reeleição depende grandemente de como lidará com esse novo caso.

Sr. Bedrich Havel jaze ao chão alheio ao caos exterior. Definha como um pássaro à beira da morte após atingir uma parede de vidro a toda velocidade. Há mais de uma hora trancado ali, o escasso ar que ainda resta deixa-o desorientado sem forças para se levantar e implorar por ajuda.

Para seu pavor, sabe que dificilmente sairá dali com vida, pois uma vez que as camadas de segurança são comprometidas, todas as portas se fecham por 15 minutos. Contudo, as do cofre só podem ser abertas por fora. Além dos Sr. Havel e Tadevosjan, o único capaz de destravar o cofre é o cozinheiro que está amordaçado no banheiro do quarto de Ean, o qual é o cabeça por trás da segurança cibernética da SUMG, trabalhando como garçom por disfarce e que, propositalmente, cuidava da alimentação de Ean.

Sujo e machucado, Ean perambula pela floresta sem certeza de onde irá chegar. Ao se aproximar de uma clareira, nota uma propriedade rural. Agacha-se, espiando-a atentamente. Ao mesmo tempo, traça um plano em sua mente para escapar dali ileso. Se tudo ocorrer a seu favor, logo estará em segurança trabalhando na nova pessoa em que está se transformando, depois de tudo o que obtivera da SUMG.

Arriscando sua vida, decide se aproximar da propriedade cautelosamente, momento em que um cão se põe a ladrar zangadamente. Diminui o passo na esperança de que alguém surja de dentro da casa disposto a lhe ajudar, mas tem a impressão de que não há ninguém.

Decide parar logo em frente. Sem coragem de atacar, o cão começa a caminhar ao redor de Ean mantendo certa distância, farejando-o. Ao tentar acalmá-lo, ouve uma voz chamando a atenção do animal que se afasta imediatamente. Ean se vira e vê um homem de aparência zangada.

— Olá, senhor! Desculpe-me por chegar desta maneira, mas eu estava fazendo uma trilha pela floresta. Tropecei e desci uma ravina rolando descontroladamente.

Desconfiado, o sujeito se aproxima para verificar se está falando a verdade, o que confirma pelo estado deplorável em que Ean se encontra. Mas continua mudo.

— Senhor, apenas preciso que me dê direções para eu voltar para casa.

— Como é que você está caminhando aqui, se perde e vem aqui me pedir direções. — aponta-lhe irritado. — De onde você é?

— Eu sou morador da capital, como o senhor mesmo pode perceber pelo meu sotaque.

— Certo. Mas é muito azar cair e rolar ravina abaixo, não acha? Como se arrisca caminhando sozinho por estas florestas?

Ean o encara um pouco desconcertado e alheio ao perigo que lobos e ursos oferecem a qualquer aventureiro que se atreva a penetrar nas densas florestas da República Tcheca.

— Venha comigo, vou lhe dar algo para você limpar seus arranhões.

— Obrigado pela gentileza.

Ean o segue confiante de que está a salvo, mas sem ter ideia de como vai sair dali.

CAPÍTULO 63

A partir de agora, mais do que nunca, Ean sabia que sua jornada seria completamente solitária, pois há muito já se decepcionara com as pessoas, inclusive aquelas que considerava amigas. Essas poucas pessoas raros esforços faziam para estar na sua presença.

Isso já não lhe dói muito, pois, ao longo de sua jornada, chegando aos seus trinta e três anos de vida, passara grande parte na sua própria companhia, nem sempre por vontade própria, mas, muitas vezes, por vontade das outras pessoas que pouco se aproximavam dele.

Tudo se reforça pelo fato de, mais uma vez, ter enfrentado sozinho a morte e agora estar a esmo perdido em uma floresta contando com a bondade de um estranho que logo seria mais uma daquelas pessoas que deixaram alguma marca no seu coração, seja boa ou ruim.

Outra vez, o sentimento de vazio o atinge impiedosamente. Ean se questiona se tudo aquilo que fez na vida realmente importa a alguém. Se, de fato, sua existência por este planeta está valendo os riscos e o sacrifício que tem feito. Se a sua forma de viver é a mais adequada a um ser humano saudável ou a um esquisito que assusta as pessoas com o seu comportamento e forma de ver o mundo.

Muitas vezes, olha-se no espelho e se pergunta se realmente sabe quem é e se teria a coragem de revelar às pessoas o que verdadeiramente pensa sobre a vida e as relações humanas. Por vezes, sente-se como se estivesse sozinho no mundo, pois dentro de sua pele já descobrira que existe um deserto com um terreno íngreme, seco, escassamente habitado por alguma estirpe de sentimento barato que nutre pelos outros.

Ocasionalmente, goza de pensamentos de julgamento severo aos seus semelhantes afastando-se de todos, já que todas as relações humanas são nutridas por algum tipo de interesse. Quando tal interesse cessa, extingue-se grande parte dos bons sentimentos vagando entre eles dando lugar a distância e, em muitos casos, ao desprezo.

É normal sentir-se vazio? Não sei. O que experimento é uma sensação de não pertencimento a ninguém, nem a lugar nenhum. É como se eu estivesse no lugar errado o tempo todo, sendo indesejado pela maioria, até querido por alguns, mas que se mantêm alertas à areia movediça que sou, evitando se aproximar demasiadamente, pois jamais saberiam lidar com quem de fato sou. Até entendo que as pessoas preferem manter a distância, pois ajo da mesma forma em relação a elas. É como se fosse uma retribuição pela falta de confiança que lhes dou.

Da divagação, volta a se atentar ao homem que lhe auxilia com os curativos, vê a si mesmo como uma pessoa de quem não gostaria de se aproximar e criar laços, pois seu oco engoliria qualquer um a ponto de deixá-lo perturbado pela complexidade de seus impulsos, pensamentos e desejos.

As portas da SUMG são desbloqueadas permitindo apenas a passagem de centenas de brutamontes armados com fuzis Kalashnikov. Jakub e Luke fogem desesperadamente em direção às escadas, mas são perfurados pelas balas assassinas que lhes atingem impiedosamente. Caem mortos em suas próprias piscinas de sangue, sem chance de defesa.

Voltando a um pseudocontrole, a sede da SUMG está consideravelmente bagunçada com várias perfurações de balas pelas paredes e alguns cadáveres espalhados pelos corredores. A porta do castelo é fechada e consigo a verdade sobre o que acabara de se passar ali está fadada ao segredo, também mantido pelo Sr. Lipka que entregara os outros dois policiais para o mesmo destino que seus pares.

Aparentemente, as instalações da SUMG ainda permanecem seguras e secretas, contudo, já não se sabe quem entrou ou saiu dali. Essa conclusão faz Sr. Havel tomar a decisão mais difícil da história da sociedade. Compilando todos os documentos e verificando a segurança dos dados, sai sigilosamente, tranca as portas, aciona o dispositivo que passa a dispersar um gás letal, semelhante aos campos nazistas, que vai enterrar todos que ali estão juntamente com qualquer segredo que já existiu por ali.

Sr. Havel não parece muito ressentido pelo que acabara de fazer. Após fugir do cofre, por meio de um sistema clandestino de escape que ele mesmo criara por baixo dos panos, mas que por pouco não funcionou, sua verdadeira dor são todos os milhares de livros que serão abandonados ao pó. A hora tão esperada chegara. Seu segredo tão bem guardado por anos está sendo colocado em prática.

Já na área externa do castelo, entra na SUV preta blindada em fuga com os mais obscuros e cruéis segredos da SUMG. A preocupação imediata é preservá-los ao seu bel-prazer.

CAPÍTULO 64

Věroslav Šimek caminha nervosamente de um lado para o outro no seu gabinete, dentro das muralhas do Castelo de Praga, pois a qualquer momento tudo pode se tornar público.

O que mais o preocupa são a explosões. Primeiramente, Cipris e agora um avião que se torna uma bola de fogo levantam várias teorias sobre atentados terroristas que ameaçam a sua permanência como líder político da República Tcheca. Impaciente, mais uma vez liga para o telefone de Jakub, mas sua tentativa é frustrada pela mensagem eletrônica anunciando que está fora de alcance.

Ao ligar a televisão, uma manchete chama a sua atenção, deixando-o perturbado.

Jakub Svoboda, delegado geral de Praga, desaparece misteriosamente

A receita para o desastre estava pronta... Supostos atentados terroristas, desaparecimento de uma importante autoridade tcheca, imprensa massacrando o líder do país, começando a acusá-lo de inação, opinião pública chocada com os acontecimentos, toque de recolher na capital e fake news circulando pelas mídias sociais. Isso tudo faz o Sr. Šimek arrancar os minguados grisalhos fios de cabelo que lhe restam. Além disso, já soubera que a delegacia não faz ideia de onde Jakub e os policiais haviam ido. Precisa revelar à polícia o local, imediatamente, pois isso pode afetá-lo negativamente. Sr. Šimek se sente responsável pelo que se passa, pois foi ele que conseguiu o mandado de busca à Jakub.

Apressadamente, em direção a Dresden, na Alemanha, Sr. Havel e Sr. Lipka, protegidos e guiados por seus capangas armados com Kalashnikovs, seguem em fuga buscando proteger o grande segredo.

— Sr. Havel, já posso confirmar que a sede da SUMG da República Tcheca já não existe mais. Pelas câmeras em meu telefone, consigo verificar que todos os que estavam nas instalações já estão mortos e sepultados com esse grande segredo. Felizmente, conseguimos escapar e vamos protegê-lo. O Castelo de Houska foi implodido, assim como a entrada dos caminhões. Dessa forma, as duas entradas, em ruínas, sepultam todas as instalações que também foram completamente aniquiladas com o gás, seguido da implosão.

— Sr. Lipka, agradeço-lhe pela sua agilidade em deter aqueles dois policiais e trancar Jakub com o seu colega dentro da SUMG. — faz uma pausa, olhando para os lados, como se verificasse se alguém poderia ouvir o que iria dizer. — Quanto ao Ean, já acionamos o protocolo de emergência e ele será caçado. Contudo, quando encontrado, será morto no mesmo momento. Ele já mostrou que não é elegível à SUMG. Tentar trazê-lo para nós foi um completo engano e agora temos que lidar com as sérias consequências. A nossa falha acabou com tudo o que havíamos construído neste país, sem falar no risco que a sociedade corre a nível global. — pigarreia encerrando-se. — Nós quase acabamos mortos.

— O que necessitamos agora é chegar ao aeroporto de Dresden, embarcar naquele avião, desaparecermos. A partir de agora, nós estaremos protegidos pelos tentáculos de Moscou. Não importa onde estivermos, estaremos seguros. A partir disso tudo, poderemos colocar nosso plano em prática resguardado pelos interesses do Kremlin.

Sem responder, Sr. Havel observa os campos gélidos ao cruzar a fronteira. Uma aura sombria parece acompanhá-los em sua viagem. No céu, nuvens espessas se esforçam para esconder qualquer raio de sol que se atreva a cruzá-las, proporcionando momentos de aflição em meio a um alívio por haver escapado da morte misturando-se a uma irritação de se permitir enganar por Ean culminando com a frustração de ter arruinado tudo aquilo que edificara ao longo de anos. Porém, felizes pelos novos tempos que os levam para longe da SUMG em direção aos seus planos.

Pelo sigilo absoluto em que a SUMG se mantém, o protocolo ordena que, em qualquer caso de vazamento de dados, não importa qual seja a filial, essa seja imediatamente riscada do mapa, sem possibilidade de voltar a funcionar. Isso ajudaria a manter a sociedade em segredo. Além do mais, qualquer um ligado a ela deve ser eliminado, se oferecer ameaça. Foi exatamente com aconteceu com a sede em Praga. As subsedes nacionais passam ao controle imediato de sede mundial até que a questão seja resolvida e uma nova sede nacional possa, secretamente, entrar em funcionamento.

Na capital, centro de poder do país, um toque de recolher impera, acentuando o ar fantasmagórico que costuma se abater sobre a cidade nas noites frias. Poucas pessoas circulam pelas ruas caminhando apressadamente como se fugissem do desconhecido.

Com o desaparecimento de Jakub, Luke e dos outros dois policiais, a delegacia está em alerta máximo. Nenhuma das autoridades faz ideia de onde eles estão, visto que, sob as ordens do delegado, não disseram aonde iam, infringindo a lei, pois nenhum policial pode se ausentar sem dar satisfação.

Cipris, aparentemente, morrera em vão, pois nenhuma pista que possa revelar qualquer informação que leve à razão de sua morte ainda foi encontrada. Do *The Times of Praha*, todos já haviam sido interrogados. Os apartamentos de Ean já haviam sido revirados pela polícia; Leah já havia sido procurada. Inclusive os familiares de Jakub e de seus subordinados. Nada se descobriu. Um aparente mistério envolve todos os acontecimentos, entre os quais as autoridades sequer conseguem estabelecer conexões confiáveis.

CAPÍTULO 65

Após quase três horas de voo cruzando os céus do Leste Europeu em direção à Romênia, o silêncio é interrompido pelo piloto ao anunciar o pouso no Aeroporto Internacional de Budapeste, capital húngara. Os senhores a bordo apertam os cintos ansiosamente, voltando seus assentos à posição vertical, segurando forçosamente os descansos dos braços.

Um belo dia de sol os recebe, mas, sem perder tempo com a beleza da natureza, adentram uma caminhonete preta que os aguarda em um hangar mais afastado da movimentação principal do aeroporto. O motorista segue em direção ao centro, passando pela belíssima e elegante avenida Andrassy, serpenteada por uma natureza exuberante e luxuosas lojas de grifes internacionais.

Sofisticadamente, o motorista estaciona em frente ao Four Seasons Hotel Gresham Palace Budapest, um dos hotéis mais caros da Hungria; desembarca cuidadosamente e olha para os lados. Em seguida, abre a porta esquerda permitindo ao Sr. Havel um desembarque seguro; logo, Sr. Lipka desembarca pela direita, apressado, parecendo estar atrasado. Juntos, adentram o estiloso hall, que tudo reluz, dando a impressão de que fora construído de ouro em meio a pedras preciosas.

Olham em direção às poltronas chiques e veem alguém que os espera tomando um café, diante da inconfundível Ponte das Correntes, The Széchenyi, inaugurada em 1849 e guardada por quatro grandes leões, sendo sustentada por robustas correntes, conectando Peste à Buda, sobre o Danúbio, formando uma das mais belas cidades do mundo. Do café, transpassando os vidros do hotel, um homem de pele clara, cabelos loiros, meia idade, observa uma das mais lindas construções da Europa, o Castelo de Buda.

Irrequietos, aproximam-se apressadamente, despertando a atenção de pessoas próximas, até que o ilustre jovem senhor os encontra por meio de um olhar despretensioso.

— Como você está? — pergunta o Sr. Havel. — Estive muito preocupado com você. Estou aliviado de que nosso plano tenha dado "certo". — comenta fazendo sinal de aspas e sem dar-lhe tempo para responder.

O jovem senhor se levanta e os mira com um ar de alívio, pois sentira a mesma preocupação com os cavalheiros que acabaram de chegar.

— Senhores, que honra em vê-los. Fico imensamente felizes que estejam bem. Como foram de viagem? — pergunta-lhes com um sorriso de canto.

— Tudo como planejado. — responde o Sr. Lipka, com certa arrogância.

— Perfeito. Você, como sempre, de forma inteligente, conseguiu comandar tudo de longe e estar aqui nos esperando. — congratula-o Sr. Havel.

— Tudo funcionou como planejado. O Sr. Tadevosjan foi pelos ares; a SUMG está destruída e nós estamos aqui para seguir adiante com nossos planos para nos tornarmos os homens mais poderosos do planeta. Que nos aguardem. — festeja o Sr. Havel.

— Nossa preocupação essencial é dar fim a Ean, pois ele sabe muito sobre nós. Afortunadamente, ele ainda não sabe sobre a fórmula que pretendemos adotar para eliminarmos os 98% da população mundial, dando início pelos EUA, aqueles ianques malditos. — avalia Volkov, o jovem senhor, enviado especial do Kremlin.

— Realmente! Eu me preocupo com Ean — continua o Sr. Lipka —, pois sabemos que ele invadiu a central de tecnologia da SUMG e enviou cópias daqueles arquivos a outros dispositivos. Por sorte, eles possuem outro sistema de criptografia que começara a ser implantado justamente pelos arquivos digitais, devido ao avanço dos hackers, inteligência artificial e afins.

— Estou de acordo, mas também penso que, com os nossos subordinados em campo, Ean será capturado a qualquer momento...

Um bipe interrompe a conversa. Volkov toma seu celular em suas mãos... Com uma cara de surpresa, volta seu olhar aos senhores à sua frente.

— O que me incomoda é que o Kremlin acabou de me passar uma informação importante — continua ele. — a ordem agora é capturar Ean, junto com sua amiga Leah e levá-los à Viena. Quanto àqueles documentos, todos que estão na delegacia, já estão sendo cuidados pelo serviço de Direção Geral de Inteligência do Estado Maior das Forças Armadas, o famoso GRU. Logo, logo, vão desaparecer de lá. — afirma, Volkov.

— Mas que absurdo. Ean deve ser morto. Ele é uma ameaça grave aos nossos planos. — protesta Sr. Havel.

— Realmente. — continua Sr. Lipka, sem dar muita atenção à novidade. — Eu sei que a GRU tem uma vasta rede de agentes no exterior e unidades militares de elite, as chamadas "Spetznaz". Por meio de hackers, realizam diversos ataques cibernéticos; por isso, que os documentos que Ean enviou logo serão destruídos.

— Que mudança de planos é essa? — questiona Sr. Havel, consideravelmente incrédulo.

Sem uma resposta, seguem para a caminhonete, adentrando-a. O motorista manobra rapidamente em direção ao aeroporto, onde o jato os aguarda para mais uma decolagem ruidosa, com seus passageiros nervosos e ansiosos pelo nascimento de uma nova ordem mundial que acabara de se consumar por meio do encontro dos três senhores, os quais forjaram um ataque maquiavélico liquidando centenas de vidas que permanecerão sepultadas secretamente por anos sob os escombros da SUMG.

Em Praga, o caos impera. Os jornalistas vagam pela cidade atrás de informações, como zumbis que buscam carne humana. As manchetes acusam o presidente de inação exacerbado pela falta de informação da polícia em relação às grotescas explosões que sacudiram a mais importante urbe do país. Milhares de pessoas saem às ruas protestando por segurança e pedindo a renúncia do presidente.

Em menos de 2 horas, o veloz jato toca a pista do Bucharest City Airport, em Bucareste, capital da Romênia. Uma névoa rápida se movimenta carregada por um vento gélido. Na pista, outro carro os aguarda. Sem delongas, apressam-se, entram no veículo sendo guiados pelo mesmo motorista de Budapeste. Logo na saída do aeroporto executivo, o trânsito lento desperta a ira do Sr. Havel, fazendo-lhe praguejar algo inaudível aos ouvidos alheios.

Cruzando as largas ruas da capital romena, passam pelo esplendoroso Parque King Michael I, seguindo velozmente como se estivessem buscando recuperar o tempo perdido. Em uma curta viagem de pouco menos de trinta minutos, discretamente chegam ao Mosteiro de Chiajna, uma antiga igreja abandonada nos arredores de Bucareste.

Pacienciosa e delicadamente estaciona, abre as portas, permitindo o desembarque da tríade de senhores elegantemente vestidos em ternos pretos, os quais caminham com cuidado sobre a grama úmida. Em ruínas, a construção erguida em tijolos e inaugurada no ano de 1790 parece não oferecer nada além de paredes que escondem histórias de terror.

Dentro, um senhor baixo, cabelos ruivos, sardento e caucasiano os aguarda. Aparentemente, lembra um nórdico, devido à sua fisionomia atraente, mesmo parecendo ter passado dos setenta anos de idade. Vira-se, olha aos três recém-chegados e os cumprimenta como velhos saudosos amigos que não se veem há um bom tempo.

— Sejam bem-vindos, senhores! Sr. Havel, que prazer revê-lo. Sr. Lipka, já fazia um bom tempo, também estou feliz em revê-lo. E o senhor Volkov... — aperta-lhe a mão firmemente. — É um prazer revê-los. Sou Alexandru Fierara, como já sabem. — brinca despretensioso. — Cavaleiros, aqui presentes, estamos implantando uma nova ordem global. Agora que temos o acesso a todos os documentos da SUMG, podemos agir.

— Vamos trabalhar! Senhores, aproximem-se! — exclama Sr. Havel. — Vejam este mapa. Estes países destacados apresentam ogivas nucleares. A Rússia, por exemplo, possui mais de seis mil delas. Os Estados Unidos, mais de cinco mil. Outros países, como a França, Paquistão e Índia, possuem em quantidade bem menor, mas ainda considerável.

— Sr. Fierara — toma a palavra Sr. Volkov. —, sabemos que a bomba de Hiroshima tinha quinze quilotoneladas e foi capaz de aniquilar mais de 145 mil pessoas. Atualmente, existem ogivas que têm mais de mil quilotoneladas. Com isso, podemos perceber o grande potencial de destruição que elas têm.

— Vejamos a conjuntura atual. — intromete-se o Sr. Lipka. — A Rússia possui um míssil balístico intercontinental chamado RS-28 Sarmat que é capaz de carregar até quinze ogivas nuclear. Já o Status 6, conhecido como Poseidon, assemelha-se a um grande torpedo; pode ser equipado com sistema antimísseis e com uma bomba nuclear de cobalto que, ao explodir, é capaz de espalhar material radioativo por uma área de 510 mil quilômetros.

— Na semana passada — prossegue Sr. Volkov. —, a Rússia anunciou a instalação de armas nucleares táticas em Belarus, sendo a primeira vez que executa a instalação de armas do tipo fora do seu próprio território, desde os anos noventa. Essa movimentação toda se dá pela guerra com a Ucrânia e empoderamento da Otan.

— Realmente, o mundo está se armando. Hoje, como não acontecia há muito tempo, os nervos estão à flor da pele. As tensões entre as grandes potências, em meio à guerra na Ucrânia, têm aquecido o mercado de ogivas nucleares, o que é primordial para os nossos planos de criar uma ordem global. — afirma o Sr. Fierara.

Reunidos ali, por uma conversa promissora, os quatros senhores planejam algo nunca visto antes, que promete reconstruir a humanidade em um modelo de cidadãos que valorizem o conhecimento filosófico, acima de tudo.

— Vejam o plano da SUMG! — Sr. Fierara o coloca sobre a mesa. — Aqui está um mapa que… — em meio à empolgação, seguem conversando, certos de um modelo de sociedade totalmente novo.

Logo, de volta ao veículo, seguem novamente em direção ao aeroporto. O avião os aguarda.

CAPÍTULO 66

Ainda infiltrado nas matas, nas imediações do Castelo de Houska, Ean se preocupa em como chegar à capital sem ser reconhecido, feliz que o caseiro que o ajuda não o reconhecera. Isso é um importante ponto a seu favor, visto que, se o tivesse, certamente, a notícia de que andava pelas florestas naquele estado espalhar-se-ia rapidamente.

— Senhor, eu preciso chegar a Praga. Qual é a melhor maneira saindo daqui? — pergunta aflito.

— Você está em um lugar um pouco isolado, podemos assim dizer. Acredito que deveria ir até a rodovia. Se quiser posso te levar e, lá, você tenta uma carona. Outra forma seria ir de carro, mas o senhor não tem.

Ean analisa a sugestão, mas sabe que seria uma péssima ideia, pois, além de poder ser capturado, pode ser reconhecido por alguém. De forma alguma, seria um erro gravíssimo a se cometer a essa altura.

— Quanto o senhor quer para me levar a Praga? Até o meu apartamento?

— Olha, meu jovem. Eu não posso fazer esse favor, pois eu não costumo deixar a minha propriedade, muito menos dirigir nessas rodovias perigosas.

— Senhor, por favor. Eu não tenho como sair daqui, pois eu nem sei como cheguei até a sua casa. — mente descaradamente.

— Mas e se eu te levar até a rodovia e você pegar uma carona? Não seria a mesma coisa?

— É que eu tenho receio de não conseguir e ficar horas lá. Alguém mal-intencionado pode oferecer carona. É perigoso.

— E caminhar por estas matas cheias de lobos e ursos não é perigoso?

Ean começa a ficar impaciente com a insistência do senhor que nada mais faz que desafiá-lo a cada argumento.

— Quanto o senhor quer? Faça o seu preço e eu lhe pago. — insiste Ean.

— Ok, meu jovem. Vai lhe custar caro, 200,00 euros.

Ean retesa seus músculos nervoso pela situação. Sem uma melhor opção que ser reconhecido, capturado ou sequestrar algum motorista, aceita pagar a soma pomposa ao senhor que se mostra feliz pelo aceite.

— Só um momento que vou pegar as chaves do carro.

As preocupações de Ean se voltam em como chegar ao apartamento com segurança e entrar em contato com Leah. Acredita que voltar para casa é um dos maiores riscos que está correndo, mas não vê outra saída. Decide encarar o fato de que pouco tem a perder.

Lentamente, o carro sai da garagem vindo ao encontro de Ean que, inconformado, cheio de dúvidas e medos, decide-se por adentrar o veículo e torcer para que permaneça a salvo, pelo menos até chegar ao destino.

Habilidosamente, o motorista arranca o veículo, fechando as janelas, olhando para os lados, segue em direção à autoestrada pela qual Ean passara quando sequestrado. Ao chegar ao acostamento, presta atenção a ambos os lados e, abruptamente, vira à esquerda. Praga está a, aproximadamente, setenta quilômetros. Ean calcula que chegará dentro de uma hora.

— O senhor está com pressa? — pergunta-lhe o motorista.

— Não necessariamente! — responde Ean, desconfiado.

Não sabendo o que pode encontrar, não faz questão de chegar tão rapidamente, pois ainda necessita matutar uma forma de se aproximar em segurança. Não faz ideia do que se passara a Jakub e Luke.

Já nas cercanias, o motorista liga o rádio do carro e, como não poderia ser diferente, várias rádios de notícias falam sobre os casos. O motorista alterna de estação para estação.

— Mas que droga. É impressionante como gostam de tragédias. — reclama.

— O que é que está acontecendo? — questiona-o Ean, sem conseguir ouvir alguma notícia por completo.

— Muitas coisas. Como você não sabe? Cadê seu telefone?

Ean sente um ódio fervoroso por dentro, visto que só recebe perguntas, o que não lhe satisfaz.

— Eu perdi meu telefone. Passei duas noites acampando, então estou por fora do que tem acontecido.

— Hummm. — murmura o motorista. — Bom, está a maior confusão. Houve uma explosão em Praga e o chefe de um jornal importante estava no carro. Claro que morreu, não é?!

— Que jornal? — rebate Ean, assustado, tentando disfarçar o nervosismo.

— *The Times of Praha.* — responde-lhe indiferente.

— O quê?!

— E não foi só isso. Um jato explodiu logo após decolar do aeroporto e há rumores de que alguns policiais estão desaparecidos, incluindo o Jakub Svoboda, o grande chefão.

Sem palavras, Ean volta seus olhos para a rodovia, em silêncio. Tem a impressão de que o mundo está desmoronando ao seu redor. Imediatamente, preocupa-se com Leah, porém não tem como entrar em contato com ela. Prepara-se para o pior, pois já começa a acreditar que ela também está morta ou desaparecida.

— Está tudo bem, meu jovem? Você estava tão curioso e de repente ficou calado.

— Sim. — responde-lhe monossilabicamente.

Aproximando-se da Ponte Svatopluk Čech, Ean se lembra de a ter cruzado há algum tempo quando fora caminhar nas colinas do Parque Letna. Boas recordações vêm à mente, causando-lhe uma amnésia temporária a respeito dos aterradores eventos que estão se sucedendo.

— Senhor, onde devo deixá-lo?

— Pode cruzar a próxima ponte. Deixe-me na Cidade Velha, na praça.

Logo depois, Ean entrega-lhe os 200 euros, cobre sua cabeça com um capuz e sai do carro, buscando não chamar a atenção. Circula pela praça, infiltrado entre os turistas, observando o prédio onde vive. Ao colocar as mãos nos bolsos, percebe que não tem a chave.

— Bom, já passei por tantas que uma simples chave não vai me impedir de entrar naquele prédio. — pensa, convicto.

Aos poucos, aproxima-se. Atento, vê o céu se escurecendo e a noite chegando. Lentamente, chega à porta e toca a campainha da vizinha do primeiro andar. Demoradamente, ela aparece na porta, sem acreditar que é Ean. Ao vê-lo, assusta-se pelo seu estado catastrófico, fazendo-lhe mil perguntas.

— Sr.ª Irenka, por favor, é preciso manter sigilo. Não conte a ninguém que me viu, pois a senhora também corre perigo. Então, quanto mais fechada a sua boca, mas segura estará.

Ean soa ameaçador. Não obstante, a senhora idosa promete segredo, ajudando-o a abrir a porta do seu apartamento.

— Obrigado, senhora! Lembre-se de manter nosso segredo. Ok?

— De acordo, senhor Ean.

CAPÍTULO 67

Cruzando os céus sobre o Mar Negro, o jato se aproxima do território russo, desviando da Ucrânia, acessando o continente logo acima da Geórgia, próximo à cidade russa de Sochi. Logo, faz um desvio à esquerda rumo ao Aeroporto Internacional Sheremetyevo, um dos três terminais internacionais da capital russa. A partir de Sochi, são mais três horas e trinta minutos de voo.

O jovem senhor, enviado especial do Kremlin, sente o telefone vibrar em seu bolso. Retira-o e o olha ansiosamente, como se estive aguardando por alguma informação. Sem conseguir esconder a surpresa, olha aos senhores Lipka e Havel com a clássica afirmação de que tem duas notícias, uma boa e uma má, perguntando-lhes qual querem primeiro.

O pessimista Sr. Havel responde-lhe demandando a má notícia. Sr. Lipka o olha, com certa dúvida, mas assente... Certa turbulência sacode o avião, deixando-os desconfortáveis. Um aviso do piloto diz-lhes que estão passando por uma área de instabilidade, ordenando-lhes que apertem os cintos.

Momentaneamente desviados do assunto, voltam a se concentrar no jovem senhor que lhes observa um tanto hesitante.

— Bom, a má notícia é que a SUMG não foi por água abaixo como imaginávamos. Até agora não há rumores de que alguém tenha ouvido uma explosão nas proximidades. Isso já diz muito. Se o plano tivesse acontecido, certamente estaria em todos os sites e noticiários do mundo. Meu pessoal está confirmando isso, mas já sabemos que não aconteceu.

— Mas isso é impossível. — desacredita Sr. Havel. — Tudo foi programado da mais perfeita forma. Eu mesmo me assegurei disso. Não posso acreditar.

O Sr. Lipka olha-o preocupado com a novidade. Isso os coloca em risco, pois, se a polícia chegar lá, cedo ou tarde, poderão conectar as pistas, chegando aos fujões... Uma breve pausa destaca o ruído das turbinas do jato que, velozmente, corta os céus russos.

— Posso continuar? — pergunta o jovem senhor.

— Sim, claro. — respondem em uníssono os senhores.

— A boa notícia é que a Leah, amiga de Ean, já foi capturada e está sendo levada ao esconderijo, nos arredores de Viena. Ainda não sabemos o que faremos com ela. Acho que, primeiramente, devemos interrogá-la e descobrir o que sabe. Dependendo das respostas, ela terá dois caminhos... Se ela chegar a ser libertada, pode dar com a língua nos dentes. Não acham? Creio que teremos que pensar melhor. — continua. — Nosso pessoal já está em busca de Ean... O melhor de tudo é que já sabemos onde ele está.

— Onde? — demanda Sr. Lipka.

— Ele está em seu apartamento na Cidade Velha. A volta dele ao local me parece bastante óbvia. Temos que tomar cuidado, pois pode ser uma armadilha.

— Por que óbvia? — questiona Sr. Havel.

— Tenho a impressão de que ele quer ser pego, pois, se quisesse se esconder, seus apartamentos seriam os últimos locais no mundo aos quais ele deveria ir. — responde Volkov.

— Devo concordar que sua linha de raciocínio faz muito sentido. — responde Sr. Lipka.

— De qualquer modo, vamos invadir o seu apartamento hoje à noite e pegá-lo. Vamos dar um sumiço nele, pois já nos causou problemas demais. Vejam bem! — continua o jovem senhor. — Acho que faremos o mesmo com a sua amiga. Não temos como nos manter seguros com os dois vivos, nem presos, muito menos soltos por aí. Basta ver o que Ean já fez.

Uma sensação de incerteza sobre os planos dos três cavalheiros paira no ar, deixando-os pensativos e silenciosos. O jovem senhor continua usando seu celular como se estivesse entediado, buscando disfarçar o que realmente está sentindo. Os senhores Lipka e Havel olham pelas janelas do avião como se as respostas estivem em algum lugar diante da vastidão de seus olhares.

O jovem senhor anuncia-lhes que em menos de quarenta minutos pousarão no aeroporto de destino, onde uma temperatura negativa os aguarda, sob um céu cinzento de um dia de inverno moscovita. Lembranças de um passado sombrio povoam os pensamentos do Sr. Havel, visto que sua vida pregressa já o trouxera a Moscou em momento delicado de sua existência.

Em Praga, o alvoroço parece já estar se acalmando. A rua onde a explosão do carro de Cipris aconteceu já está livre, voltando à vida normal. As buscas por Jakub e seus subordinados continua, mas não mais secretamente, pois já vazou para a imprensa, alimentando a curiosidade mórbida das pessoas que se deliciam com a tragédia da vida alheia.

Contudo, nada se sabe sobre os acontecidos, além do óbvio. A polícia está mobilizada nas investigações, sob pressão do presidente e da opinião pública. A segunda-feira foi um dia de luto no *The Times of Praha* para lembrar Cipris. Nos corredores, rumores sobre a morte de Ean começam a surgir, uma vez que ele não fora encontrado por nenhum de seus colegas e tampouco aparecera para verificar os acontecimentos.

Não muito longe dali, em seu apartamento, Ean revira os restos do que sobrara de sua investigação, mas se sente confortável pelo fato de que não mais precisa de toda aquela papelada. Sob uma tábua de um móvel da lavandeira, retira o telefone misterioso ao qual enviara as fotos dos documentos da SUMG. Sobre a mesa o coloca juntos aos cartões de memória que roubara da central de tecnologia. Olha-os com certo medo. Seu coração palpita só de pensar no que pode estar diante de si.

A grande responsabilidade que tem de descobrir o que a sociedade secreta planeja faz com que sinta grande medo e certa vontade de jogar tudo fora, tentar esquecer, mudar-se para bem longe e, quem sabe, iniciar uma nova vida. Contudo, é curioso demais para, simplesmente, desfazer-se de tudo aquilo, depois de tantos riscos que correra nos últimos tempos. Olha para o teto, passando suas mãos pelo rosto, lembrando-se de que não possui ninguém com quem contar. Nem mesmo Leah pode ajudá-lo, pois ainda não conseguiu contato com ela. No fundo, sabe que desistir não é mais uma opção já há algum tempo.

Novamente, liga o telefone para ver se Leah lhe enviara alguma mensagem. Sem surpresa, descobre que ela estava à sua procura há alguns dias, mas que já são dois dias da última mensagem. Rapidamente, preocupa-se com o seu paradeiro. Tenta ligar de volta, mas o telefone acusa caixa de mensagem. Recusa-se a deixar uma, pois acredita que ninguém ouve mensagens de voz em tempos atuais.

Pensativo, sabe que não está a salvo em lugar algum... Faminto, vasculha a geladeira em busca de algo, mas nada encontra, além de algumas frutas e um iogurte desnatado que, por ora, satisfazem-no. De volta ao quarto, olha novamente para os cartões e o celular. Pensa em arrumar uma pequena mochila, colocar algumas peças de roupas e amenidades e desaparecer por uns dias.

De surpresa, ouve alguns ruídos vindos da porta de entrada do apartamento... Atento, não se apavora, pois já sabe que estão atrás dele. Apaga as luzes do quarto, esconde-se sob a cama, não sem antes recolher tudo de cima da mesa. Uma voz idosa o faz reconhecer a Sr.ª Irenka que o chama hesitante.

— Ean, você ainda está em casa? Preciso falar com você. Eu trouxe algo para você comer.

Ainda desconfiado, continua imóvel sob o imóvel. Ouve a voz suplicante mais aguda e os passos mais ruidosos que se aproximam da porta do seu quarto. Sem saber o que fazer, decide-se por continuar calado, pois acredita que a sua visitante não está sozinha. Apesar disso, não ouve mais ninguém na casa... Em um ímpeto de coragem, responde. A Sr. Irenka adentra o quarto assustada, afirmando-lhe que ele está seguro. Hesitante, sai debaixo da cama.

Cruzando a Ponte Charles, em direção ao bairro de Malá Strana, um rápido e alto cavalheiro caminha ritmicamente, tão decidido que passa a impressão de saber exatamente aonde está indo.

Com um celular em mãos, segue as coordenadas, chega à praça e vai direto à entrada de um prédio. Sem dificuldades, insere uma chave, abre a porta e sobe em direção ao apartamento de Ean. Abre a outra porta, entra apressadamente.

Sem mais delongas, começa a revirar o local em busca de algo. Um pouco empoeirado, o apartamento exala um cheiro levemente desagradável por estar fechado há meses, sem sequer uma janela ter sido aberta para ventilá-lo.

Minuciosamente, inspeciona cada centímetro quadrado demonstrando estar atrás de algo extremamente importante. Abre os armários da cozinha, olha embaixo da mesa, procura fundos falsos, ergue os sofás, mexe as cortinas, remove os tapetes sem preocupação alguma com a anarquia instalada.

— Onde será que Ean esconderia um envelope? — questiona-se calculista. — Acho que um bom esconderijo é em meio aos livros, mas ele possui tantos que nem sei se consigo abrir todos.

Vai à biblioteca, que fica em seu quarto, olha para aquela parede de livros, do chão ao teto, sentindo uma preguiça enorme de abrir um por um colocando-os novamente em seus lugares.

Seu telefone vibra... Por um instante se detém, enfiando a mão no bolso. Ouve um ruído ao longe misturado a vozes. Analisa rapidamente de onde os sons estão vindo... Digita a senha do celular.

Saia imediatamente daí, pois a polícia acabou de chegar. Eles estão na entrada do prédio se preparando para invadir o apartamento.

Sem perder tempo, sai do apartamento pela porta de entrada e penetra o alçapão que vê no corredor, sem tempo para descer as escadas e fugir... Ao ouvir os passos se aproximando, espia por uma fresta. Boquiaberto, responde à mensagem no mesmo momento.

Não é a polícia! Não é a polícia! Estão com um uniforme estilo exército com um logo de um morcego cobrindo um globo... Que diabos fazem aqui?

Na Cidade Velha, acreditando-se sortudo, Ean, observa a movimentação em seu apartamento em Malá Strana, por meio de câmeras que acessa em seu celular... Não reconhece o alto cavalheiro que vasculhava seus aposentos, mas sabe exatamente que logo é aquele. Um sentimento de morte o invade por completo, lembrando-lhe dos perigos pelos quais passara recentemente e de todos aqueles vindouros.

— Dona Irenka, faça silêncio, por favor. — ordena-lhe Ean, ansioso.

Aproximando o celular do ouvido esquerdo, tenta ouvir o áudio das câmeras de seu velho apartamento, mas sem sucesso pragueja rancorosamente. Aflita e muda, a senhora o observa. Do nada, como se tivessem brotado do além, passos recorrentes se aproximam do apartamento em que estão. Deveras apressados.

Dona Irenka titubeia objetivando fugir dali, mas Ean a retém, ordenando que fique calada. Imediatamente, olha para todos os lados, sem mexer seus pés para evitar qualquer ruído. A porta do apartamento é aberta com um chute violento. A senhora solta um grito contido, mas suficientemente audível a quem está dentro do apartamento.

Sem saber o que fazer, ouvem passos mais apressados em direção ao cômodo onde estão. Um habilidoso chute quase derruba a velha porta de madeira revelando uma figura assustadora, em formato de um brutamonte que, satisfatoriamente, sorri de canto.

Ean, imediatamente, vê o mesmo logo que vira na roupa do invasor ao seu apartamento. Reparando nas brilhantes cores amarela e azul com um preto contrastante, um morcego cobre um globo dando a impressão de que nada, absolutamente nada, passa despercebido.

Tremendo de medo, Ean e dona Irenka caem aos seus pés, indefesos. Bruscamente, a mão direita do senhor retira uma arma com silenciador, mirando-a diretamente entre os olhos de dona Irenka, deixando-a com um ponto vermelho, semelhante ao bindi indiano. Sem pensar, parecendo se deliciar com o momento, aperta o gatilho. A senhora Irenka desfalece sobre as pernas de Ean.

Mudo, Ean o observa certo de que é o alvo do próximo tiro certeiro. Tenta balbuciar algo, mas o senhor o fita com uma cara de poucos amigos causando a impressão de que sairá dali somente quando Ean passar ao mesmo plano que a senhora.

— Olá, Ean! É um prazer conhecê-lo. Já ouvi muito sobre você e confesso que fiquei contente quando recebi a missão de capturá-lo, o que, convenhamos, executei com maestria. Não?!

— Eu sei quem você é! O que quer comigo?

— Não estou aqui para responder perguntas. — responde-lhe grosseiramente. —Levante-se vagarosamente, vire de costas e não queira dar uma de espertinho, pois, se o fizer, vai se encontrar com essa velha.

Obedecendo-lhe, sente que não há mais luz no fim do túnel. Com as mãos amarradas às costas e boca tapada, Ean é arrastado escadas abaixo. Ao passar pela recepção, vê o porteiro, esticado no chão com uma perfuração na testa. Apavora-se ainda mais ao ter seus olhos vendados.

— Dê adeus à Praga, Ean. — diz-lhe o brutamontes.

"O solitário é impávido. Ele se olha no espelho, todos os dias, e sabe que tudo depende de si mesmo. Seu triunfo ou sua ruína são somente incumbência sua. Contudo, nunca está só, pois tem a si." — Ean Blažej

---

CONTINUA...